宋词
朗诵
研究

郭雷 著

浙江教育出版社·杭州

前言

宋词，最早起源于南朝梁代，形成于唐代，极盛于宋代，大多是宴席间宾主为了助兴和尽兴而自娱自乐地编写和演唱的歌词，当时称作"燕乐"，即宴乐，就相当于当代社会的人们以通俗唱法来演唱的诸多流行歌曲里的歌词，学界也称其为"曲子词"。宋词的句式不像唐诗那样整齐和对仗，选字的韵脚也相对自由和灵活，没有唐诗那样严格的平仄要求，往往以长短句的形式贯穿全篇。隋代之后，这种音乐文学形态在接下来的唐代得到了很大程度的丰富和发展。

公元960年，宋太祖赵匡胤建立北宋政权之后，"重文轻武"的执政理念让这种"唱词儿"具备了更广泛的社会情感表达需要，进而拥有了更多的在市井大众中的生存空间，并很快成为宋代文学的标志性体裁。由于这种文学体裁在宋代最盛行、最受欢迎，因此将其称为宋词。同时，也正是由于宋词的文学性和大众化，宋词与唐诗一起成为中国古代文学星空中最为闪耀的"双子星"。

朗诵，是朗诵者用明亮的、可以被大众接受的嗓音背诵或朗诵文字，并使之听起来有重音、停连、语气和节奏的感受，进而让受众对所朗诵的文字产生情感认同，是一种社会化的有声语言表达行为。如果用一句话来表述朗诵，就可以概括为——读文而使之有节。而"读文"与"有节"又各自存在两个层面的认知和理解。

"读文"的两层理解可以通过"读"字的不同读音来阐述：一为"读（dú）文"，将文字信息进行嗓音和口语外化处理；二为"读（dòu）文"，其中读（dòu）通"逗"（一句话意思未完之时的停顿即为"逗"，书写时所用的标点符号为","），意为在文字口语外化过程中停顿的长短与后续连接的变化。

唐代文学家韩愈在《师说》中写道："句读（dòu）之不知，惑之不解，或师焉，或不焉……"今译为："（学生）在不知道文章的休止（句）和停顿而感到迷惑不解的时候，有的请教老师，有的不请教老师……"这样的记述就是古时师者在向学生传道授业解惑时，要求学生认知和理解辞文方式、方法的明证。

还有一个为人熟知的例子："下雨天、留客天，天留，我不留"，如果句读变化成："下雨天、留客天，天留我不？留！"同样一个句子所呈现出来的文字意思就截然相反了。

通过这两个事例可见，在文字的口语外化过程中，声音信号停顿的长短与后续语气变化的不同，对传播效果的产生和存在起决定性作用。所以，朗诵定义中的"读文"不仅仅指表象的嗓音口语外化行为这一个层面，还指在朗诵中形成和建立口语外化的逻辑意识关系。

"有节"（节制、节约）是指朗诵者对嗓音使用得有节制、有目的，需要朗诵者在口语外化时声音收放有度、运用自如；还要使朗诵出来的文字信息让人听起来有重音、停连、语气和节奏的感受。这样的变化即为节律和节韵，即通过有依据和相对规律的声音信号使受众对朗诵的传播结果产生精神层面的共振。

《说文解字》中记载："卖，出物货也。"可见不论"读"字取dú义还是dòu义，皆可理解为对左偏旁的口语外化和给出。那么如何进行口语外化和给出才能让社会大众接受，或者像使用钱币购物一样心甘情愿地购买"语言"这个"物货"呢？这就是"读"的意识和行为要追求的高级艺术境界了。

鉴于此，朗诵的语言形态就不能是随意地念文字，那样只能被界定为"见字儿出声儿"或者"念字儿出音儿"而已。朗诵的形态和结果应该包含声儿、字儿、气儿、劲儿、味儿这五方面，简称"朗诵五元"。声儿，就是朗诵者的嗓音样式；字儿，就是所要朗诵的字的形态；气儿，是指气息存在的形态和运动状态；劲儿，是指口语外化之后受众能够感受到的听觉力度；味儿，是指朗诵时和朗诵后给受众的精神世界带来的意识变化。

现在的人们很少将宋词当作"唱词儿"来谱曲演唱了，他们更多地以纯口语表达的方法来朗诵它们。那么，没有曲调和旋律辅助的纯文字的宋词应该怎么朗诵呢？怎样朗诵宋词才合适和科学呢？朗诵者该怎样运用"朗诵五元"理论来最精准地转述宋词作者的思想意识，进而令大众最大化地接受，并引发他们的精神感动呢？接下来，让我们一起走进宋词朗诵的世界！

目 录

第一章 起伏跌宕，烽烟豪放：
"声儿"烈、"字儿"满、"气儿"足、"劲儿"重、"味儿"壮 / 1

第一节 主观情感的纵深促使豪放派宋词朗诵的"声儿"烈 / 3
（一）历史物象在依托中的延展是"声儿"烈的时间纵向轴线 / 4
（二）现实情感在记录中的整合是"声儿"烈的空间横向切面 / 17

第二节 客观信息承载的广阔致使豪放派宋词朗诵的"字儿"满 / 27
（一）以人为基础的文意内在变化是"字儿"满的物质静态内核 / 28
（二）以情为本原的口语外化信号是"字儿"满的精神动态外形 / 36

第三节 意愿表达的单一指向要求豪放派宋词朗诵的"气儿"足 / 49
（一）建立起完整的意思转换状态是"气儿"足的专业规定 / 50
（二）避免凌乱的情绪表达是"气儿"足的职业特性 / 56

第四节 诗化语言的表述特点塑造豪放派宋词朗诵的"劲儿"重 / 67
（一）物象与意识组合之后的转换黏性是"劲儿"重的首要元素 / 69
（二）视像与声音重叠之后的传播韧性是"劲儿"重的行为成分 / 75

第五节 外化感受的恣意跌宕催生豪放派宋词朗诵的"味儿"壮 / 82
（一）情感的走向在集束中的变化是"味儿"壮的原动力 / 83
（二）文字语言赋予声音信号的比例是"味儿"壮的执行力 / 88

第二章 兰荷碧月，缠绵婉约：

"声儿"润、"字儿"全、"气儿"浅、"劲儿"平、"味儿"媚 / 95

第一节 主观情感的深沉促使婉约派宋词朗诵的"声儿"润 / 97

（一）轻浅的动态发觉中的同一性变化是"声儿"润的基础 / 98

（二）平和的静态感受中的"交错型运动"是"声儿"润的根本 / 103

第二节 客观信息承载的内敛致使婉约派宋词朗诵的"字儿"全 / 106

（一）物象在同质中的变化是建立"字儿"全的思想立足点 / 107

（二）意识在整合中的运动是实现"字儿"全的行为出发点 / 113

第三节 意愿表达的双重指向要求婉约派宋词朗诵的"气儿"浅 / 119

（一）从言物到言情的通感走向是"气儿"浅的物质化支撑 / 120

（二）由言己到言众的同感展开是"气儿"浅的精神性保证 / 125

第四节 赋化语言的表述特点塑造婉约派宋词朗诵的"劲儿"平 / 133

（一）铺陈的逻辑意识的典型性是"劲儿"平的起点 / 134

（二）寓托的文字信息的存在感是"劲儿"平的终点 / 137

第五节 外化感受的柔美蕴藉催生婉约派宋词朗诵的"味儿"媚 / 142

（一）阅读感受中的收敛感是由"味儿"媚的文字本身决定的 / 143

（二）朗诵时声音的约束感是"味儿"媚的大众传播必然性 / 152

第三章　绮艳香软，黏腻花间：

"声儿"柔、"字儿"短、"气儿"绵、"劲儿"粘、"味儿"软　/　157

第一节　主观情感的偏执促使花间派宋词朗诵的"声儿"柔　/　159

（一）物象描写的性别视角是"声儿"柔的主观意识源泉　/　160

（二）情感变化的连续性是"声儿"柔的客观基础　/　163

第二节　客观信息承载的泛化致使花间派宋词朗诵的"字儿"短　/　168

（一）窄视角的视听感受是"字儿"短的一般性感受　/　169

（二）小切口的表达特点是"字儿"短的通识性约束力　/　173

第三节　意愿表达的异化指向要求花间派宋词朗诵的"气儿"绵　/　177

（一）作者意识里的双重性别是"气儿"绵的集成模式　/　178

（二）受众感受中的两种形态是"气儿"绵的融汇路径　/　181

第四节　歌辞语言的表述特点塑造花间派宋词朗诵的"劲儿"粘　/　184

（一）语码信息的连续性在表述中形成了"劲儿"粘的专业性　/　185

（二）符示作用的集束性在接纳中构成了"劲儿"粘的特定性　/　189

第五节　外化感受的迷离幽微催生花间派宋词朗诵的"味儿"软　/　194

（一）托喻联想的传播运动过程造就了"味儿"软的自然性　/　195

（二）言外意蕴的感受变化链条塑造了"味儿"软的人文样态　/　199

第四章　李煜诗词的艺术特色和朗诵技巧 / 203

第一节　物象中的"林花春红"赋予"声儿"的浑厚，塑造意识里的"恨水长东" / 205

第二节　于"西楼"的小范畴中，以"字儿"全、短的科学交错建设"离愁""在心头" / 208

第三节　回忆"家国"的情感起伏，以"气儿"为依托，诉说"垂泪"的"离歌" / 212

第四节　在"春意阑珊"的思绪往复中，运用"劲儿"来比对处境的"天上人间" / 217

第五节　在"春花秋月"的虚问中，以无奈的"味儿"寻找"春水东流"的真实哀愁 / 222

第五章　词前小序的作用以及声音的处理方式 / 227

第一节　意识承载的新闻性 / 229
第二节　信息传递的陪衬感 / 232

结　语 / 241

参考书目 / 248

第一章　起伏跌宕，烽烟豪放：
"声儿"烈、"字儿"满、"气儿"足、"劲儿"重、"味儿"壮

　　"豪放"一词最早出现在《二十四史》之一的《北史·张彝传》之中。《北史》记述了北朝北魏、西魏、东魏、北周、北齐及隋六代共二百三十三年的史事。"豪放"一词形容人性情豪迈、不受拘束，也指艺术作品类型的雄豪、奔放，涵盖"说话果断、办事有魄力"的意思。

　　一说到豪放派宋词，人们很容易就想到苏轼的"明月几时有？把酒问青天。不知天上宫阙，今夕是何年""大江东去，浪淘尽，千古风流人物。故垒西边，人道是，三国周郎赤壁"，以及辛弃疾的"东风夜放花千树。更吹落、星如雨。宝马雕车香满路""何处望神州？满眼风光北固楼。千古兴亡多少事？悠悠。不尽长江滚滚流"等脍炙人口的作品。的确，这一类型的词意境开阔、情感激烈、表述直白，很容易被社会大众所喜欢和接受。当然，这些作品之所以得以流传久远，不仅有赖于相关的文字记载，也仰仗于社会大众的口口相传。

第一节　主观情感的纵深促使豪放派宋词朗诵的"声儿"烈

《尚书·舜典》中记载："诗言志，歌咏言……"诗可以表达人的志意，而歌是为了突出诗的志意而延长了的语言；诗，表达了人的思想、抱负、志向，歌则是通过吟唱的方式在突出诗的意境的基础之上来延伸其所包含的人的思想、抱负、志向。源于诗且原本就作为"唱词儿"而出现的"宋词"，自然也规避不掉表达作者思想感情的文学体式功能和其自身存在的社会人文意义。

不论词的质量如何，词作者在作品中总要融入自己的思想，并通过相应的字词的排列组合，使读者和社会大众明了章句的意义。不论文字作品的题材是什么、内容是什么，作者都不会无感而发。不论作品写得好坏，作者都是在表达自己对人、事、物的认知和态度。这就是作品在作者主观精神世界里的情感认知和意识存在。豪放派宋词之所以能给读者一往无前、纵横捭阖、所向披靡、摧枯拉朽等激烈的、澎湃的、炽热的阅读及视听感受，是因为在这样的作品中，读者很容易发觉并感受到作者将久远的历史物象与近旁的现实情感进行了恰当的逻辑链接和致密的情理融合，进而表达了作者内心的主观志意。

（一）历史物象在依托中的延展是"声儿"烈的时间纵向轴线

首先，我们来看苏轼的《念奴娇·赤壁怀古》。

念奴娇·赤壁怀古

大江东去，浪淘尽，千古风流人物。故垒西边，人道是：三国周郎赤壁。乱石穿空，惊涛拍岸，卷起千堆雪。江山如画，一时多少豪杰。

遥想公瑾当年，小乔初嫁了，雄姿英发。羽扇纶巾，谈笑间，樯橹灰飞烟灭。故国神游，多情应笑我，早生华发。人生如梦，一尊还酹江月。

这是一首雄浑、大气的借古抒怀、以古喻今的经典词作。这首词是苏轼在元丰五年（1082年）谪居黄州（今湖北黄冈市黄州区）时所作，此时的作者因"乌台诗案"被贬至黄州两年多。那么"乌台诗案"这个历史事件与作者个人的主观情感之间有着怎样的逻辑关系，进而导致苏轼有这么强烈的表达意愿呢？

"乌台诗案"发生在元丰二年（1079年），时任御史何正臣上表弹劾苏轼，理由是苏轼到湖州上任之后，在《湖州谢表》中暗藏讥讽朝政的意思，御史李定也曾指出苏轼的四大可废之罪。此案先由监察御史告发，后苏轼在御史台监中受审。所谓"乌台"，即御史台，因官署内遍植柏树又称"柏台"；柏树上常有乌鸦栖息筑巢，故通称"乌台"。这就是"乌台诗案"称谓的由来。

案件的起因较为复杂，可以简单归结为苏轼为政敌所不容，并且在日常的公文写作中也常常不经意地带着个人的感情色彩，所以很容易授人以柄。但究其根本原因还是朝廷中同僚对苏轼那不世才华的嫉妒和恐惧，以致其每写下一首讥讽变法的诗词，都会为当权派人物所不容，皆意欲除之而后快。"乌台诗案"中，苏轼被下狱囚禁了一百零三天，险遭杀身之祸，幸亏宋太祖赵匡胤在太庙立下的"不杀士大夫"的誓碑依然起着作用，他才躲过了这一劫。之后，苏轼被贬到了黄州，担任团练副使，相当于现代民兵队的副队长，是个有名无实的岗位。

创作《念奴娇·赤壁怀古》的时候，苏轼已经被贬至黄州两年多了。他因为切身的经历，心中早就积蓄了无尽的忧愁，于是经常放足城外，以宽释心怀。一天，苏轼来到现在湖北省黄冈市赤壁山的赤鼻矶，此处江水澎湃、山岛耸峙的风景使他感触良多，更令其在追忆三国时期吴国周瑜无限风光的人生经历的同时，感叹着时光易逝。在《念奴娇·赤壁怀古》中，他通过对壮美江景的描绘，借以凭吊古战场，表达了对以周瑜、诸葛亮为代表的"风流人物"的追忆，流露出自己怀才不遇、遭人诟病、仕途多舛、功业未就的忧愤之情，也展现了其关注历史和未来的宽阔、豁达之心。

这首词的上阕写景、蕴情。作者落笔就是巨大的时空范畴，即"大江"和久远的历史物象。长江（"大江"）之水滔滔不绝地向东边的大海流去，早就淹没了那些曾经左右历史走向的"风流"人物。接着，作者以历史沿革中许许多多的"千古风流人物"为情感兴发的依托，将内心的表达意识向此时此地的自己延展开来，形成并开启了极为明了的纵向时间轴线。朗诵者在口语信号建立的伊始就需要注意"气儿""劲儿"的深和沉。

大江东去，浪淘尽，千古风流人物。

朗诵方法：

（即时的述评感，气实、疾吐缓收，字全、窄发、音程稍快、形态独立，声先稍明亮再虚，劲促）**大**/（字半全、音程稍快，声圆润）**江**（气缓吐散收，字半全、音程稍慢，声偏稍明亮、浑厚，劲结实）**东**~（顺势给出，字短、弹出，声稍虚，劲略促）**去，**（缓连，气暂断后疾吐缓收，字拉开、形态独立、字尾缓收、音程稍快，声稍明亮，劲粘）**浪~**（字半全、字尾缓收、音程稍快，声偏虚、带有稍浑厚的颗粒感）**淘**（顺势带出，字短、宽发、声涩）**尽，**（疾连，忽略逗号的作用，顺气、稍暂断后疾吐散收，字半全、音程快，声稍浑厚）**千**（字全、字尾疾收、音程稍慢，声带有浑厚的颗粒感）**古/**（气疾吐缓收，字拉开、音程稍慢，声浑厚）**风**（顺势带出）**流**（字半全、音程快，声稍浑厚，劲弱）**人**（字短，声涩）**物。**

第二句的物象建立在穿越历史风云之后。此时此刻，作者的脚下是经过了久远的纵向时间延伸之后所留存下来的江岸，而此景此境也正是后续大规模具象描写的立足点和出发点。所以，此处朗诵者有声语言的叙述感应该及时地展现出来。

故垒西边，人道是：三国周郎赤壁。

朗诵方法：

（气浅、疾吐缓收，字短、音程稍慢，声浑厚，劲促）**故**（字半全、字尾疾收、音程稍快，声带有稍浑厚的颗粒感）**垒/**（气缓吐散收，字拉开、宽发、音程稍快，声自然、明亮，劲平）**西~**（顺势给出，字短，声涩、稍浑厚）**边，**（缓连，气疾吐散收，字短，声自然、浑厚）**人**（字半全、字尾缓收、音程稍慢，声稍明亮、浑厚）**道/**（顺势带出，字短，声涩）**是：**（缓连，气缓吐缓收，字短，声稍浑厚）**三**（字半全、音程稍慢，声浑厚）**国/**（气疾吐缓收，字全、音程稍慢，声稍浑厚）**周**（字全、字尾疾收、音程稍慢，声圆润、带有颗粒感）**郎/**（并，气疾吐缓收，字拉开、宽发、音程适中，声浑厚，劲绵）**赤~**（字短，劲轻）**壁。**

第三句中，朗诵者应该着重细化、打磨"穿""拍""卷"这三个字的"朗诵五元"技巧，以建立一个深入的口语外化形态，因为只有将此处交代清楚，才有利于引发后续"一时""多少豪杰"的系列物象，从而便于纵向时间轴线向现实延伸。

乱石穿空，惊涛拍岸，卷起千堆雪。

朗诵方法：

（气息重新组织，气足、疾吐缓收，字半全、音程稍快，声偏涩、稍浑厚）乱（顺势给出，字短，声浑厚，劲紧）石／（字全、弹出、字尾疾收、音程稍快，声浑厚，劲促）穿～（字短，声涩）空，（并，气稍缓吐、疾收，字半全、音程稍快，声浑厚）惊（字短、弹出、字尾疾收，声稍浑厚，劲略促）涛／（气缓吐缓收，字全、窄发、字尾缓收，音程稍慢，声自然、明亮，劲粘）拍～（字短，声涩，劲紧）岸，（缓连，气疾吐缓收，字短，声浑厚）卷（字半全、宽发、字尾缓收、音程稍慢，声涩、带有颗粒感）起／（气暂断后疾吐散收，字全、弹出、字尾缓收、音程慢，声偏涩、稍浑厚）千～（顺势给出，字短，声稍浑厚）堆（字半全、音程稍慢，声偏虚、稍浑厚）雪。

第四句中，作者由此时此地江水的澎湃联想到了古战场上那次著名的水战——赤壁之战，想着即便是当年那些叱咤风云的"风流人物"，也不得不随着时间的流逝被淹没在历史的长河之中。作者表面是在写景，实则却是在抒发自己对于历史变迁的慨叹。

江山如画，一时多少豪杰。

> 朗诵方法：
> 　　（气息重新组织，气实、疾吐缓收，字半全、音程快，声偏虚、稍浑厚）江（字短，声偏明亮、浑厚）山/（字短，声圆润，劲轻）如（字半全、弹出、字尾缓收、音程稍慢，声偏虚、稍明亮，劲绵、略促）画～，（气稍疾吐，字短，声明亮，劲紧）一（字全、字尾疾收、音程稍慢，声稍浑厚，劲韧）时～（字短，声稍明亮、浑厚，劲促）多（气缓吐缓收，字半全、音程稍慢，声圆润、带有颗粒感）少/（气疾吐散收，字全、弹出、音程稍快，声偏虚、稍浑厚）豪～（顺势带出，字短，声涩）杰。

这首词的下阕忆人、抒情。作者先将"一时多少豪杰"的历史物象细化在两个"风流人物"（周瑜和诸葛亮）的身上。作者不仅运用以历史物象为依托的写作手法，还通过时间的纵向延伸，为后续的慨叹预置意识元素。

下阕第一句中，作者的情感世界完全沉浸在了古时的人、事和物上了，不仅用小乔的"初嫁"来凸显大将军的英武和潇洒，而且用"羽扇纶巾"形象地描写出那位运筹帷幄的诸葛军师。朗诵此句时，需要朗诵者深入理解作者怀古抚今的慨叹之感。

遥想公瑾当年，小乔初嫁了，雄姿英发。

> 朗诵方法：
> 　　（气足、缓吐缓收，字半全、音程慢，声浑厚，劲绵）遥～（字短，声圆润，劲轻）想/（字半全、音程快，声稍浑

厚，劲略促、结实）公（字短，声偏虚、稍浑厚）瑾/（气疾吐散收，字拉开、音程适中，声偏明亮、浑厚）当~（字半全、音程稍慢，声圆润、带有颗粒感）年，（缓连，气浅、疾吐散收，字半全、音程稍快，声偏虚、稍浑厚，劲轻）小（字全、音程快，声圆润，劲软）乔/（气疾吐缓收，字半全、宽发、音程慢，声稍浑厚，劲紧）初~（字稍拖长，劲稍拖延，声稍虚）嫁（字半全、音程稍慢，声涩、带有颗粒感，劲软）了，（疾连，气足、疾吐缓收，字拉开、字尾疾收、音程稍快，声浑厚，劲韧）雄~（顺势带出）姿/（气疾吐疾收，字半全、弹出、音程快，声浑厚，劲紧、重）英/（字短、窄发、弹出，声稍虚，劲重）发。

正因为"周郎"和"羽扇纶巾"的诸葛亮相互协作，"赤壁之战"才最终取得了胜利。于是，在下阕第二句中，作者对"千古风流人物"的慨叹变得客观和饱满起来。朗诵这一句时，可以通过"朗诵五元"理论将大气、潇洒的视听感受诠释得突出一些，因为词的最后两句略带伤感，所以此处要体现相对明显的情绪变化。

羽扇纶巾，谈笑间、樯橹灰飞烟灭。

朗诵方法：

（并，气缓吐缓收，字短）羽（弹出）扇/（字半全、音程稍慢，声自然、稍明亮）纶~（字短，声稍浑厚）巾，（语速稍慢，字短、音程快，声涩，劲稳健）谈（字拉开、字尾疾收、音程稍慢，声先虚再稍浑厚，劲绵）笑~间、樯（字半全、音程稍快，声圆润、带有颗粒感）橹/（气暂断，缓吐散收，字半全，声稍明亮）灰（字短、音程稍慢，声涩）飞/（气疾吐缓收，字拉开、音程适中，声稍浑厚）烟~（字短、弹出，声涩）灭。

在词的最后两句中，作者内心想表达的是，不想人们笑他的多思多虑以及因杞人忧天而过早生出的白发。虽然创作这首词时，苏轼身在贬谪之地，但是他毕竟也曾多年在京为官，他敏锐地觉察到此时北宋国力的疲敝和周边辽、夏等政权的虎视眈眈。于是，他始终怀着一腔报国为民的巨大生命热忱和政治抱负，急切地渴望能出现像周瑜和诸葛亮那样的英雄豪杰来扭转当时北宋被外族觊觎的危险境地。所以，最后两句需要朗诵者在纵向时间的延伸中运用"朗诵五元"理论，外化出慨叹中的忧虑之情。

故国神游，多情应笑我，早生华发。

朗诵方法：

（气息重新组织，气实、缓吐疾收，字短，声稍浑厚）故（字半全，声圆润、带有颗粒感）国/（气稍疾吐缓收，字全、音程稍慢，声浑厚，劲促）神~（顺势给出，字短，声涩）游，（缓连，气暂断后疾吐缓收，字半全、音程稍快，声浑厚）多（字短，声涩）情/（顺势带出）应（字全、音程稍快、弹出，声虚）笑~（字短，声涩、劲弱）我，（顺气、疾吐缓收，字短、音程稍慢，声偏虚、稍浑厚）早（顺势带出）生/（字半全、音程稍慢，声圆润、带有颗粒感，劲轻）华~（字短、弹出，声虚，劲促）发。

人生如梦，一尊还酹江月。

朗诵方法：

（气息重新组织，气浅、疾吐散收，字半全、音程稍快，声稍浑厚）人（字短，声浑厚）生/（顺势给出）如（字全、字尾缓收、音程适中，声浑厚，劲略促）梦~，（气继续疾吐散

10

收)一尊(气缓吐散收,字拉开、音程适中,声偏圆润、浑厚)还~(字短、弹出,声稍虚)酹/(气缓吐缓收,字半全、音程慢,声稍浑厚,劲绵、韧)江~(顺势给出,字半全、音程稍慢,声虚)月。

朗诵者还需要注意的是,在通常的理解中,被贬谪的官员都希望早日回京任职,所以,苏轼的另一个情感归宿地——开封府(今河南开封)自然而然地构成了他情感的走向。同时,写这首词时的公元1082年距离"赤壁之战"发生时的公元208年已经过去了874年,作者当时所处的地点早已经物是人非,但是在这874年里,主观情感承载的"深"却是客观存在着的。所以,这首《念奴娇·赤壁怀石》不仅合乎作者当时自身情感的主观意愿,也符合现代人们一般性情感认知,而这些情感的生发、存在和运动恰恰都以历史物象的延展为纵向时间轴线。

我们再来看王安石的《桂枝香·金陵怀古》。

> 桂枝香·金陵怀古
>
> 登临送目,正故国晚秋,天气初肃。千里澄江似练,翠峰如簇。归帆去棹残阳里,背西风,酒旗斜矗。彩舟云淡,星河鹭起,画图难足。
>
> 念往昔,繁华竞逐。叹门外楼头,悲恨相续。千古凭高对此,谩嗟荣辱。六朝旧事随流水,但寒烟衰草凝绿。至今商女,时时犹唱,后庭遗曲。

这是一首忆古思今的词。王安石在熙宁七年(1074年)和熙宁九年(1076年)先后两次被罢免,外放出任江宁(今江苏南京)知府。据上阕中的"故国"和下阕中的"六朝"可以判断,这首词应该是其任江宁知府时所作。金陵,即南京,从三国时期的东吴开始,先后有东晋、宋、齐、梁、陈在此建都，故称"六朝古都"。

值得注意的是，这首词通过对之前六朝存续和更迭的历史教训的认识和表述，反映了曾身居高位的作者对北宋社会现实的不满，透露出了士大夫居安思危的忧患意识以及期待变革和进步的家国情怀。

"桂枝香"是词牌名，又名"疏帘淡月"或"桂枝香慢"，这个词牌作品极少，此作为首次出现。在朗诵这首忆古思今的词时，"声儿"的样式上，上阕应浑厚、圆润，下阕应在圆润间带有适时的枯涩感；"字儿"的形态上，上阕应字全、半全且音程较慢，下阕应字短、半全且音程稍快；"气儿"之"徐"应遵循对美景的记录及历史信息的流变，"气儿"之"疾"应结合史实表达对现状担忧；"劲儿"之"起"应以人对美好事物的主观反映为"依"，"颈儿"之"落"应以人对未来产生的客观预判为"据"，进而建立和塑造出一种古今对比后的担忧、抑郁之"味儿"。

这首词的上阕以季节、气候、江水、山峰、船帆、酒旗、画舫和白鹭这八个物象动态地展现了金陵城的美丽秋景。

登临送目，正故国晚秋，天气初肃。

朗诵方法：

（立体、连续的景物描写感，气足、缓吐缓收，字半全、音程稍快，声浑厚）登（字全、音程稍慢，声稍浑厚，劲平）临～（字短、弹出，声浑厚，劲促）送/（顺势给出）目，（字全、字尾疾收、音程快）正/（字半全、音程稍慢，声稍虚）故～（字全、字尾疾收，声圆润、带有颗粒感）国/（气半全、音程稍慢，声稍虚、带有颗粒感）晚～（字短，声稍浑厚，劲略促）秋，（缓连，气疾吐缓收、字半全、音程快，声稍明亮）天

（顺势带出，声稍虚，劲紧）气/（字全、字尾缓收，声浑厚）初~（字半全、弹出，声稍涩）肃。

千里澄江似练，翠峰如簇。

朗诵方法：

（气疾吐缓收，字半全、音程稍慢，声稍明亮，劲紧）千~（字全、字尾疾收，声圆润、带有颗粒感）里/（两个字皆弹出、字全、音程快，声浑厚）澄（字半全、字尾疾收，声稍虚）江/（顺势带出）似（气全、字尾缓收，声稍明亮）练~，（连，气疾吐散收，字半全、字尾缓收，声自然、明亮）翠~（字短、弹出，声稍浑厚）峰/（字半全、音程快，声涩）如（字短，声浑厚）簇。

归帆去棹残阳里，背西风，酒旗斜矗。

朗诵方法：

（气息重新组织，气浅、疾吐疾收，字全、音程快，声稍明亮）归（字半全、音程快，声虚）帆/（字短、弹出，声稍涩，劲稍重）去（字半全、音程稍慢，声稍虚）棹/（字拉开、字尾缓收，声自然、稍浑厚，劲绵）残~（顺势给出）阳（顺势带出）里，（字全、音程极快，声稍涩，劲促）背（气半全、音程慢、宽发，声稍浑厚，劲紧）西~（字短、弹出，声稍浑厚）风，（疾连）酒（字全、音程快，声稍明亮）旗/（字全、音程慢，声稍浑厚、带有颗粒感）斜~（字短、弹出，声涩）矗。

彩舟云淡，星河鹭起，画图难足。

> 朗诵方法：
>
> （顺气而缓吐散收，字半全、字尾疾收，声稍虚）**彩**～（字短，声涩）**舟**/（字全、字尾疾收，声浑厚）**云**（字半全，声自然、稍明亮）**淡**，（气息重新组织，气实、疾吐缓收，字短，声稍浑厚）**星**（字拉开、字尾疾收，音程慢，声稍虚、圆润）**河**～（字短，声涩）**鹭**（字全、宽发、音程稍慢，声圆润、带有颗粒感）**起**～，（缓连，字短、弹出，声稍明亮）**画**（字全、音程快，声稍浑厚、带有颗粒感）**图**/（字全、音程稍快，声虚，劲绵）**难**～（字半全，声浑厚，劲略促）**足**。

这首词的下阕忆六朝，虑今朝。作者先回溯此地作为六朝古都（"念往昔"）时的繁盛（"繁华竞逐"），但是，六个朝代都相继败亡了（"悲恨相续"）。此处，作者的笔触是欲抑先扬，他原本的创作主旨是表达对北宋现状的担忧并主张革新。他面对此时此地的盛景，结合了彼时彼地（"故国"）的史实，在下阕的此时此刻表述出他的担忧。

念往昔，繁华竞逐。叹门外楼头，悲恨相续。

> 朗诵方法：
>
> （忆古思今的讲述感，声音色彩明显转变，气实、疾吐缓收，字半全、字尾疾收，声明亮）**念**/（气缓吐散收，字拉开、字尾缓收，声浑厚、带有颗粒感）**往**～（字短、宽发，声涩，劲略促）**昔**，（疾连，字半全、音程稍慢，声圆润）**繁**（字全、音程稍快，声圆润、带有颗粒感）**华**/（气疾吐，字拉开、字尾缓收、音程慢，声明亮，劲韧）**竞**～（字半全、音程稍快，声浑

厚)逐。(气疾吐散收,字半全、弹出、字尾疾收,声稍虚,劲稍重)叹/(气缓吐缓收,字半全、字尾疾收,声稍浑厚)门(字短,声虚)外/(顺势给出,气疾吐散收,字半全、音程稍快,声浑厚)楼(字短,声涩)头,(气暂断后疾吐,字短,声稍涩)悲(气缓吐散收,字半全、音程稍慢,声浑厚,劲重)恨/(气疾吐,字短,声浑厚)相(气缓吐缓收,字全、音程慢,声稍明亮,劲粘)续~。

千古凭高对此,谩嗟荣辱。

朗诵方法:

　　(气浅、疾吐缓收,字半全、弹出、音程稍慢,声涩)千(字全、音程稍慢、字尾缓收,声浑厚、带有颗粒感)古~(字短、弹出,声稍明亮)凭(字半全、弹出,声稍虚,劲稍重)高/(字半全,声稍明亮)对(气缓吐缓收,字半全、宽发、音程稍慢、字尾疾收,声浑厚、带有颗粒感)此~,(缓连,气疾吐,两个字皆短)谩嗟/(字半全、音程稍慢,声浑厚)荣~(字短,声涩,劲轻)辱。

那么,现在的人们在嗟叹、感慨什么呢?六朝旧事已随流水消逝了,剩下的只有寒烟惨淡、绿草衰黄("寒烟衰草凝绿")。这一句的作用很关键,因为它不仅完成了作者欲抑先扬的表述逻辑,而且给这首词的最后一句设置了一个存在的前提。

六朝旧事随流水，但寒烟衰草凝绿。

> 朗诵方法：
>
> （气息重新组织，气浅、疾吐疾收，两个字皆半全）六朝/（气疾吐散收，字半全、音程稍快，声稍浑厚）旧~（字半全、音程稍慢，声涩、带有颗粒感）事/（气疾吐，声稍浑厚、带有颗粒感，字半全、字尾疾收）随（字全、音程稍慢，声先涩再虚）流~（字半全，声虚）水，（疾连，字短、弹出、音程快，声稍明亮）但/（字半全、音程稍快，声涩）寒（字短，声虚）烟/（并，气缓吐缓收，字全、窄发、音程慢，声虚）衰~（字半全，声涩）草/（字全、音程快，声浑厚）凝（字半全、音程稍慢，声涩、带有颗粒感）绿~。

最后一句不仅是作者对歌女们演唱环节的客观记录，更是以此曲的吟唱来表达作者内心隐隐的担忧。简言之，虽然现在的江宁还像六朝那样繁华，但是歌女居然还吟唱着南唐后主李煜创作的亡国之曲——《后庭花》。作者结合自己在京城二度出任宰相以及当下北宋朝廷的政治现状，表达出内心的远虑之思，即对北宋前途的担忧。

至今商女，时时犹唱，后庭遗曲。

> 朗诵方法：
>
> （暂断，气实、疾吐缓收，字短、宽发，声稍涩，劲促）至（气缓吐缓收，字全、字尾缓收，声稍明亮，劲绵）今~（字半全，声虚）商（字短，声涩）女，（缓连，字半全，声稍浑厚）时（字短、宽发，声涩）时/（气缓吐散收，字全、音程慢，声浑厚，劲稍重）犹~（字短、弹出，声虚，劲促）唱，

> （忽略逗号的作用，字半全、字尾疾收，声稍浑厚）后（字短，声涩）庭/（气缓吐缓收，字全、宽发，音程稍慢，声稍明亮）遗~（字短、音程稍慢，声涩、带有颗粒感，劲缓落下）曲。

（二）现实情感在记录中的整合是"声儿"烈的空间横向切面

我们先来看苏轼在同一时期的另一首词——《定风波》。

定风波

三月七日，沙湖道中遇雨。雨具先去，同行皆狼狈，余独不觉。已而遂晴，故作此词。

莫听穿林打叶声，何妨吟啸且徐行。竹杖芒鞋轻胜马，谁怕？一蓑烟雨任平生。

料峭春风吹酒醒，微冷，山头斜照却相迎。回首向来萧瑟处，归去，也无风雨也无晴。

这是一首乐观、超脱的词。这首词作于公元1082年春，这时是苏轼被贬为黄州团练副使的第三年。这一天，苏轼与朋友们到郊外春游，以宽解郁闷的心情，不料忽遇狂风骤雨，大家都没带雨具，几位朋友都四下跑去找寻避雨之处。苏轼却毫不在乎淋湿了衣衫的大雨，反而冒着春寒从容地行走在风雨之中。骤雨初晴，苏轼写下这首记事抒怀之词，体现了他虽然身处逆境却依然抱有从容的心境和坦荡的情怀。

这首词虽然上阕记事，下阕抒怀，但是作者的思想意识和笔触都是虚实结合、虚实相衬的。例如，相较于段首的"穿林打叶声、吟啸且徐行"，"一蓑烟雨任平生"就是一句虚写。因为曾经的京官即便是被贬黜至此三年有余，也是不会穿着蓑衣和芒鞋的。所以，作者在此想表达的意识逻辑应该为"哪怕让我苏轼披着一身蓑衣在江湖社会中生活又如何"。

那么，将此中的"一蓑烟雨"理解为"不论在何时何地，遭遇何种物质条件"，"我"都能度过此生（"任平生"），这就与这首词的主旨和情感色彩相契合了。所以，这一句不仅没有与小序中的"雨具先去"的意思相悖，反而通过物象比对的手法突出作者心中想要的从容和旷达。下阕的末句"也无风雨也无晴"亦然，表达了作者身处逆境时超越常人的乐观和豁达。

朗诵者在纵览整首词之后，可以很清晰地发现众人"遇雨""先去""皆狼狈""独不觉"等一系列连贯的人体情态物象同处"沙湖道"这一个空间。在这个已经固定和相对较小的地域范围里，作者本人和同游者在面临相同的自然物象（"遇雨"）的时候，出现了截然不同的选择，借此也就展现出了在同一境遇下不同心境的两类人群间巨大的心理认知差别，进而形成了各自独特，但也符合社会大众通识情理认知的生活态度和生命情感。

朗诵者需要特别注意的是，"沙湖道中遇雨"这件小事对于当时的作者和现在的人们来说不是什么具有危险性或者大不了的事情，也就是被淋湿衣服和身体，不得不中断户外活动，最多着凉感冒而已。但是，在这个固定的"沙湖道"空间里，作者情感的建立和变化是通过一步步记录人们在"遇雨"之后他们的心理活动和身体动作的真实反应来实现的，从而表达了他崇高的生活理念和生命情怀，即"一蓑烟雨任平生"和"也无风雨也无晴"。

换言之，不论在户外"遇雨"之后人的情态意象是什么，作者在这个现实境遇中的情感生成和创作意识都是在对自己和同行者的心理活动和肢体行为的记录中达成的。所以说，"沙湖道中"和"遇雨"就自然而然地成为作者志意逻辑和表达走向的空间横向切面，因为作者和众人后续的一系列与之相关的意识、感受等的心理活动以及肢体语言都被客观地裹挟在其中，而没有丝毫的外溢。作者以"遇雨"这件微不足道的小事作为情感兴发的切入点，经过对同行者心理的层层剖析和对他们行为动态的点点记录，最终给出了具有重大现实意义和深远历史意义的表达主旨，即一位正直的文人在坎坷的人生境遇中的力求解脱之道，正因为作者有了"任平生"的心态，所以才可以"也无风雨也无晴"。

所以，朗诵者在朗诵的时候应特别注意内心视像的建立，内心视像应随文字表述的变化而变化。"声儿"的样式应以明亮、自然、稍浑厚，间以适度的圆润为宜；"字儿"的形态应半全、短且音程慢，或字全且音程稍快；"气儿"之"徐"应以叙事为"序"，"气儿"之"疾"应以恣意抒怀为"计"；"劲儿"之"起"应以行为到思考的变化为"依"，"劲儿"之"落"应以写景到生情的走向为"据"，进而营造出一种轻松、惬意的氛围，并从中自然而然地生发出旷达、超然的自信之"味儿"。

莫听穿林打叶声，何妨吟啸且徐行。

朗诵方法：
（友善、不强硬的规劝感，气实、缓吐缓收，字全、字尾疾收，音程稍快）莫～听/（字半全、音程快，声稍明亮，劲稍促）穿（字全、字尾疾收、音程稍快，声圆润、带有颗粒感，劲粘）/林（字短、窄发、音程快，声虚，劲稍重、紧）打（气疾吐缓收，字半全、音程稍慢，声偏虚、浑厚）叶～（顺势带出）声，（字短、弹出，劲轻）何（字全、字尾缓收、音程稍快，声圆润、稍浑厚，劲粘）妨～（后两个字的形态独立、字半全、音程稍快，劲紧）吟（字半全、弹出，声稍虚）啸/（顺势带出）且（气疾吐缓收，字半全、音程稍慢，声稍明亮，劲结实）徐～（顺势给出，劲略促）行。

竹杖芒鞋轻胜马，谁怕？一蓑烟雨任平生。

朗诵方法：

（气足、缓吐缓收，字全、音程快，声浑厚）竹（字短、弹出，声虚，劲促）杖/（顺气、疾吐缓收，字全、音程稍快，声稍浑厚，劲平）芒~（字半全、字尾疾收）鞋/（气疾吐散收，字短、音程稍慢，声稍明亮，劲稍紧）轻胜（字拉开、字尾疾收、窄发，音程稍慢，声圆润、带有颗粒感，劲绵）马~，（气疾吐散收，字半全，音程稍慢，劲稍重，声稍明亮）谁~（字短、窄发，声虚）怕？（缓连，气疾吐缓收，字短，劲促，声明亮）一（顺势给出，字短、音程稍慢，声涩，劲弱）/蓑（字稍拖长、字稍促）烟（字全、字尾缓收，音程稍慢，声圆润、带有颗粒感）雨~（字短、弹出，声稍明亮、浑厚）任/（气缓吐缓收，字全、音程稍快，声偏虚、浑厚，劲韧）平~（字短，声稍虚，劲弱）生。

料峭春风吹酒醒，微冷，山头斜照却相迎。

朗诵方法：

（上阕抒情与下阕抒怀之间的过渡，带有自我描述感，气足、缓吐缓收，字短、弹出，音程稍慢，声稍明亮，劲稍重）料（字半全、音程快，声虚，劲促）峭/（气疾吐散收，字稍拖长、字尾疾收，劲韧）春~（顺势带出）风/（气疾吐疾收，字半全、音程快，声自然、稍明亮，劲促）吹（顺势带出，语流音变为阳平，字短）酒（字全、字尾缓收，音程稍快，声浑厚、带有颗粒感，劲粘）醒~，（缓连，气缓吐疾收，字短，声稍明亮，劲促）微/（顺势给出，字短、音程稍慢，声浑厚，劲弱）冷，（疾连，气疾吐缓收，字短、音程慢，声浑厚，劲稍重）山（字半全、音程快，声偏虚、浑厚）头/（气疾吐缓收，字半全、音程慢，声自然、稍明亮，劲韧）斜~（字短、弹出，声虚，劲略促）照/（字半全、音程快，声稍浑厚）却（顺势给出，劲略促）相（气疾吐缓收，字全、字尾疾收、音程稍快，声自然、浑厚，劲粘）迎~。

回首向来萧瑟处，归去，也无风雨也无晴。

朗诵方法：

（气息重新组织，气浅、缓吐缓收，字全、音程稍快，声稍明亮）回~首（字短、弹出，声涩）向/来（字全、字尾疾收，声稍明亮、圆润，劲结实）萧~（顺势给出）瑟处，（气疾吐缓收，字全、字尾缓收、音程稍慢，声稍明亮、浑厚，劲韧）归~（字短、弹出，声涩）去，（气暂断后疾吐缓收，字短）也（顺势带出）无/（字短、弹出，声浑厚，劲紧、促）风（字全、字尾缓收，声圆润、带有颗粒感，劲绵）雨~（字半全、弹出，音程慢，声涩）也/（字拉开，音程适中，声稍浑厚，劲平、韧）无~（字半全、音程快，声稍涩，劲弱）晴。

我们再来看辛弃疾的《破阵子·为陈同甫赋壮词以寄之》。

破阵子·为陈同甫赋壮词以寄之

醉里挑灯看剑,梦回吹角连营。八百里分麾下炙,五十弦翻塞外声,沙场秋点兵。

马作的卢飞快,弓如霹雳弦惊。了却君王天下事,赢得生前身后名。可怜白发生!

这是一首豪放、酣畅的失望之词。公元1188年冬,辛弃疾的好友、文学家陈亮(字同甫)到信州(今江西上饶)探访在此地闲居的辛弃疾。两人意气相投,特别是他们心中的家国情怀和理想抱负高度一致,又都是力主抗金的爱国志士和慷慨悲歌的词人。惺惺相惜的他们不仅一起讨论抗金大事,而且在依依惜别之后又同用"破阵子"这一词牌反复填词、唱和,其中就包括这首著名的《破阵子·为陈同甫赋壮词以寄之》。

朗诵者需要注意的是,这首词在文字信息和逻辑意识这两个层面有别于其他宋词。从第三句开始,作者的意识和表达信息跨越了上、下两阕的结构约束,下阕中的前两句与上阕的最后一句构成了一个整体,即作者对出兵征战的真实场景的想象。"看剑""吹角""分炙""塞外""点兵"等与战场有关的动态描写与对作者情感力量的静态描写都为最后一句"可怜白发生"的巨大遗憾做全景式和全情式的意识铺垫。从文字信息和表述意识两个层面都可以看出本词的写作手法是欲抑先扬。因为前四句都是壮志豪情地要上疆场杀敌、收复失地、"了却天下事",给受众的认知和感受一直是积极向上的,是可以"赢得生前身后名"的。不料,最后一句却出现转折,表达了作者因为年岁已大、白发已生而不能像前述那样作为。如此转折将作者巨大的遗憾和深深的失望体现得淋漓尽致。这里的"遗憾"是什么？是不满、悔恨和不甘，是因无法控制或无力补救而引起的后悔。辛弃疾和陈亮二人心里明明知道，当下以及未来很长一段时间都无法实现他们长久以来的心愿，但是他们的信念没有一丝的动摇。只是在面对朝廷掌权的主和派的阻挠和不可抗力的年老时，他们心中才会产生巨大的遗憾。

朗诵者在朗诵时，应客观地讲述前四句，以便为最后一句的情感爆发铺设基础。故而"声儿"的样式应明亮、浑厚；"字儿"的形态应侧重全、半全且音程快慢兼有，或短且音程稍快；"气儿"之"徐"应以物象的移动和转换为"序"，"气儿"之"疾"应以情感走向的突兀和必然为"计"；"劲儿"之"起"应以内心视像的连续和递进为"依"，"劲儿"之"落"应以对主旨的总结、归纳为"据"，进而建立和塑造出一种在致密的思想意识里，不停地运动，最后不得不静止下来，并回到现实中的遗憾、萧瑟、伤感和柔弱之"味儿"。

这首词的上阕谈理想，词风激荡豪放。

醉里挑灯看剑，梦回吹角连营。

朗诵方法：

（带有想象中的讲述感，气足、缓吐疾收，字半全、音程稍慢，声明亮、浑厚）醉～（顺势带出，声涩，劲弱）里/（气疾吐散收，字全、字尾疾收、音程较快，声涩、浑厚）挑～（字短、音程稍快，声浑厚，劲促）灯（字半全、弹出、音程稍快，声虚，劲稍重）看/（字短、音程稍快，声自然、明亮，劲紧）剑/，（并，缓连，气缓吐缓收，字短、音程稍快，声浑厚）梦（字全、字尾疾收、音程稍快，声虚、浑厚）回～（字半全、弹出、音程稍快，声自然、明亮，劲重）吹/（字全、音程稍慢，声浑厚、带有颗粒感）角～（字全、弹出、音程较快，声明亮，劲促）连（字全、音程稍慢，声浑厚，劲粘）营～。

八百里分麾下炙，五十弦翻塞外声，沙场秋点兵。

> 朗诵方法：
>
> 　　（字短、窄发、音程稍快，声自然、明亮）八（字半全、音程稍慢、声涩、浑厚）百里/（字全、音程稍快，声浑厚，劲韧）分/（后三个字的形态独立、节奏感明显，声明亮，劲稍重）麾下（声稍虚，劲紧）炙/，（疾连，气足、疾吐缓收，三个字粘连感强、声浑厚，劲紧）五十弦/（字半全、窄发、音程稍慢、声明亮、浑厚）翻~（字短、弹出、音程稍慢）塞/（字全、窄发、字尾疾收、音程较慢、声自然、明亮，劲韧）外~（字短、弹出、音程稍快，声浑厚，劲稍重）声，（气暂断后缓吐缓收，字短、音程稍慢，声虚、浑厚）沙（字全、字腹拉开、字尾缓收、音程较慢，声圆润、浑厚，劲粘）场~（字短、弹出、音程稍快，声涩、浑厚，劲稍重）秋/（字半全、音程较快，声涩、劲紧）点（字全、字腹拉开、字尾缓收，声明亮、浑厚，劲韧）兵~。

这首词的下阕诉情怀，吐露失望之情。

马作的卢飞快，弓如霹雳弦惊。

> 朗诵方法：
>
> 　　（缓连，气实、疾吐疾收，字短、音程稍快，声浑厚）马（字半全、弹出、音程较快，声涩、劲紧）作/（字半全、宽发、弹出、音程稍快，声明亮，劲促）的/（字半全、音程较快，声浑厚，劲弱）卢（字全、字腹拉开、字尾散收，声明亮，劲韧、紧）飞~（字半全、弹出、音程稍快，声虚、浑厚，劲

促）**快**，（并，缓连，此句气浅、缓吐缓收，字半全、音程稍快，声稍浑厚，劲轻、略促）**弓**（字全、字尾缓收、音程慢，声涩、浑厚，劲粘）**如~**（后两个字的形态独立、字短、宽发、音程稍慢，声圆润，劲略促）**霹/雳/**（字半全、音程稍快，声虚）**弦**（字全、字尾缓收、音程较慢，声涩、浑厚，劲韧）**惊~**。

了却君王天下事，赢得生前身后名。可怜白发生！

朗诵方法：

（气实、缓吐疾收，字半全、音程稍慢，声涩、浑厚）**了**（字半全、弹出、音程稍快，声明亮、浑厚，劲促）**却/**（字短、音程稍快，声涩）**君**（字全、字尾缓收、音程较慢，声圆润、浑厚，劲粘）**王~**（字短、弹出、音程稍快，声明亮）**天/**（字半全、弹出、音程稍慢，声虚，劲促）**下/**（字短、音程稍慢，声涩，劲略促）**事**，（缓连，气疾吐疾收，字短、音程较快，劲紧）**赢**（字全、疾收、音程稍慢，声圆润、浑厚，劲韧）**得~**（字短、弹出、音程稍快，声浑厚，劲略促）**生**（气缓吐缓收，字全、字尾缓收、音程稍快，声圆润、带有颗粒感，劲韧）**前/**（字短、弹出、音程稍快，声圆润）**身**（字半全、字尾疾收、音程稍慢，声虚、涩，劲轻）**后/**（字短、音程稍慢，声涩，劲略促、紧）**名**。（缓连，气实、缓吐缓收，字半全、音程稍慢，声涩、浑厚）**可**（字全、字尾疾收、音程稍快，声圆润、明亮，劲韧）**怜/**（字全、窄发、字尾疾收、音程稍慢，声虚、浑厚，劲粘）**白~**（字短、弹出、音程稍快，声虚，劲促）**发**（字半全、音程稍慢，声浑厚，劲稍重、稳健）**生！**

东汉时期著名的经学家、文字学家许慎在《说文解字》中写道："烈，火猛也。"这首词从纵深角度分析，作者的内心视像非常丰富，就像苏轼的"大江东去""一尊还酹江月"一样"猛烈"，就像在意识层面熊熊燃烧的大火。否则，作者也不会在将间隔了874年的同类型感受进行比对之后，将捆绑在自身的现实经历和生活感受诉诸笔端了。试想一下，如果朗诵者的"声儿"是喑哑的、浑厚多于明亮、不够悦耳的，不能像熊熊燃烧的大火那样引人注目，那么这类文字对于受众来说势必会缺乏感染力；如果朗诵者对文字信息不够敏感，以致朗诵者朗诵出来的声音不容易入耳，那么，有纵深感的有声语言信号链条也就会因为不够猛烈而迟滞，甚至是停止。此外，在上述列举的几首词中，"大""淘""打""马""烟""山"等字的韵母都为开口呼韵母，也在客观上让"声儿"自然而然地"烈"起来。当然，朗诵豪放派宋词的时候并不一定要求每一个"字儿"都是明亮的、悦耳的、"烈"的，这需要朗诵者根据每个作品具体的文意来对应设计。否则，就成了朗诵者的大喊大叫了，那就不是专业的朗诵，成了"喊字儿"。

虽然这首词的文字内容颇为丰富，但是作者携带着的情感逻辑和预设却相对单一，都指向了建功立业的实现。朗诵者越是面对作者这样的情绪，越是有必要厘清表达主体的意识层次和表述载体的逻辑关系，以利于"气儿"预备得充足和"声儿"外化得准确，由此可避免朗诵时大喊大叫，从而丧失文字的文雅之气。

第二节　客观信息承载的广阔致使豪放派宋词朗诵的"字儿"满

客观，是一个哲学术语，包含两层含义：第一层含义，在人的主观意识之外不依赖主观意识而存在的事物和规律；第二层含义，按照事物的本来面目去考察，不加个人偏见的意识和行为。

在宋词的创作中，作者主观意愿的兴发是情感表达的原动力。虽然作者的内心想法异常丰富，表达欲望也十分强烈，但是在作者将其内心无形的精神感受转换成有形的文字时，总是需要借助一条或者多条已经存在的、为人熟知的信息链条，来启动作者主观意识的运动。否则，情感的表述不仅缺少切入点，而且也会在后续的意识运动中缺乏持续力和聚合力，从而使这类宋词本身所包含的客观信息体量变得巨大，以及由这些信息意群承载着的意识逻辑范畴变得宽阔。

简言之，当一位作者在写一篇文章的时候，他在确立中心思想的过程中就会思考：根据什么来开启话题？哪些相关的信息与即将要表达的意思相契合？哪些众所周知的人、事、物、情能够帮助读者最快和最多地理解文章主旨？这已经成为一种通用的文学艺术创作意识，也是在实践中惯用的重要方法。

客观信息的使用和其在文学作品中发挥的不可替代的作用在豪放派宋词的创作中并不例外，而且在这一类型的词中还体现得更为明显。这也是作者豪迈志意的主观意愿和奔放文字的客观使命。

（一）以人为基础的文意内在变化是"字儿"满的物质静态内核

我们来看辛弃疾的《永遇乐·京口北固亭怀古》。

> 永遇乐·京口北固亭怀古
>
> 千古江山，英雄无觅，孙仲谋处。舞榭歌台，风流总被，雨打风吹去。斜阳草树，寻常巷陌，人道寄奴曾住。想当年，金戈铁马，气吞万里如虎。
>
> 元嘉草草，封狼居胥，赢得仓皇北顾。四十三年，望中犹记，烽火扬州路。可堪回首，佛狸祠下，一片神鸦社鼓。凭谁问：廉颇老矣，尚能饭否？

　　这是一首豪放、悲凉的爱国之词。公元1206年，已经六十六岁的辛弃疾担任京口知州。京口位于今天江苏省镇江市的长江南岸，是南宋抗击金国的第二道战略防线，地理位置极其重要。此时的朝廷正在积极备战，准备兴兵北伐。辛弃疾虽然长久以来都主张武力抗击外敌，但是经过冷静的思考之后，他感觉此时出兵尚显草率，担心南宋不能取胜，反而会损兵折将。可是辛弃疾的建议并没有被当权者采纳，所以他不免忧心忡忡。某日，他再次登临北固亭，登高眺望，抚今追昔，感慨万千，于是他将心中澎湃的情感诉诸笔端，写下了这篇名作。这首词一边重申了作者抗金、收复失地的坚定主张，一边表达了其反对冒进误国的清醒立场。

　　需要特别注意的是，这首词中用典和喻指较多，也就是承载的客观信息量较大。本词用典和喻指多达七处，而且相对集中在下阕里，朗诵者在朗诵之前必须准确地把握词的意思，避免由于对文字信息的模糊理解而弱化"朗诵五元"技巧的实践效果。

　　"人道寄奴曾住"，"寄奴"是东晋至南北朝时期杰出的政治家、改革家、军事家，南朝刘宋政权的开国君主刘裕的小名，此处旨在表达对历史的回望和褒扬。这里"曾"的音程就需要拉满，即将声母c和韵母eng朗诵得完整，以体现过去式的动态感。

"元嘉草草"，刘裕之子宋文帝刘义隆因为好大喜功而仓促北伐，反而让北魏国的第三位皇帝——太武帝拓跋焘抓住机会强势出击。于是，刘宋军队被北魏的骑兵赶至长江北岸。"元嘉"指宋文帝的年号，"草草"意为草率。此处旨在批评宋文帝出兵的鲁莽。"草草"中的第二个"草"的音程也需要拉满，以示草率的程度。

"封狼居胥"，狼居胥，山名。《汉书·霍去病传》中记载，西汉骠骑将军霍去病击败匈奴后，在狼居胥山累土为坛，祭天以告成功。于是，后世便以"封狼居胥"代指显赫的功绩。"狼居胥"作为山名在被重点强调的时候，也需要将三个音节朗诵得清晰、明了。

辛弃疾从绍兴三十二年（1162年）从北方抗金南归，到开禧元年（1205年）任镇江知府，登北固亭写这首词时，前后共计"四十三年"。《魏书·世祖纪下》及《入蜀记》卷二中记载，北魏太武帝字佛狸，在元嘉二十七年（450年）击败刘宋朝的军队后，在山上建立行宫，即后来的"佛狸祠"。其遗址在今天江苏省南京市六合区瓜埠山上。"神鸦社鼓"，是一个并列词组，指在庙里吃祭品的乌鸦和祭祀时的鼓声，意指到了南宋时期，当地的百姓已经将佛狸祠当作供奉和祭祀的地方，却不知道这里曾经是北方外族皇帝的行宫。在"四十三年"这个时间段里，发生了由"佛狸祠"到"神鸦社鼓"的重大转变，所以，朗诵者在朗诵时需要将"三"这个词的韵母的音程拉满。这样不仅精确地讲述时间的限定性，同时也展示出由远及近的历史和现实交互运动的广阔感。

"廉颇老矣，尚能饭否"，廉颇是战国时期赵国的名将。《史记·廉颇蔺相如列传》中记载，廉颇被免职后跑到魏国，之后赵王想再用他，就派人去探查他的身体情况。廉颇的仇人郭开贿赂了使者。使者看到廉颇一顿能吃下一斗米饭、十斤肉，还可以穿上盔甲、骑上战马，身体很好，但是因为受了贿赂却向赵王报告说："廉颇将军虽老，尚善饭，然与臣坐，顷之三遗矢矣"，意思是说"廉颇将军虽然年纪大了但是饭量尚且很好，就是跟我坐了一会儿去了三次厕所"。使者这样的言语就故意轻辱了往日驰骋疆场而如今老当益壮的廉颇将军，所以赵王认为"廉颇已老，遂不用"。此处是作者以廉颇的典故自喻，表达了他对南宋朝廷的担忧之情。以"廉颇老矣"这一典故自喻，恰恰表明作者因为心中满怀爱国激情，所以才敢于自嘲，其实廉颇没有衰老，作者自己也一直主张北伐与金国交战。所以朗诵者在朗诵时，"老"和"饭"的发音都需要发得较为完整和饱满，以便体现作者敢于自嘲的坦荡和自信。

作者在这首词的上阕首先运用典故赞扬了在京口建立霸业的孙权和率军北伐"气吞万里如虎"的刘裕，表示要像他们一样金戈铁马地征战沙场、为国立功。作者在这首词的下阕借"元嘉草草"的刘义隆来表明自己坚决主张抗金的立场和反对冒进误国的态度。作者的意向是极为明确的，以"孙仲谋处"的孙权和"人道寄奴曾住"的刘裕对待外敌的态度为基础，从而开启自己的情感兴发，建立起自己的表达意识。

作者在这首词的下阕给出了刘义隆好大喜功、仓促冒进，结果被拓跋焘反击至长江北岸这一客观信息。面对相同的战况，刘义隆"元嘉草草"，其父刘裕"气吞万里如虎"，作者通过两相对比，突出对刘裕科学应战的褒赞和对刘义隆仓促北伐的批判。于是，在作者的意识和行文中实现了以人为基础的文意的内在变化。而且这种变化本身的指向还在继续地延伸，即拓跋焘对南朝宋政权的打击，以致曾经的行宫（"佛狸祠下"）都已经是"一片神鸦社鼓"了，更加突出由于"元嘉草草"的刘义隆冒进而导致的巨大、深远的负面影响。

朗诵者需要注意的是，孙权、刘裕二人的同类型行为以及刘义隆的非同类型举动为作者表达主旨和建立大众传播的走向提供了一种贯穿整首词的意识支撑。虽然这首豪放派宋词的文字表述是起伏跌宕、炽烈有力的，但是这首词本身存在着一个恒定的内核，即那些众所周知的人、物、事、情给人带来的启示，作者借此让作品的主旨得以完整地体现，作者的内心志意也实现了精神层面的升华。

就朗诵技巧而言，在表述那些历史信息时，朗诵者应特别注意"气儿"的稳健，受众感受的对应性变化，以及"劲儿"的比例和节奏。朗诵时，朗诵者要将"字儿"的音程拉满，进而塑造出一位坚定的爱国主义者在深刻的思考中流露出来的惴惴不安、心有不甘的"味儿"。

这首词的上阕忆古。

千古江山，英雄无觅，孙仲谋处。

朗诵方法：

（对历史成功经验积极的回溯中的赞叹和讲述感，气足、疾吐散收，字半全、弹出、字尾散收、音程稍慢，声稍明亮，劲韧）**千**～（顺势带出）**古**/（字短、弹出，声浑厚）**江**（字半全、音程稍快，声涩）**山**，（疾连，气疾吐疾收，字短、音程稍快，声浑厚）**英**（顺势给出，声涩）**雄**/（气暂断后疾吐疾收，字全、音程稍慢，声明亮、浑厚，劲粘、稍重）**无**～（字短、弹出、宽发、音程稍快，声稍明亮）**觅**，（后三个字的形态独立，气浅、疾吐缓收，声圆润、浑厚）**孙仲**（字半全、音程稍慢，劲韧）**谋**～（字短、弹出、音程稍快，声涩，劲略促、紧）**处**。

舞榭歌台，风流总被，雨打风吹去。

> 朗诵方法：
>
> （语速渐慢，两句气实、缓吐缓收，字短，声侧重圆润、明亮，劲稳健、绵）舞（字半全、弹出，声稍涩）榭/（字短、音程稍慢）歌（字全、字尾疾收）台～，（缓连，字半全、音程稍快）风（字半全、音程稍慢）流/（气暂断后缓吐散收、字全、字尾缓收，声明亮、浑厚，劲粘）总～（字半全、弹出、音程稍快）被，（字短、音程稍慢，声稍虚）雨（字全、字尾疾收、音程较慢，劲韧）打～（语速保持，气疾吐疾收，字短、音程稍慢）风（字全、字腹拉开、音程较慢，劲绵）吹～（字短、劲软）去。

斜阳草树，寻常巷陌，人道寄奴曾住。想当年，金戈铁马，气吞万里如虎。

> 朗诵方法：
>
> （语速保持，气足、缓吐缓收，字短、音程稍慢）斜（字全、字尾疾收、音程较快，劲促）阳/（气缓吐缓收，字全、音程稍慢，声涩、劲粘、紧）草～（字稍拖长）树，（疾连，气缓吐散收，字半全、音程稍慢）寻～（顺势带出）常（后两个字的形态独立、字半全、弹出、音程稍快）巷/陌，（语速稍提起，气缓吐散收，字半全、音程稍快）人（字短、音程稍慢）道/（气暂断后疾吐散收，字短、弹出、宽发，劲紧）寄（字全、字尾疾收，劲韧）奴～（后两个字的形态独立，气疾吐疾收，字短、音程稍快）曾（疾吐疾收，字半全、音程稍慢，劲稍拖延）

住。（语速恢复，全句气实、疾吐疾收，字全、字尾疾收、音程稍快，声侧重明亮，劲结实）想~（字半全、弹出、音程较快）当（字半全、韵母ian拉开、音程稍慢，劲向上、疾扬起）年，（疾连，后四字的形态独立、字全、音程极快、劲紧）金（字半全、音程稍快）戈/（字半全、音程稍慢，劲稍重、紧）铁~（字全、窄发、拉开韵母a、音程稍快）马，（缓连，气暂断后疾吐缓收，字短、弹出、宽发、音程稍慢）气（字半全、音程稍快，劲紧）吞/（字半全、弹出、窄发、音程稍快，劲重）万/（字半全、宽发、音程稍慢，声涩，劲紧）里（字半全、弹出、音程稍快，声涩、浑厚，劲促、紧）如（气缓吐疾收，字全、字尾疾收、音程稍慢，劲韧，较明显的中间结束感）虎~。

这首词的下阕记今。

元嘉草草，封狼居胥，赢得仓皇北顾。

朗诵方法：

（在回忆中惋惜和忧虑的慨叹感，全段气实、侧重缓吐缓收，字短、音程较快，声涩、浑厚，劲略促，弱）元（字全、窄发、韵母ia拉开、音程稍慢，声涩、带有颗粒感）嘉~（字短、音程稍快，声虚）草/（字半全、音程稍慢，声涩，劲稍拖延）草，（疾连，气疾吐散收，字全、字尾疾收、音程稍慢，声浑厚，劲稍重、紧）封~（后三个字的形态独立，字全、音程较快，声稍虚、浑厚，劲儿平）狼（字短、宽发，声自然、稍明亮，劲略促）居（字半全、音程稍慢，声涩，劲稍拖延）胥，（缓连，气暂断后疾吐缓收，字半全、音程稍慢，声浑厚，劲弱）赢（顺势给出，字半全、音程较快）得/（气暂断后疾吐散收，字全、字尾缓收，声稍虚、浑厚，劲粘）**仓~**（顺势带出）**皇**（字半全、弹出、音程稍慢，声虚，劲稍拖延）**北/**（字短、弹出、音程稍慢，声涩、浑厚，劲略促）**顾**。

四十三年，望中犹记，烽火扬州路。

朗诵方法：

（气息重新组织，全句气浅、疾吐疾收，字短、弹出、宽发、音程稍慢，声涩，劲促，粘）**四**（字全、字尾疾收、音程较快，声涩、浑厚）**十**（气疾吐缓收，字全、字腹拉开、字尾缓收、音程较慢，声稍明亮、浑厚）**三~**（字稍拖长，声涩、浑厚，劲略促）**年，**（缓连，字短、弹出、音程稍快，声虚、浑厚，劲稍重）**望**（字全、突出韵母ong、字尾缓收、音程稍慢，声稍明亮、浑厚，劲韧）**中~**（字半全、字尾疾收、音程稍慢，声虚、涩，劲稍重、紧）**犹/**（顺势带出）**记，**（疾连，字短、音程稍快，声浑厚，劲略促）**烽**（字全、字尾缓收、音程稍慢，声涩、带有颗粒感，劲弱、绵）**火~**（字半全、音程稍快，声虚）**扬/**（字短，声稍浑厚）**州**（字短、音程稍快，声涩，劲略促）**路**。

可堪回首，佛狸祠下，一片神鸦社鼓。

朗诵方法：

（气实、缓吐缓收，字半全、音程稍慢，声涩，劲粘、向上缓慢地扬起，以示语气的疑问态）**可~**（字短，声虚）**堪/**（字全、字尾缓收、音程稍慢，声自然、稍明亮，劲粘）**回~**（字短、弹出，声涩，劲略促）**首，**（疾连，后三个字的形态独立，气疾吐散收，字半全、音程稍快，声稍浑厚）佛狸（字全、字尾缓收、音程稍慢，声涩、带有颗粒感，劲绵）祠~（字短、弹出，声虚，劲略促）下，（气暂断后疾吐缓收，字半全、宽发、音程稍快，声自然、明亮、劲紧、稍重）一（字短、弹出、音程稍快，声虚）片/（气缓吐缓收，字全、字尾缓收、音程稍快，声自然、浑厚）神~（字短、音程稍慢，声涩，劲略促）鸦/（字半全、弹出、音程稍快，声涩、浑厚）社（字全、字尾疾收、音程稍慢，声涩、带有颗粒感，劲绵、缓落）鼓~。

此处作者借助"千古江山"曾经的情境，描述"四十三年"的征战烽火，并对此进行跨越时空的比对，将"气吞万里如虎"和"尚能饭否"凸显得更加鲜明，进而表达出作者对抗金、收复失地行动的巨大担忧。

凭谁问：廉颇老矣，尚能饭否？

朗诵方法：

（气息重新组织，气实、缓吐缓收，字半全、音程稍快，声稍明亮、浑厚，劲稍重）凭（字全、字腹拉开、字尾缓收，声稍明亮，劲韧、紧）谁~（字短、弹出、音程稍快，声浑厚，劲促）问：（疾连，气浅、疾吐缓收，字短、音程稍慢，声圆润、稍明亮，劲紧）廉（字半全、弹出、音程稍快，声稍浑厚）颇/（气暂断后缓吐缓收，字全、字尾缓收、音程稍快，声浑厚、带有颗粒感，劲绵）老~（字宽发、稍拖长、劲弱）矣，（气暂断后疾吐散收，字半全、弹出、韵母缓吐、音程稍快，声浑厚，劲稍重）尚（字全、字尾缓收，声圆润、浑厚，劲粘、向上扬起后缓落）能~（字短、弹出、音程稍慢，声虚、浑厚，劲稍拖延、促）饭/（字半全、音程稍慢，声涩，劲弱）否？

朗诵者需要感悟的是通过比对跨越时空信息，作品所呈现出来的意境之美，而这种意境之美正是由承载着巨大信息含量和有着广阔的指向含义的典故所带来的。在不同的时间范畴中，"英雄无觅，孙仲谋处""金戈铁马"的美好与"元嘉草草""仓皇北顾"的窘迫存在于相同的地域里。从"烽火扬州路"到萧条的"一片神鸦社鼓"，再到"廉颇老矣，尚能饭否"的移意式揣测，不仅形成了历史与现实在同类型的事件上的差异化比对；同时，也给作者反对此次出兵的主张做了经验性的证明。但是，作者因为担忧朝廷认为六十六岁的自己"老矣"，所以，下阕中的文字才令读者更加地忧伤，当然，这也就成全了这首词的整体韵味。

（二）以情为本原的口语外化信号是"字儿"满的精神动态外形

我们来看苏轼的《江城子·密州出猎》。

江城子·密州出猎

老夫聊发少年狂，左牵黄，右擎苍，锦帽貂裘，千骑卷平冈。为报倾城随太守，亲射虎，看孙郎。

酒酣胸胆尚开张，鬓微霜，又何妨！持节云中，何日遣冯唐？会挽雕弓如满月，西北望，射天狼。

这是一首气势狂放、豪迈、阳刚的爱国之词。这首词是熙宁八年（1075年），苏轼在密州（今山东诸城）任知州时写的。当时，正是北宋的第六位皇帝宋神宗赵顼执政的中期，北宋的统治面临一系列危机：边乱频发导致军费支出增加，官僚机构臃肿，每年需给辽和西夏大量的钱物。最终致使北宋的财政连年亏空。四年前，当时进士及第且名动京师的苏轼上书谈论"王安石变法"的弊端，作为当朝最高政务长官参知政事之一的王安石得知后颇感愤怒，于是让监察官员的御史谢景在神宗面前陈述苏轼的过失。苏轼于是请求出京外放任职，并被授为杭州通判。公元1074年秋，苏轼又被调往密州（今山东诸城）任知州。这首词就是苏轼在密州任职的次年所作，表达了他强国抗敌的政治主张，抒发了他渴望报效朝廷的壮志豪情。

　　词首的"老夫"是作者的自称。苏轼此时三十九岁，这个年龄的人虽然如今属于青年，但在九百多年前的北宋时期人们多将其视为老年人，故其自称"老夫"亦可理解。如此"老夫"与"少年狂"之间就形成了巨大的年龄反差，给受众带来即便年岁已高还依然要骑马征战、亲自射虎的情境认知。此处，作者的狂放之感和豪兴之态淋漓尽致地体现了出来。还有词中的"为报倾城随太守"中的"倾城"，指密州全城的百姓；"随太守"中的"太守"，指作者本人，此处沿用前代称谓以示尊重。作者仿佛是一位伟大的"编剧"，将自己设计成三国时期的英雄人物——"孙郎"，并且将作为"主要演员"的自己和其他"随太守"的"群众演员"的戏份、场景和肢体语言等都安排得很妥当，将受众有力地带入了即将开始的出猎行动中，现场的真实感极为鲜活和强烈。以此表现出作者虽然因指摘变法有违圣意而被外放出京，但是他并没有丝毫的气馁，并且已经做好时刻被召回京继续为北宋朝廷效力的准备，表达了他忠君爱国之心，以及平定边患以维护国家领土完整和主权统一的真情与勇气。

　　在作者初始的内心视像里，他将自己化身为一位雄姿英发、能够率兵出征的勇将。这一意愿的表达是一位被贬谪官员爱国之情的生动体现。在他后续的内心视像中，他不仅仅想要"千骑卷平冈""亲射虎，看孙郎"，而且由于他心中浓厚的爱国情感，他甚至已经设计好了一个可以达成上述愿望的方法。因为自己身处距离京城遥远的黄州，所以在他酒喝得正高兴（"酒酣胸胆尚开张"）的时候，他的感情再次爆发。他期待当时的宋神宗可以像汉文帝一样，派遣冯唐那样的官员，持着赦免的圣旨到黄州来赦免自己，以便尽快地实现夙愿。从这个角度来读这首词，读者可以明显地感受到这些文字都是由作者意识本源中深沉且真挚的爱国之情转化而成的，而不是苏轼为了早日被召回京而写出的华而不实之言。因为作者不仅在情感层面展现了驰骋疆场、保家卫国的意愿，还提出了请皇上召回自己去解决问题的执行方案，并以此体现皇上的英明。

朗诵者需要明确的是，从作者主观设计的勇将，到化身成为"孙郎"，再到被文帝召回的魏尚，这三组形象构成了一个生动、鲜明又合情合理的动态形态。所以，苏轼在这首词中的意识应被视作其真实的内心视像，需要以"字儿"满的口语外化形态来进行专业的艺术诠释，以体现作者意识范畴的情之深和家国情怀层面的爱之切。

《说文解字》中记载："满，盈溢也"，引申出饱满、足够、全部、达到等意思。在《永遇乐·京口北固亭怀古》和《江城子·密州出猎》中，作者的个人境遇与历史信息的高度契合分别给了辛弃疾和苏轼相同的情感启发。这些不仅是客观存在的历史信息，也是他们写作的基础。然而，朗诵者在设计豪放派作品中"字儿"的表达形式时，这些文字信息带来的物象感受应是丰富和广阔的。"牵黄""擎苍"都是"少年狂"的形态，也是"卷平冈"之前的装备描写，这些文字将动作的发出者（"老夫"）和他忽然生发出来的激情和意愿（"聊发"）生动形象地黏合在了一起。"牵"和"擎"是说明"老夫"忽然变成少年模样的关键所在，如果拄个拐杖、坐着轮椅，那就不是可以率领"千骑"的首领，也就谈不上"卷平冈""亲射虎"了。所以，朗诵者在朗诵时需将代指猎犬的"黄"和表示苍鹰的"苍"发得尽量饱满，达到"字儿满"的形态。

在宋词的创作中，运用典故是主要的写作手法，这样的写作手法很容易将大众熟知的道理快速地移意到作者现实的表达需求中，从而作品的主旨可以以最短的时间达到最大化的传播效果。但是，典故毕竟是久远的历史事件，所以，在朗诵的过程中为了清晰和唤醒受众的记忆，需要声音信号的饱满和完整。在引导性的口语链条中，朗诵者引领着受众逐渐跟随着作者的逻辑意识，从而接纳这首词所要传达的文字信息。

所以，朗诵者在朗诵这首气势狂放、豪迈阳刚的爱国之词时，"声儿"的样式应以整体的明亮、浑厚为宜；"字儿"的形态应以半全且音程稍快，或拉开且音程适中为宜；"气儿"之"徐"应以情感和动作为"序"，"气"之"疾"应以连续的场景变化及最后愿望的实现为"计"；"劲儿"之"起"应以从静止到运动的转变为"依"，"劲"之"落"应以接替的内心视像变化及最后的情感达成为"据"；进而建立和塑造出一种作者渴望将理想抱负付诸实践的阳刚、豪爽之"味儿"。

这首词的上阕叙事。

老夫聊发少年狂，左牵黄，右擎苍，锦帽貂裘，千骑卷平冈。

朗诵方法：

（情不自禁和迫切的讲述感，气足、疾吐疾收，字短、音程快，声浑厚、带有颗粒感）**老**（气疾吐疾收，字弹出、字尾缓收，音程稍慢，声涩、带有颗粒感，以示沧桑感）**夫/**（气疾吐缓收，字全、字尾缓收、音程慢，声稍明亮，劲紧、上扬起）**聊~**（顺势给出，字短，声稍明亮）**发**（气缓吐缓收，字拉开、音程慢，声偏虚、明亮，劲韧）**少/**（顺势给出，声自然、明亮）**年**（气疾吐疾收，字半全、音程稍快，声浑厚）**狂，**（疾连，气实、疾吐疾收，字短、音程稍慢，声明亮）**左/**（气疾吐散收，字全、音程稍快，声稍浑厚，劲重、紧，以示动作的力度感）**牵**（气缓吐缓收，字拉开、字尾疾收，音程稍快，声浑厚、带有颗粒感，劲稍重）**黄~，**（并，字全、弹出、音程稍慢，声稍浑厚）**右~**（字短、音程稍慢，声自然、浑厚，劲紧）**擎/**（字半全、弹出、音程稍快，声先虚再浑厚）**苍，**（缓连，气疾吐，字短，声涩）锦（字半全、音程稍快，声稍虚）帽/（字拉开、音程适中、字尾缓收，声稍明亮，劲韧）貂～（顺势弹出，字半全、音程稍慢、字尾疾收，声浑厚）裘，（疾连，气疾吐散收，字半全、音程稍慢，声先虚再稍浑厚）千～（字全、宽发、音程快、字尾疾收，声明亮）骑/（气暂断后疾吐缓收，字全、音程稍快，声稍浑厚、带有颗粒感，劲紧）卷～（字半全、音程稍慢，声稍浑厚、偏涩）平/（字短、弹出，声稍浑厚、偏虚）冈。

为报倾城随太守，亲射虎，看孙郎。

朗诵方法：

（气息重新组织，气实、缓吐缓收，字短、弹出，声稍明亮）为（字半全、字尾散收、音程快，声浑厚、偏虚，劲稍重）报/（气缓吐散收，字拉开、音程适中，声浑厚、劲韧）倾～（字短、弹出，声浑厚）城/（气暂断后缓吐散收，字全、字尾疾收、音程稍慢，声明亮）随～（字短、窄发、弹出，声虚）太（字半全、音程稍快，声涩，以示谦虚感）守，（气暂断后疾吐缓收，字拉开、音程稍慢，声明亮，劲紧、稍重）亲～（字短、弹出，声稍浑厚、偏虚）射（字半全、字尾疾收、音程稍慢，声稍浑厚、带有颗粒感）虎，（字半全、音程快，弹出，声稍虚，劲促）看/（字拉开、字尾缓收、音程慢，声浑厚，劲韧）孙～（顺势弹出，字半全、字尾疾收，声浑厚、偏虚）郎。

这首词的下阕抒情。

酒酣胸胆尚开张，鬓微霜，又何妨！

> 朗诵方法：
>
> （直抒胸臆地抒发杀敌报国的豪情，气足、疾吐缓收，字短，声浑厚）**酒**（字半全、音程稍慢，声稍虚，劲促）**酣**/（字短、弹出，声浑厚）**胸**（气疾吐缓收，字拉开、字尾缓收，声明亮，劲结实）**胆~**（字半全、音程快，声稍浑厚）**尚**/（字短、音程稍慢，声明亮）**开**/（字短、字尾疾收，声稍虚，劲重）**张**，（缓连，顺气、缓吐缓收，字全、宽发、音程稍快，劲韧）**鬓**/（顺势给出，声明亮）**微**（气疾吐缓收，字半全、音程稍慢，声稍浑厚）**霜~**，（疾连，字短，声浑厚，劲促）**又**/（字拉开、字尾缓收，声浑厚，劲粘）**何~**（字全、音程快，声浑厚，劲促）**妨**！

"持节云中，何日遣冯唐"是借用典故，需要朗诵者准确把握其意思。《史记·冯唐列传》中记载，汉文帝时期魏尚为云中郡太守，他爱惜士卒、战斗力强，匈奴很惧怕他。匈奴只要来犯，魏尚都亲率大军迎战，击溃来犯的匈奴，后因失误在报功文书上将杀敌的数字多报了六个而被革职。不久，汉文帝身边的大臣冯唐认为处罚太重，向汉文帝劝谏，于是文帝就派他前去赦免，让魏尚继续担任云中郡太守。而此时的苏轼因为指摘王安石变法而自请外放出京，所以，此句是作者以西汉时期的魏尚自比，希望也能重新得到朝廷的信任和重用。

持节云中，何日遣冯唐？

> 朗诵方法：
>
> （继续豪迈地直抒胸臆，气息重新组织，气实、缓吐缓收，

> 字短，声稍浑厚）持（字半全、音程稍慢，声稍涩）节/（字全、音程适中，声浑厚）云~（顺势给出，声稍浑厚）中，（缓连，气疾吐散收，字全、字尾疾收，声浑厚，劲稍重、绵，以示期待）何~（顺势带出，字宽发，声稍虚）日/（字半全、字尾疾收、音程稍慢，声稍明亮）遣~（字短）冯（字半全、音程稍慢，声稍浑厚，劲上扬）唐？

此处又有一处用典，《楚辞·九歌·东君》中记载："长矢兮射天狼。"《晋书·天文志》中记载："狼一星在东井南，为野将，主侵掠"，所以词中以"天狼"来喻指进攻北宋边境的辽与西夏。

会挽雕弓如满月，西北望，射天狼。

> 朗诵方法：
> （此句语速稍快，气足、疾吐散收，字半全、音程稍快，声稍明亮）会（字全、字尾缓收、音程稍慢，声稍浑厚、带有颗粒感，劲韧）挽~（字短、弹出，声明亮）雕（字半全、音程快，声浑厚）弓/（顺势给出，字短，声稍涩）如（气暂断后缓吐缓收，字拉开、音程适中，声偏虚、浑厚）满~（字半全、音程快，声虚）月，（缓连）西（字拉开、字尾缓收，声稍明亮）北~（字半全、弹出、音程稍快，声稍浑厚，劲稍重）望，（连，气疾吐缓收，字半全、宽发，声浑厚，劲韧）射~（字半全、音程稍慢，声自然、明亮，劲促）天/（字短、字尾疾收、音程稍慢，声稍虚）狼。

而在《永遇乐·京口北固亭怀古》中，作者从对"千古江山"的回顾到描写彼时的物象（"舞榭歌台"）状态，再到对"元嘉草草"的现实记录,从作者亲历时段("四十三年")的地理和人文变化到结合自身心境的发问("尚能饭否"),作者的逻辑意识是有明显的远近之分的,是由遥远的过去快速地跨越到了自己所处的现实世界。这就需要朗诵者在朗诵时,将"字儿"的形态处理得较为饱满,体现时间的久远和作者气势的磅礴。如果"字儿"的整体形态不够饱满,那么物象的记录就会有收敛之感,进而导致情感在传播时缺乏广度,也就不足以体现雄豪、奔放的韵味了。

我们再来看苏轼的《水调歌头》。

水调歌头

丙辰中秋,欢饮达旦,大醉,作此篇,兼怀子由。

明月几时有?把酒问青天。不知天上宫阙,今夕是何年。我欲乘风归去,又恐琼楼玉宇,高处不胜寒。起舞弄清影,何似在人间。

转朱阁,低绮户,照无眠。不应有恨,何事长向别时圆?人有悲欢离合,月有阴晴圆缺,此事古难全。但愿人长久,千里共婵娟。

这是一篇旷达、超脱的经典之词。"水调歌头"是词牌名。相传隋炀帝开汴河自制《水调歌》,到了唐代演变为大曲,于是"歌头"就成了大曲中的开头部分。朗诵者在朗诵时,有必要加以停连变化以便体现此意:水调歌/(气暂断后缓吐缓收,字半全、字尾疾收,音程稍慢,声涩、带有颗粒感)头~。

此外,朗诵者还需要特别注意这首词中文字信息所包含的历史背景与作者个人境遇之间呈现出的客观信息的变化,以及他们对口语外化的决定性作用。词前小序包含着大量的历史背景和个人境遇信息,应该作为朗诵者在朗诵前"内心视像"的立足点以及"朗诵五元"理论运用的出发点。"丙辰"是公元1076年,当时作者苏轼因指摘王安石的新法而自请外放至杭州。三年后，他又被调往密州做太守，心情愁郁。此篇正是其在密州做太守时所作。小序的历史背景是作者正处于离京外放的仕途低谷时期，因为无法施展才华为国效力而倍感抑郁。在面对阖家团圆的中秋之夜，他却远在他乡而不能与亲人团聚，所以愈加地思念手足情深的胞弟"子由"。这样的历史背景加上作者对亲人的思念，使其在中秋之夜饮酒，以排解郁闷的心情。直至次日早晨，天已大亮，他才创作了这篇著名的《水调歌头》。在词前小序的末尾作者试问天下人，在如此的历史背景和个人境遇下，岂能不有、岂会不有、岂可不有怀念胞弟之理？由此可见，小序文字表面上说的是"兼怀"，其实应该包含"久怀""甚怀"的内在之意。然而之所以写成了"兼怀"，其实是作者在经受了上书直言反遭贬谪的切身痛苦之后依然心有余悸，从而不敢也不再直抒胸臆罢了。

故而，这篇旷达、超脱的经典之词朗诵之"声儿"的样式应以浑厚、圆润，间以适时的枯涩感为宜；"字儿"的形态应以半全、全居多且音程稍慢，或音程适中拉开为宜；"气儿"之"徐"应以由地到天的想象为"序"，"气儿"之"疾"应以由己及人的思念为"计"；"劲儿"之"起"应以景物由此及彼的客观存在为"依"，"劲儿"之"落"应以情感由近及远的主观运动为"据"，进而建立和塑造出一种在收敛的浪漫和低调的抒情中深刻地思念远方亲人的绵软、悠长之"味儿"。

作者在这首词的上阕望月遐思。

明月几时有？把酒问青天。

> 朗诵方法：
> 　　（遥想中的自问自答感，全段气浅、缓吐缓收，字全、字尾疾收、音程稍慢，声浑厚、带有颗粒感，劲绵、粘）明～（字半全、音程稍快，声虚，劲稍促）月／（气缓吐散收，字拉开、宽发、字尾散收、音程适中，声浑厚）几～（字稍拖长，声稍虚）

时（字短、弹出，声稍涩）有？（缓连，字稍拖长，声稍浑厚、带有颗粒感，劲稍拖延）把~（字全、字尾缓收、音程快，声稍浑厚）酒/（气疾吐缓收，字拉开、字尾缓收、音程稍快，声浑厚，以示强烈的询问感）问~（字半全、弹出、音程稍慢，声稍涩，劲稍拖延，以示人之于苍穹的渺小和柔弱感）青/（字短，声稍虚）天。

不知天上宫阙，今夕是何年。

朗诵方法：

　　（正式发出疑问，气足、疾吐缓收，字全、字尾缓收，声浑厚，劲韧）不~（顺势给出）知（字拉开、字尾疾收、音程稍慢，声自然、稍明亮）天~（顺势带出）上/（字稍拖长，声稍浑厚，劲轻）宫（字短，声虚）阙，（忽略逗号，成为连续的一句话，字短，声稍浑厚，劲促）今/（顺势给出，声涩）夕（字半全、宽发、音程快，声自然、稍明亮，劲促）是/（字全、音程稍快，声偏虚、浑厚）何~（字短，声涩）年。

我欲乘风归去，又恐琼楼玉宇，高处不胜寒。

朗诵方法：

　　（气息重新组织，气浅、疾吐缓收，字短、音程稍慢，声浑厚）我（气疾吐散收，字半全、字尾缓收、音程稍快，声偏涩、浑厚）欲/（字半全）乘（字短）风（气暂断后缓吐缓收，字拉开、音程慢，声自然、明亮）归~（字短、弹出，声虚，劲稍促）去，（连）又（字全、音程稍慢，声偏涩、浑厚）恐~（字半全、音程稍快，声稍浑厚）琼（字短，声虚）楼/（字半全、音程稍慢，声圆润，劲拖延）玉（顺势带出）宇，（字全、音程稍慢，声偏虚、浑厚）高~（顺势给出）处/（字拉开、音程稍快，声涩、带有颗粒感，劲绵）不~（字短、弹出，声浑厚，劲促）胜（字半全、音程稍慢，声涩、带有颗粒感）寒。

起舞弄清影，何似在人间。

朗诵方法：

　　（顺气、缓吐缓收，字全、音程慢，声稍浑厚）起~（字全、音程稍快，声浑厚、带有颗粒感，劲轻）舞（字短，声圆润，劲稍促）弄/（气缓吐疾收，字半全、音程稍慢，声偏虚、稍浑厚）清~（字短，声涩）影，（气暂断后疾吐缓收，字拉开、音程稍快，声浑厚，劲韧）何~（顺势给出）似/（字短、弹出，声虚，劲稍促）在（字半全、音程稍慢，声圆润、带有颗粒感，劲稍上扬）人~（顺势带出，字短，声涩，劲轻）间。

作者在这首词的下阕怀人抒情。

转朱阁，低绮户，照无眠。

朗诵方法：

　　（由远及近的描述感，气浅疾吐缓收，字半全、音程稍慢，声偏虚、浑厚，劲轻）转~（字半全、音程快，声浑厚，劲稍拖延）朱/（顺势给出，字短，声涩）阁，（并，气缓吐疾收，字半全、宽发、音程稍慢，声浑厚）低/（字短，声虚）绮（顺势带出）户，（递进感，气疾吐散收，字半全、弹出、字尾疾收，声稍浑厚，劲稍重）照/（气缓吐缓收，字全、字尾疾收、音程慢，声浑厚，劲稍重）无~（字半全、音程快，声虚）眠。

不应有恨，何事长向别时圆？

朗诵方法：

（猜测中的揣度感，语速稍提起，气实、缓吐疾收，字全、字尾缓收、音程慢，劲粘）不~（顺势给出，字短，声稍明亮）应（字半全、音程稍快，声虚）有/（字短、弹出，声浑厚，劲稍重）恨，（语速保持，气暂断后疾吐缓收，字全、字尾疾收、音程稍快，声偏虚、浑厚）何~（顺势带出）事/（字半全、弹出、音程稍快，声虚）长（顺势给出）向/（气疾吐散收，字全、字尾疾收，声稍浑厚，劲稍拖延）别~（顺势带出）时（顺势给出，气全，音程适中，声圆润、带有颗粒感，劲弱）圆？

人有悲欢离合，月有阴晴圆缺，此事古难全。

朗诵方法：

（语速恢复，气息重新组织，气实、缓吐缓收，字全、形态独立、音程适中，声圆润、带有颗粒感，劲平）人/（缓连，气缓吐散收，字全、音程慢，声浑厚、带有颗粒感，劲韧）有~（字短、弹出，声稍浑厚，劲稍促）悲（顺势给出，字短，声圆润）欢/（字短、宽发、音程快，声自然、稍明亮）离（气疾吐散收，字半全、音程稍慢，声浑厚，劲弱）合~，（并，气疾吐缓收，字全、弹出、字尾疾收，声偏虚、浑厚）月（连，字半全、音程稍慢，声圆润、带有颗粒感）有/（气暂断后疾吐，字短、宽发，声自然、稍明亮，劲紧）**阴**（字全、音程慢、字尾缓收，声稍浑厚，劲稍扬起）**晴~**（顺势给出，字半全，声圆润）**圆/**（顺势带出，字短、声涩）**缺，**（气暂断后疾吐，字半全、宽发、音程稍慢，声涩）**此**（字短，声虚）**事/**（气缓吐疾收，字拉开、音程慢，声浑厚，劲结实）**古~**（顺势给出）**难**（字短，声虚）**全。**

但愿人长久，千里共婵娟。

朗诵方法：

（气息重新组织，气浅、疾吐疾收，字拉开、字尾疾收、音程稍慢，声偏虚、稍明亮，劲稍重）**但~**（气疾吐散收，字半全、音程快，声浑厚，劲促）**愿/**（字全、音程快，声圆润、带有颗粒感）**人/**（气缓吐，字半全、音程稍慢，声偏浑厚、圆润）**长~**（顺势带出）**久，**（递进感，气疾吐缓收，字全、音程稍快，声稍浑厚，劲拖延）**千~**（顺势带出）**里/**（气缓吐散收，字全、音程稍慢，声浑厚）**共~**（字半全，声虚，劲轻）**婵**（字短，声涩、带有颗粒感，劲稍促）**娟。**

第三节　意愿表达的单一指向要求豪放派宋词朗诵的"气儿"足

气息是声音的原动力，如果没有呼吸产生的"气儿"来促使声带振动，就发不出任何声音，更谈不上朗诵等有声语言表达了。

在豪放派宋词中，作者的表达愿望强烈，文字的阅读感受激昂，口语的外化形态豪壮，这些综合体验都源自词作者意愿表达的单一性。通常此类词中不宜外延的情感需要通过文字信息向声音信号转换的方式向社会大众传播。

简言之，作者在作品中通常借助一个人或者同类型的两、三个典型人物来表述一种意思，传达一种感情。虽然，词中的文字信息含义是可以展开发散式联想的，但最终都集中地表达了同一种生活感受或同一种人生体验，进而向社会大众传递一种可以被广泛接受的通识性人文情怀。这就需要朗诵者在气息预置和使用时，保持气息的充足，以避免由于"气儿"的不足造成信息的损耗和听感的混乱。

（一）建立起完整的意思转换状态是"气儿"足的专业规定

我们来看岳飞的《满江红》。

满江红

怒发冲冠，凭栏处、潇潇雨歇。抬望眼、仰天长啸，壮怀激烈。三十功名尘与土，八千里路云和月。莫等闲、白了少年头，空悲切。

靖康耻，犹未雪。臣子恨，何时灭。驾长车，踏破贺兰山缺。壮志饥餐胡虏肉，笑谈渴饮匈奴血。待从头、收拾旧山河，朝天阙。

这是一首激昂、壮烈的爱国奋发之词，作者岳飞是南宋著名抗金将领和军事家。虽然学界关于这首词的创作时间和历史背景的观点不一，但是读者和朗诵者在面对作品时，词中字里行间的勇敢、不甘、赤胆和向前的情绪扑面而来。在细读之后，读者便更能理解作者的家国情怀与大无畏的精神。

这首词的上阕道悲愤，惜前功。愤怒之气冲掉了头上的帽子，"我"倚靠着栏杆，看着一场潇潇的细雨慢慢停歇。作者起笔就是破空而来的直抒胸臆，激昂的文字仿佛对读者的视听感受产生压制性的效果。需要朗诵者明确的是，是什么样的原因让作者产生如此巨大的愤怒，居然可以将头上戴着的帽子都冲掉了。这是作者志意兴发的一般性情景设置，要求朗诵者的气息状态处于通常的叙述状态即可，即孤单中客观的自述感。

怒发冲冠，凭栏处、潇潇雨歇。

朗诵方法：

（气实、缓吐疾收，字半全、字尾散收、音程稍慢，声稍浑

> 厚，劲粘）怒～（顺势带出，字短、音程稍快，声虚）发/（字全、字尾疾收、突出后鼻音ong、音程较快，声稍明亮、圆润，劲稍重）冲（字半全、突出、音程稍快，声圆润、浑厚，劲促、韧）冠/，（疾连，字短，声涩，劲弱）凭（气疾吐疾收，字全、音程稍快，声圆润，劲粘）栏～处、（气暂断后疾吐疾收，字短、音程稍快，声浑厚，劲略促）潇（字半全、音程稍慢，声涩，劲稍重）潇/（字短、音程稍慢，声涩、带有颗粒感，劲紧）雨（字全、字尾疾收、音程稍慢，声稍明亮、圆润，劲略促）歇～。

在第二句中，作者开始以自己的肢体语言（"抬望眼"）和有声语言（"仰天长啸"）直白地告诉读者，他的心情非常澎湃（"壮怀激烈"）。此处是作者将内心情感进行深入地阐述的起始，所以朗诵者的"气儿"也应该随动，可以有一个较为明显的疾吐和疾收。

抬望眼、仰天长啸，壮怀激烈。

> 朗诵方法：
>
> 抬（字半全、音程较慢，声稍明亮、浑厚，劲韧）望～（顺势带出，声涩，劲弱）眼、（疾连，字短，声涩，劲弱）仰（字全、音程极快，声自然、稍明亮，劲略促、紧）天/（字全、音程较慢，声圆润、浑厚，劲绵）长～（字短、音程稍慢，声虚，劲略促）啸，（疾连，顺气，疾吐散收，字短、弹出、音程稍快，声浑厚，劲重）壮（字全、字尾疾收、音程较慢，声明亮，劲粘）怀～（字短、宽发，声明亮，劲促）激/（字半全、音程稍慢，声明亮、带有颗粒感）烈。

接下来的一句看似是作者对自己过去多年抗金征战的总结，实质则是一种带有反省式的自我激励。虽然作为南宋著名的抗金将领的作者，先后参与和指挥大小战斗数十次，但最终大业未成。创作这首词的时候，他正好三十而立，所以词中的"三十年""八千里"都是虚数，泛指抗金时间的漫长和往来征战路途的遥远，作者用此来代指自己长久地投身抗击外敌的事业当中。作者将他取得的一切成功视为"尘与土""云和月"，一方面体现了他对名利的淡薄，另一方面也表达了作为武将的自己没能如愿以偿，略带忠愤的感慨。此处是本首词开篇作者极度愤怒的因素之一，是文意的递进。

朗诵者需要注意的是，要将气息调整到灵动的状态，以反映作者陈述时的强烈意识及其感慨的语气。

三十功名尘与土，八千里路云和月。

朗诵方法：

（气息重新组织，气浅、疾吐缓收，字短，声涩，劲促）三/十功（字半全、音程稍快）名~（字全、音程极快，声浑厚，劲稍重）尘与（字半全、字尾缓收、音程稍慢，声涩、带有颗粒感）土，（并，气缓吐缓收，字短、窄发、音程稍慢，声圆润）八/（后三个字皆劲皆弱）千里（字半全、音程稍快，声涩）路/（气暂断后缓吐疾收，字全、形态独立、音程较快，声稍明亮、圆润）云和（字全、字尾缓收、音程较慢，声虚的、声涩、劲韧）月~。

此处是作者发出的号召，同时也是他的一种自我勉励。需要朗诵者的"气儿"缓吐缓收，并且在内心设身处地地将自己的情感与作者的志意完成跨越时空的交融，就像朗诵者劝慰大众一样的语重心长。

莫等闲、白了少年头,空悲切。

> 朗诵方法:
>
> (气足、缓吐缓收,字全、音程稍慢,声稍浑厚,劲粘)**莫~等**(字半全、字尾缓收、音程稍慢,声涩)**闲**、(疾连,字半全、窄发、音程稍快,声虚、稍明亮,劲促)**白了**/(气疾吐散收,字全、字尾疾收、音程稍快,声虚、稍浑厚,劲紧、稍重)**少~**(字半全、音程稍快,声虚)**年**(声涩)**头**,(缓连,字全、音程较快,声浑厚,劲韧、略促)**空**/(字全、音程较慢,声涩)**悲~**(字半全、弹出、字尾缓收、音程稍快,声虚,劲紧、重)**切**。

在这首词的上阕中,作者面对投降派的不抵抗政策义愤填膺、"怒发冲冠",怀着无路请缨进而报国无门的忠愤"仰天长啸",用一心为国杀敌的宏大理想以及"莫等闲"的豪壮之怀向世人展示了其澎湃的心境和激昂的愿望。"怒""啸""怀"这三个字完整、清晰地描绘出了一位忠肝义胆、忧国忧民的英雄形象。

这首词的下阕诉深仇,表忠诚,表达了作者对敌人的深仇大恨,对统一祖国的殷切希望和忠于朝廷的赤诚之心。朗诵者需要注意的是,下阕中大恨、愿望、赤诚与上阕中的"怒""啸""怀"又在上、下阕的意识转换之间形成了严密的逻辑关系。因为对敌人的大恨才会"怒发冲冠",所以要问"臣子恨,何时灭";因为"三十年来""八千里路"的强烈愿望才要"仰天长啸",所以才计划"驾长车,踏破贺兰山缺""壮志饥餐""笑谈渴饮";因为对国家的忠诚和对民族的赤诚才能"壮怀激烈",所以要"收拾旧山河,朝天阙"。由此可见,作者的这些意识组合不仅在下阕中得到了深化,而且与词中多个物象的逻辑关系进行了情感黏合。

特别是这首词下阕最后一句中的"待从头"与上阕最后一句中的"莫等闲、白了少年头"形成了一个完整的时间闭环。此处以对时间的珍惜和慨叹再次诠释了作者主张抗敌报国的急切心情和忠君爱国的强烈志意。这是朗诵者在备稿时需要明确的认知和感悟。整首词的"气儿"需要在一个个、一层层相互咬合的逻辑走向中缓吐缓收、疾吐疾收，通过对"气儿"的立体运用，建立和塑造这首词的主旨。

靖康耻，犹未雪。臣子恨，何时灭。

> 朗诵方法：
>
> （思考中坚定的宣告感，气足、疾吐散收）**靖**（字全、字尾疾收，音程稍快，声稍明亮、浑厚，劲韧）**康～耻，**（气疾吐疾收，字全、字尾疾收，音程极快，声明亮、圆润，劲重、紧）**犹/**（字短、弹出）**未**（字全、字尾缓收、突出韵母ue、音程较慢，声涩，浑厚，劲韧、紧）**雪～。**（并，疾连）**臣子/**（字半全、弹出、字尾缓收、突出韵母en、音程较慢）**恨～，**（疾连，字拉开、字尾缓收、音程慢，声稍明亮、圆润，劲韧、稍重）**何～**（顺势带出，字短、劲弱）**时**（字半全、弹出、字尾散收、音程稍慢，声稍明亮，劲促）**灭。**

驾长车，踏破贺兰山缺。壮志饥餐胡虏肉，笑谈渴饮匈奴血。

> 朗诵方法：
>
> （气息重新组织，气足、疾吐散收，字半全、字尾散收、音程稍快，声涩、稍明亮，劲促）**驾/**（字全、字尾缓收、音程慢，声圆润、稍浑厚，劲韧）**长～**（字短、弹出、音程稍快，

声涩，劲重）车，（疾连，气疾吐散收，字短、窄发、弹出，声虚，劲稍重、紧）踏（字全、字尾缓收、音程较慢，声涩、带有颗粒感，劲粘、紧）破～（三个字形态独立，字短、弹出，声涩，劲重）贺兰山/（字半全、弹出、音程稍快，声涩、稍明亮，劲稍重、紧）缺。（语速渐慢，气浅、缓吐缓收，字短、音程稍快，声稍浑厚，劲略促）壮（字短、音程稍快，声涩，劲紧）志/（字半全、宽发、音程稍慢，声自然、明亮，劲紧）饥（字短、音程稍快，声涩，劲略促）餐/（气缓吐散收）胡虏（字全、音程稍慢，声虚、浑厚，劲粘）肉～，（语速加快，气疾吐疾收，字半全、弹出、音程较快，声涩）笑（字短、音程稍慢，声圆润）谈（气疾吐散收，字拉开、字尾缓收、音程慢，声明亮、浑厚，劲疾扬起、紧）渴～（顺势带出）饮/（字半全、音程稍慢，声稍明亮，劲稍重）匈～（字全、字腹拉开、字尾疾收，声稍明亮、浑厚，劲韧、紧）奴～（顺势给出，字半全、弹出、音程稍快，声虚，劲稍重）血。

待从头、收拾旧山河，朝天阙。

朗诵方法：

（气息重新组织，气实、缓吐缓收，字全、音程稍慢，声稍明亮、声涩，劲韧）待～从（字全、字尾疾收、音程极快，声浑厚，劲重、紧）头、（疾连，气疾吐散收，声虚，劲略促）收（字短、音程较快，声涩，劲稍重）拾/（字拉开、字尾缓收、音程慢，声自然、明亮，劲韧）旧～（字半全、弹出、音程稍快）山（劲稍重，声涩）河，（缓连，气疾吐散收，字全、音程稍快，声涩，劲韧）朝/（气缓吐缓收，字拉开、字尾散收、音程稍慢，声圆润、明亮，劲韧、紧）天~（字半全、弹出、音程稍慢，声虚、声涩，劲稍重）阙。

（二）避免凌乱的情绪表达是"气儿"足的职业特性

首先，我们来看辛弃疾的《菩萨蛮·书江西造口壁》。

菩萨蛮·书江西造口壁

郁孤台下清江水，中间多少行人泪？西北望长安，可怜无数山。

青山遮不住，毕竟东流去。江晚正愁余，山深闻鹧鸪。

这是一首忆古、写景、寄情的愁郁之词。作者辛弃疾是南宋将领和著名的豪放派词人。公元1176年，辛弃疾在江西赣州担任提点刑狱一职，负责司法和审查。公务原因他经常往来于各地，这是他在途经距江西省吉安市万安县南六十里的造口时所作。此时的南宋已向金国称臣三十余年，朝廷内部已经划分为主战派与主和派两大阵营。某日，作者登上今江西省赣州市城区西北贺兰山顶的郁孤台远眺。他望山见水、遥想绵绵、近思不断，于是借以群山、江水、夕阳和鸟鸣等景物和视听感受比兴自己的心情并诉诸笔端，抒发了对国家兴亡的感慨，同时也表达了对苟安江南的南宋朝廷的不满和复国艰难的愁郁之意。

这里需要朗诵者注意一个文学常识——比兴。这是我国古代诗词文赋的一种常用的写作技巧。南宋时期的著名理学家朱熹认为："比者，以彼物比此物也""兴者，先言他物以引起所咏之辞也"。通俗地讲，"比"就是比喻，是对人或物加以形象的比喻，以使其特征更加鲜明和突出；"兴"就是起兴，就是借助其他事物作为诗词创作的发端，以引出作者所要歌咏的内容。

在具体的写作实践中，"比"与"兴"这两种技巧一同使用更利于诗词层次的丰富和逻辑的立体。"比"与"兴"既是创作修辞方法，也是思维形式。"比"具有更多的文学因素，是借外物以明人事，它具有更多的伦理功能。"兴"因其具备更多的艺术因素而超越了大众寻常的伦理范畴，它紧密地连接了客观存在的万事万物与人类的情感。

在备稿之时，对于朗诵者的内心视像和口语表达的方法而言，"比兴"手法中的文字信息是表象，朗诵者要通过先"通感"再"移意"的思维顺序，首先挖掘出作者意识层面的表达指向，即作者想要让受众知道什么；再捕捉作者借助自然环境和社会生活中的物象所要传递的逻辑走向，即作者为什么要这样说；然后转换成对应的声音信号，建立一个最适宜被社会大众认识和感悟的具体形象，即作者究竟说出了什么。换言之，朗诵者要通过对文字的认知和理解做到与作者同悲、同喜、共进和共退。

就这首词而言，作者的悲愤、感慨、愁苦和不满等情绪的表达是借助群山、江水、夕阳和鸟鸣等物象的变化体现出来的。朗诵者应严格将各个时空物象的静、动状态与其被作者所赋予的真实涵义对应起来，并用有声语言描绘出来。比如，社会大众通常认为江水是清澈的，那么，此时此刻作为自然物象之一的"清江水"的水体表象自然也是清澈的。但是由于作者心中的愁苦、郁闷，此情此景下的"清江水"就应该被赋予浑浊、沉闷，甚至是凝固的视听感受了。当然，这样的文字感受的建立应当做到与词作者的表述指向完全一致，需要朗诵者在朗诵时传达出的信息与词作者的文字信息准确对应，以引导受众最大化地感受作者的真情实感。

据此可见，作者的表达意愿既是开放的也是连贯的，需要借助一切可以作为情感支撑的物象来反映自己的心境。否则，上阕中的"以水作泪、长望思北"和下阕中的"青山为愁、情思悠悠"就没有存在和表述出来的必要了，这些景物的静态和动态就无法指向作者的思想感情了。所以，朗诵者在朗诵这首词时，"气儿"之"徐"应以近景到远望为"序"，"气"之"疾"应以远思到近闻为"计"。那么，朗诵者在朗诵时具体应该运用怎样的技巧呢？朗诵者如何在朗诵中实现从"近景到远望"的跨越呢？如何使受众获得"远思到近闻"的递进式感受呢？以上就需要朗诵者具备充足的"气儿"，并以此作为朗诵这首词的首要支撑。

作者在这首词的上阕以水作泪，长望思北。

郁孤台下清江水，中间多少行人泪？

> 朗诵方法：
>
> （居高远望的自述感，气实、缓吐疾收、字短、音程稍慢，声自然、浑厚）郁（顺势给出，声涩）孤（字全、窄发、音程较慢，声圆润、带有颗粒感、劲粘）台～（字短、弹出、音程稍快，声虚、劲略促）下/（气暂断后疾吐散收、字全、字尾疾收、言程稍慢，声浑厚、劲稍重）清～（字半全、音程稍快、声涩、浑厚、劲促）江（字半全、音程稍慢、声涩、带有颗粒感、劲稍拖延）水，（疾连，气疾吐疾收）中（字半全、音程稍慢，声涩、浑厚、劲拖延）间/（疾连，气疾吐缓收、字全、字尾缓收、音程稍快、声浑厚、劲韧、略促）多～少（字半全、音程较快、声圆润、浑厚、劲稍重、紧）行/（字短、声涩、劲弱）人（气疾吐散收、字全、音程稍快、声涩、浑厚、劲稍扬起、疾落下）泪～？

此处，作者用旧时的都城名"长安"代指曾经的国都东京汴梁，以示对前代的尊重。这是古时人们的一种写作习惯。

西北望长安，可怜无数山。

朗诵方法：
（缓连，字短、宽发、音程较快，劲略促）西（字拉开、字尾缓收，声涩、浑厚，劲粘）北～（字全、弹出、音程稍慢，声自然、浑厚，劲稍重）望/（字全、音程较慢，声虚、浑厚，劲绵）长～（字短、音程稍慢，声涩，劲弱）安，（缓连，气暂断后疾吐散收，字短、音程较快，声稍浑厚，劲略促）可（字全、字尾疾收、音程稍慢，声涩、带有颗粒感）怜/（气暂断后疾吐疾收，字全、字尾疾收、音程稍快，声稍浑厚）无～（字短、弹出、音程较快，声涩）数（字半全、音程稍慢，声虚，劲稍拖延、略促）山。

这首词的下阕青山为愁，情思悠悠。

青山遮不住，毕竟东流去。

朗诵方法：
（孤单无助的慨叹感，气足、缓吐缓收，字短、音程稍慢）青（字半全、音程稍慢，声涩）山/（气缓吐缓收，字全、字尾散收、音程稍慢，声稍浑厚，劲稍韧）遮～（字半全、音程较快，声涩、带有颗粒感）不（字全、弹出、字尾缓收、音程稍慢，声涩、浑厚，劲粘）住～，（气疾吐散收，字半全、音程较快，声浑厚，劲稍重）毕～竟/（字全、音程稍慢，声稍浑厚，劲韧）东～（字短、音程稍慢，声涩）流（字短、弹出，声虚）去。

59

夕阳西下,作者正满怀愁绪,只能听到深山里传来鹧鸪的叫声。此处,作者以凄苦的鹧鸪叫声再次比兴自己的心情。

江晚正愁余,山深闻鹧鸪。

> 朗诵方法:
>
> (气息重新组织,气浅、疾吐缓收,字半全、音程稍慢,声涩,劲略促)江(字全、字尾缓收、音程较慢,声涩、带有颗粒感,劲粘)晚~(字短、弹出、音程稍快,声浑厚,劲略促)正/(字半全、音程稍快,声涩,劲弱)愁(字全、音程稍快,声涩、浑厚,劲粘)余~,(并,气疾吐缓收,字短、弹出)山(字全、字尾缓收、音程稍慢,声涩、浑厚,劲韧、紧)深~(字短、音程稍慢,声圆润、浑厚)闻/(字短,声虚)鹧(字全、字尾缓收、音程稍慢,声涩,劲平)鸪。

我们再来看张孝祥的《念奴娇·过洞庭》。

念奴娇·过洞庭

洞庭青草,近中秋、更无一点风色。玉鉴琼田三万顷,着我扁舟一叶。素月分辉,明河共影,表里俱澄澈。悠然心会,妙处难与君说。

应念岭海经年,孤光自照,肝肺皆冰雪。短发萧骚襟袖冷,稳泛沧浪空阔。尽挹西江,细斟北斗,万象为宾客。扣舷独啸,不知今夕何夕。

这是一首借景抒情的悲凉之词。作者张孝祥是南宋词人、书法家,豪放派的代表作家之一。乾道二年(1166年),一直主战,反对求和的张孝祥因受政敌谗言所害而被免职。这一年的中秋节前夕,他从桂林北归,欲往祖籍地历阳乌江（今安徽和县乌江镇）。在途经洞庭湖时触景生情，写下了这首词。张孝祥借洞庭夜月之景，抒发了自己高洁、忠贞的品质和慷慨豪迈的气概。

秋月是美的，秋水也是美的。在外之人于归乡途中顺访洞庭湖景的感受想必也是美好的。但是，朗诵者需要特别注意的是，此时作者心中的美好却并不那么的纯粹。南宋多年向金国称臣的事实令当时包括作者在内的多位有识之士心有不甘。虽然，陆游和张孝祥等血气满满的主战派力主兴兵北伐、恢复中原，可他们终究没能抵过历代皇帝和众多胆怯的主和派的力量，他们只能眼睁睁地看着曾经富庶的家国被外族一点点地剥削和侵蚀。加之此次归乡之旅是由作者再次进言主战而遭罢官之后开启的，一片忠诚的为国之心不仅没有得到认可，反而遭此厄运，词人内心真实的感受是可想而知的。所以，词中有关洞庭秋景的一切美好都是有限定性的。换言之，虽然眼前的开阔、凉爽、皎洁和惬意的景色是存在的，但是作者心中无处诉说的悲凉感也恰恰是在这样的时空感受下生发出来的。于是，这样的"秋之美好"就萃取和伴生出了"秋之愁怨"。当然，这种快乐中的约束感是通过对作品的历史背景和作者的个人境遇的综合研判而分析出来的。所以，在惬意中流露出悲凉、于寂寥中捕捉到哀伤才应该是对这首词最准确的认知。进而，这也可以成为朗诵者的意识基础。

这首词的上阕写景。

洞庭青草，近中秋、更无一点风色。

朗诵方法：

（静谧的描写感，气实、疾吐缓收，字半全、音程稍快，声稍浑厚，劲略促）洞（字全、音程稍快，声圆润，劲绵）庭～青／（字全、音程稍慢，声涩、带有颗粒感，劲轻）草，（缓连，气暂断后缓吐缓收，字短、字尾疾收、音程稍慢，声浑厚，劲稍重）近/中（字全、字尾缓收、音程较慢，声稍浑厚、劲粘）秋~、（疾连，字短，声浑厚，劲促）更/（字稍拖长，声虚、浑厚，劲稍拖延）无（字短、弹出，声自然、明亮，劲促）一点/（字全、字尾缓收、音程稍快，声偏虚、浑厚，劲韧）风~（字短，声虚、涩，劲轻）色。

玉鉴琼田三万顷，着我扁舟一叶。

朗诵方法：

（气浅、缓吐缓收，字半全、音程稍快，声圆润，劲略促）玉（字全、字尾疾收、音程稍慢，声虚、浑厚，劲略促）鉴/（字半全、音程较快，声圆润、浑厚，劲稍扬起、略促）琼（顺势带出，字全、字尾疾收、音程较快，声圆润、带有颗粒感，劲轻）田/（顺气、疾吐缓收，字全、窄发、音程较慢，声稍明亮、浑厚，劲韧、略促）三~（字短、弹出）万顷，（气疾吐缓收，字半全、音程稍快，声涩）着（字全、字尾缓收、音程稍快，声虚、声涩，劲弱）我~（字短、弹出，声虚，劲略促）扁/舟（字短、音程稍慢，声圆润、带有颗粒感）一（字全、音程稍快，声涩，劲粘）叶。

素月分辉，明河共影，表里俱澄澈。

朗诵方法：

（气实、缓吐缓收，字全、宽发、字尾缓收、音程稍快，声稍涩、浑厚，劲粘）素~（字短，声虚，劲略促）月/（字半全、字尾散收、音程稍慢，声稍明亮、浑厚）分~（字半全、音程稍快，声涩，劲弱）辉，（并，顺气，缓吐缓收）明（字全、字尾疾收、音程稍慢）河~（字短、弹出，声浑厚，劲促）共/（字半全、音程稍慢，声涩）影，（疾连，字短，声涩）表/（字半全，声涩、带有颗粒感）里/（气疾吐散收，字全、宽发、字尾散收、音程稍快，声虚）俱~（字半全、弹出、音程较快，声浑厚）澄（字半全、音程稍慢，声虚、声涩）澈。

悠然心会，妙处难与君说。

朗诵方法：

（气暂断后缓吐缓收，字全、字尾疾收、音程稍慢，声虚）悠/（字半全、音程较快，声涩）然心（字全、音程稍慢，声圆润、浑厚，劲轻）会~，（缓连，字全、字尾疾收、音程较快，声虚、浑厚）妙/（字短、弹出，声涩，劲弱）处（疾连，气疾吐疾收，字全、音程稍快，声稍浑厚）难~（顺势给出）与（字短、弹出、音程稍慢，声浑厚，劲促）君（字音稍拖长，声涩，劲稍重、稍拖延）说。

这首词的下阕抒情。

应念岭海经年，孤光自照，肝肺皆冰雪。

朗诵方法：

（气足、缓吐缓收，字短、音程稍快，声浑厚，劲略促）应（字半全、字尾疾收、音程稍慢，声虚，劲稍拖长）念/（顺势带出，声虚）岭（字全、字尾缓收、音程稍慢，声涩、带有颗粒感）海~（字全、音程较快，声浑厚，劲稍重）经/（字短、音程较慢，声涩，劲弱）年，（疾连，字短、劲促）孤/光（字拉开、宽发、音程较慢，声涩、浑厚，劲绵）自~（字短，声虚、涩）照，（缓连，气暂断后疾吐缓收，字短、音程稍慢，声涩，劲平）肝（字半全、弹出、音程稍快，声虚，劲促）肺/（字半全、宽发、字尾缓收，声涩、浑厚）皆~（字半全、音程稍快，声自然、浑厚，劲稍重）冰/（字短、音程稍慢，声涩）雪。

短发萧骚襟袖冷，稳泛沧浪空阔。

朗诵方法：

（气暂断后缓吐疾收）短（字半全、音程稍快，声虚，劲略促）发/（气疾吐散收，字全、字腹拉开、音程稍快，声虚、涩）萧~骚/（字半全、音程稍快，声稍浑厚）襟袖（字全、音程较慢，声涩、带有颗粒感，劲绵）冷~，（字半全、音程较慢，声圆润、浑厚）稳~（字短、弹出，声涩）泛/（两个字皆弹出，劲略促）沧（声虚）浪（字全、字尾缓收，声圆润、浑厚，劲韧）空~（字半全、字尾缓收、音程较慢，声涩、带有颗粒感，劲略促）阔。

尽挹西江，细斟北斗，万象为宾客。

朗诵方法：

（气实、缓吐散收，字全、字尾缓收、音程稍快，声自然、浑厚，劲稍重）尽~（字短、宽发、弹出，劲略促）挹/（字半全、音程稍慢，声涩）西（字全、音程稍快，声虚，劲稍重）江，（递进感，气疾吐缓收，字半全、音程较快，声虚、浑厚）

> 细（顺势带出）斟/（气缓吐疾收，字全、字尾疾收，声圆润，劲韧）北~（字全、字尾疾收、音程较快，声涩，劲紧）斗，（疾连，字全、音程稍快，声涩、稍浑厚）万~象/（顺势给出）为（后两个字的形态独立，字短、音程稍慢，声稍明亮、浑厚，劲平）宾/（字短、弹出、音程稍慢，声虚、涩，劲略促）客。

扣舷独啸，不知今夕何夕。

> 朗诵方法：
>
> （气浅、缓吐缓收，字半全、音程稍快，声稍浑厚，劲略促）扣（字全、字尾疾收、音程极快，声圆润）舷/（字全、音程较慢，声虚、稍浑厚，劲绵）独~（字音稍拖长，声虚、声涩，劲稍拖延、稍重）啸，（缓连，气暂断后缓吐缓收，字全、字腹拉开、字尾疾收、音程稍慢，声涩、浑厚）不~（顺势带出）知（气暂断后疾吐散收，字短、字尾疾收、音程较慢，声浑厚，劲促、紧）今/（顺势给出，字宽发，声涩）夕（气暂断后缓吐散收，字拉开、字尾疾收、音程稍快，声圆润、稍浑厚）何~（字音稍拖长，声涩，劲略促）夕。

朗诵作为一种语言艺术的表现形式，有其独有的专业性要求，需要通过系统的理论学习、训练和较长时间的社会实践才能掌握。"情取其高；气取其深；声取其中"是中国播音学的重要理论精华，它对朗诵豪放派宋词的指导作用尤其突出。因为作品雄豪、奔放的自身属性自然而然地需要朗诵者在朗诵时声音带有明显的冲击力和强烈的感召力。气息，即"气儿"，是发声的生理基础。奔放的语言需要人体气息的深度参与，否则就会导致声音形象塑造不佳，缺乏逻辑意识，最终割裂整体作品的主旨的结果。

那么，朗诵者在朗诵之前和过程中就可以借助和运用"胸腹式联合呼吸法"来保证气息的充足。比如，朗诵者在朗诵"郁孤台下清江水"的时候，心中应该想着"中间多少行人泪"这一句，同时还应在意识里预备出下一句——"西北望长安，可怜无数山"的气息了。这就需要朗诵者在丹田穴的位置进行发力，以便令腹腔的横膈膜生发出一个向上托举的力量，挤压出肺腔里剩余的"气儿"，以供下一句的声带振动。下一句是向"西北望"和深沉的心理活动（"可怜"），那么"望"和"可怜"的出现客观上也要求"气儿"的充足和"气儿"的不断供应。否则，作者表达主旨时的强烈气势就势必会被削弱，豪放派词的韵味也就被淡化了。接下来，在朗诵"青山遮不住，毕竟东流去"这句的时候，就需要将刚才的"气儿"进行约束式的收敛，以便在进入沉浸式的思考之后为"江晚正愁余，山深闻鹧鸪"做出意识预备和行为铺垫。所以，朗诵者在为豪放派词朗诵做整体气息设计时，不仅要严格考虑文字的发声需要，还应重视朗诵时的情绪和韵味。

第四节　诗化语言的表述特点塑造豪放派宋词朗诵的"劲儿"重

"唱词儿"形态的文学体式之所以被称为"宋词",主要是因为这种以长短句相间为表述特点的文字结构形式在宋代最为兴盛,并且是随着宋王朝的存续而得到长足发展的。

当然,宋词的产生和发展不是一蹴而就的。在诗最兴盛的唐代,就已经出现了相对自由的长短句形式的词。例如,唐代中后期的著名诗人白居易就曾写过脍炙人口的三首《忆江南》。到了宋代,著名作家和大诗人多为官员,甚至不乏苏轼那样进士及第又官至礼部尚书的大官。他们往往钟情于政论、文赋,以满足朝廷所需,对这样不工整的长短句作品往往不屑一顾,所以"宋词"这一文学体裁曾经一度被带有贬义地称为"小词"。"唐宋八大家"之一的王安石在评价晏殊为歌女所作的"歌词"时就曾说:"为宰相而作小词,可乎?"意思是:"晏殊你作为一朝宰相竟然创作小词,这样做合适吗?"

虽然宋词产生和发展之初在文学界的地位很低,但是由于其说身边事、道民间情的特点逐渐被社会大众所接受,越来越多的大诗人和官员加入宋词创作和传播队伍。恰恰因为这样的历程,宋词最早的文字形态才极具唐诗的结构逻辑和韵律特征。比如,三首《忆江南》中的"谙""蓝""南","州""头""游"以及"宫""蓉""逢"都是在长短句之间换韵后的同韵脚。这样的韵律特点与唐诗别无二致。

中国古代文学艺术创作和演变的一般客观规律是先承前、再发展、最终定型和成熟。所以，最初宋词语言的诗化特点是极为明显的，即便说"宋词脱胎于唐诗"也不为过，只是相较于唐诗，宋词在结构上更趋于散文化，文字的声韵和格律也相对自由和大众化。当然，豪放派宋词同样具有这样的诗化语言的表述特点。

《尚书·舜典》中写道："诗言志。"诗是用来表达人的志意的。虽说各种文学体裁都是作者用来表达自己的思想感情的，但是对于豪放派宋词而言，作者的创作目的并不是表达个人的生活感慨和思想感情那么简单：苏轼在《念奴娇·赤壁怀古》中的怀古喻今，在《定风波》中的从容、淡定；岳飞在《满江红》中的爱国和奋发；辛弃疾在《破阵子·为陈同甫赋壮词以寄之》中的遗憾和不甘，在《水龙吟·过南剑双溪楼》中的主战与主和的矛盾与破解……所有这些豪放派宋词都蕴含了作者深厚的家国情怀。它们的内涵已经远远超出市井百姓惯常表达的爱恨情仇、离愁别绪等一般层面上的内涵了。进而，这样的词也就具备了"诗言志"的文学体式功能了。

《说文解字》中写道："重，厚也。"豪放派宋词往往视像宏阔，意境深远，这为朗诵提出了"劲儿"重的要求。受众听觉感受到的厚重、重叠以及心理感受到的压迫正是作者意识比兴的艺术体现。当然这些都需要朗诵者气息上的动力支撑。

既然已经是"老夫"了，那么为什么还要"牵黄""擎苍"，着"锦帽貂裘"，率领"千骑""卷平冈"？这样的思想意识对于一位"国家公务人员"而言，不仅是一种家国情怀的心理诉求，更是一种视国家利益高于个人利益的社会化行为。加之"千骑"和"卷"都是需要巨大的人力和物力才能实现的，所以在朗诵时就需要朗诵者气息充足、嗓音浑厚、声调高昂，即"劲儿"重，只有这样才能让受众在听觉上感受到词中恢宏的志士之气。

（一）物象与意识组合之后的转换黏性是"劲儿"重的首要元素

首先我们来看辛弃疾的《水龙吟·过南剑双溪楼》。

水龙吟·过南剑双溪楼

举头西北浮云，倚天万里须长剑。人言此地，夜深长见，斗牛光焰。我觉山高，潭空水冷，月明星淡。待燃犀下看，凭栏却怕，风雷怒，鱼龙惨。

峡束苍江对起，过危楼、欲飞还敛。元龙老矣！不妨高卧，冰壶凉簟。千古兴亡，百年悲笑，一时登览。问何人又卸，片帆沙岸，系斜阳缆？

这是辛弃疾的另一首风格雄豪、奔放，表达强烈的爱国主义思想和民族深情的典型诗化之词。

这首词的上阕，远望，近观，叹今。作者首先抬头（"举头"）观看西北方向的浮云，认为要想拥有、倚靠、驾驭住（"倚"）万里长空就需要一把巨型的长剑。那么，"万里长空"对于一位体量微小到可以忽略不计的个人而言，是能够用身体倚靠的吗？当然不是，此时作者内心的实际意愿是尽早收复已被金国强占很久的大片国土（"天万里"），这当然离不开强大的军事力量（"须长剑"）。于是，这里实现了作者主战、收得国土的意识与"万里、长剑"等物象的第一次逻辑组合。

接下来，虽然作者听说在深夜的时候这个地方常常能看见斗牛星宿之间的光芒，但他在这里实际看到的却是高山下冰冷的水潭，以及在明亮月光的映衬下惨淡的星光。这是作者对北方国土在被占领之前往昔盛景的回顾和自我感受的对比，也是他人所言和作者自己内心所感的第一次黏合。而从作者的内心意识层面来讲，这是为了反衬后续情感而设计的欲抑先扬。果然，当作者点燃犀牛角，走到水边察看的时候，即便是刚刚靠近栏杆，他都感到害怕。他害怕空中风雷忽然震响，水中鱼龙腾跃而变得更加狠毒凶残。"燃犀"一词出自《异苑》卷七，意思是点燃犀牛角以便明察事物、洞察奸邪。"鱼龙惨"指水中的怪物，此处暗喻当时南宋朝廷中反对武力抗金的奸佞小人。这里是一直主张抗金的作者的意识与彼时彼境下所见（"燃犀下看""鱼龙惨"）、所闻（"风雷怒"）和所感（"凭栏却怕"）的第二次逻辑组合。

朗诵者需要注意的是，第二次逻辑组合是第一次逻辑组合的递进，作者将曾经的岁月静好（"斗牛光焰"）与现实中主战派的积极（"风雷怒"）以及朝廷奸佞的苟且偷安（"鱼龙惨"）进行对比，主战派的爱国赤诚与主和派的懦弱无为形成强烈的反差。更重要的是，"递进的""鲜明的""强烈的"这三个物象感受又集合起来，在同一个逻辑链条中互相支撑，互相黏合，并在作者初始兴发的意识里转换着。

这首词的下阕，浮想，近思，叹已。作者看着在东溪与西溪两边高山的夹束下激起的浪花，原本想要飞过这座"高楼"，但最后还是作罢。这里的"浪花"是作者的自比，也就是说作者想要完成抗金的心愿，但是受到了主和派的阻挠，现在他和这激荡的江水一样，收敛了心性，平静下来。此时，作者积极的情绪刚刚释放，但是旋即戛然而止（"还敛"）了。收敛、作罢的主要原因不是自己真的害怕，而是以东汉末年才智过人又有扶世济民之志的陈登自喻，感叹自己已经"老矣"！虽然作者的心态并没有"老矣"，主观上还是想驰骋疆场、收复失地，怎奈客观的身体条件已经不允许他按照内心真实的意愿去行动了。此时的"元龙老矣"与"过危楼"在作者的精神世界里迅速黏合。作者快速的意识转换为后续的物象与意识的再次黏合奠定了情感基础。

既然"还敛""老矣"，那"我"就只能（"不妨"）高卧家园，喝着凉爽的酒（"冰壶"），睡着凉爽的席子（"凉簟"）了。此处，作者的思想继续延伸。当然，这样的延伸并不是作者最终的告白。作者接下来写道，他如果再次登上双溪楼，还会想到国家千古兴盛与衰亡的事情（"千古兴亡"），想到他一生所经历过的悲欢往事（"百年悲笑"）。在作者的内心意愿里，这些"千古"的"兴亡"和"百年"的"悲笑"其实都是无所谓的。这时作者的意识再一次向更深处延伸，情感再一次"稀释"，几乎到了可以放弃的程度。只是作者的内心还有些许疑问：什么人卸下了白帆，并把它们丢弃在岸边的沙滩上（"片帆沙岸"）？什么人在斜阳夕照中抛下船锚，系住了缆绳（"系斜阳缆"）？此时，作者内心所想是自己可以解甲归田、告老还乡，对那些世事悲欢不再过问，可是难道自己就不想再收复失地了吗？难道就这样卸下风帆，将缆绳系住，以后再也不率领千军万马奔向北方，与金军战斗了吗？

所以，在这首词的下阕中，作者的意识变化和文字表述是在多种意识与多个物象的转换组合下完成的，即从无奈（"欲飞还敛"）到放弃（"老矣""不妨"），再从心有不甘（"一时登览"）到提出疑问（"问何人又卸"），再到最终失望（"片帆沙岸""系斜阳缆"）。

《说文解字》中写道："黏，相着也。""相着"，意思是互相接触，相依。对于朗诵者的内心和朗诵行为而言，在豪放派宋词中，作者的意识与词中的物象是紧密相连的，因为作者的意识不可能无感而发，一定是在作为描述支撑的物象的组合和转换下实现的。否则，那样的文字表述就成了一种无病呻吟式的牵强附会了，读者也就无法知道作者的情感所系了。例如，"白日依山尽"就是通过明亮的太阳（"白日"）沿着山的方向渐渐落下（"依山尽"）这种物象的动态转换，表达了"太阳落山了，天黑了"的意思。所以，"意识和物象的关联"是需要朗诵者在备稿阶段理解和感悟的。

此外，朗诵者还需要认知、理解和感悟"黏"的字义中"相依"的意思。相依的双方或者几方都是什么？它们彼此相依的意识根源是什么？它们相依的力度和变化程度又是什么？朗诵者应以怎样的技巧朗诵出作品的"黏性"？下面我们以《水龙吟·过南剑双溪楼》为例，简析朗诵技巧。

举头西北浮云，倚天万里须长剑。

> 朗诵方法：
>
> 举（字全、音程稍慢、字疾收，声稍浑厚、声涩、劲绵）头~（突出方向的确定感，气疾吐，字短、劲促）西/（字尾疾收，声稍虚、声涩、劲粘）北/（疾连，字全、音程稍快、字尾缓收，声稍虚、浑厚、劲韧）浮~（字短，劲轻）云，（疾连，字宽发，劲轻）倚天/（劲稍重）万/（劲绵）里~（劲促）须（劲粘）长~（字短，劲轻）剑。

人言此地，夜深长见，斗牛光焰。

> 朗诵方法：
>
> （强调是曾经听别人说过的物象，气缓吐，字半全、音程稍慢，劲韧、稍重）人~言/（突出意识的顺序感，字全，劲粘）此~地，夜深/（物象记录的常态是时间的久远和次数的频繁，声圆润，劲绵）长~（劲促）见，（连）斗（侧重强调"牛"，字全、字尾疾收，劲韧）牛~（劲稍延）光（意识存在和表述的暂停感，劲略促）焰。

我觉山高，潭空水冷，月明星淡。

> 朗诵方法：
>
> （气息重新组织，意识重新建立，气足、缓吐缓收）我（劲

> 绵)觉~(劲促)山/(声虚,劲略促)高/,(缓连,意识在小范围内转换,劲绵)潭~空/水(物象转换后力道保持,劲粘)冷~,月(字全、字尾疾收、音程极快,劲韧)明/(气暂停后缓吐散收,劲粘)星~(字轻,声虚)淡。

待燃犀下看,凭栏却怕,风雷怒,鱼龙惨。

> 朗诵方法:
> (气息重新组织,气足、疾吐散收,劲稍重)待燃(突出物象,点燃的对象是什么?)犀~(劲稍重)下/(劲促)看,(劲绵)凭~栏/却(强调并非真正的惧怕,而是一种意识层面的不屑,声虚,劲轻)怕/,(突出主战与主和两派态度的巨大差别,气疾吐)风(声涩、浑厚,劲重)雷~怒,(缓连)鱼/龙(劲粘)惨~。

在这首词的下阕中,作者的内心意愿递进式呈现,这就要求朗诵者要在对物象与意识的相连相依的逻辑建设中,将声音螺旋式下行,以突出转换中的黏合感。

峡束苍江对起,过危楼,欲飞还敛。元龙老矣!不妨高卧,冰壶凉簟。千古兴亡,百年悲笑,一时登览。问何人又卸,片帆沙岸,系斜阳缆?

> 朗诵方法:
> (气缓吐)峡束苍/江/对~起,过(劲重)危~楼,欲(突出"过"和"欲"之间的反差感,劲轻)飞~(突出并没有"飞成"的结果,劲稍重)还/(劲促)敛/。元龙/(萧瑟

> 感，劲轻、粘）老~矣！（气缓吐）不（劲绵，以示无可奈何的感觉）妨~高/卧，（疾吐，以示不得不这样做）冰壶/（凄凉的无力感，劲轻）凉~簟。千古~兴亡，（字窄发，声涩、带有颗粒感）百~年/悲笑，（意识在假设中转换，以示有朝一日"我"再临"危楼"的内心视像，劲略促）一/时登（劲绵，以示未来的不确定性）览~。（气缓吐，以示无望和无奈，劲轻、略促）问/（劲粘）何~人又（劲稍扬起，以示疑问）卸，片帆/（字窄发，声稍虚，劲绵，以示无力完结）沙~岸，（缓连，劲绵，以示破落感）系~（劲略促）斜/阳/（劲绵，以示遥遥无期的等待）缆~？

我们再来看苏轼的《定风波》。从这首词的三句小序中能够很明显地感受到作者的表达意识与物象之间的黏合度。首先，时间物象（"三月七日"）就是信息的主要元素之一，即事件发生的时间。在"三月七日"这个时间范畴内，"沙湖道中"发生了一个无法避免的自然现象（"遇雨"），于是，这些就成了本词最初始的物象基础。换言之，如果"三月七日"这天作者一行人没有去"沙湖道中"游憩，那么即便是下雨了，他们也不会产生后续的一系列情态变化。再者，如果他们没有去到"沙湖道中"，而是在各自的宅邸休息，即便是下雨了，作者和他的朋友们也不会产生对避雨和雨具的需求。所以，作者创作这首词的意识基础就是外出的"遇"与自然物象的"雨"。也许是他们出门根本就没带雨具或者携带雨具的人先回去了，一行人只能身处户外。在此时此刻、此情此景下，一行人的一系列情态物象就自然而然地相继出现了。其他人（"同行"）都（"皆"）感到困顿窘迫（"狼狈"），但是只有作者（"余独"）不觉得窘迫。正由于作者的思想意识与"一行人"不同，而兴发创作了这首《定风波》。

通过上述研判，我们可以感受到作者的创作意识与物象之间的黏合是极为自然的，两者之间的转换是极为连贯的。所以，朗诵者在朗诵时"劲儿"要重，以免造成这首词的主旨在传播过程中的信息损耗。

（二）视像与声音重叠之后的传播韧性是"劲儿"重的行为成分

虽然宋词的体式具有长短句相间的表述特点，但是宋词源于"诗歌"，故这一文学体式不可避免地带有押韵、同韵和换韵的诗化语言的表述特点。虽然宋词没有像唐诗那样严格的平仄要求，但是它作为"唱词儿"的社会功能需求，很容易让读者感受到其词句声调上的节奏变化。

首先，我们来看《定风波》的主体部分。是什么"穿林"了？当然是"小序"中的"雨"了。那雨滴敲打着什么叶子而发出了声响？其实这样的视像是作者兴发的引子，因为他带着否定的语气强烈地劝诫受众不要去听"打叶声"，其真正的意思是，建议甚至是要求人们不必在意被雨水打湿的衣裳。衣裳被雨水打湿之后很快就能晾干，这一点点的生活琐事与跌宕起伏的人生机遇相比，根本不值一提。这是作者感发创作，即"兴"的起始。

"声"和"行"两个字的韵母分别是eng和ing，都是后鼻音，这是典型的律诗文字的表述特点，有助于"唱词儿"的朗朗上口。作者之所以选定这样同韵的字词，不仅因为这两个字能够准确地反映其内心视像，而且这两个后鼻音在句尾的重叠出现也加强了"莫听"与"何妨"之间的递进色彩和因果关系。朗诵者可以让"莫"的"劲儿"在后续的"徐行"中有一个力量感的延续。让受众感受到作者没有白白地劝诫，而是给出了"莫听"之后的行为建议，即继续从容不迫地吟着诗，大声地唱着歌（"吟啸"），在雨中继续行走（"徐行"）。"莫听穿林打叶声"和"何妨吟啸且徐行"的逻辑关系是互为必要条件的：如果没有由"打叶声"引起的下雨的视像判断，也就没有必要"且徐行"了。因为苏轼一行人原本就是来沙湖道中散步、游憩的，如果不"徐行"的话，那么作者的劝诫（"莫听"）

就失去了其意义。作者的内心视像在同韵字的重叠运用下表现得更为立体，仿佛读者在读完这两句词之后也会像苏轼一样继续在雨中行走。这不仅体现了豪放派宋词常常歌颂的坚忍不拔的精神，也为朗诵的"劲儿"重提出了要求。

《说文解字》中写道："韧，柔而固也。"原指物体受外力作用却不易折断，可以引申指意志的坚忍不拔。这首词由一问一答开始，表达了作者从容不迫地面对人生的处世态度，展现了作者思想意识的"韧性"。然而，这只是整首词的伊始。在后续的详述中，随着对一组组视像的记录，作者的创作情怀得以慢慢地展现，进而形成了一个从表达主体（作者）到表达对象（读者）之间具有整体意识和通贯逻辑的传播韧性。

作者拄着一根竹杖，穿着草鞋在雨中走起路来轻便得胜过骑马，下雨有什么可怕的呢？即便他一身蓑衣，即便遭受风吹雨打，照样可以快意人生。句尾"平生"的"生"与首句的"声"的韵母同为后鼻音韵母eng，这不仅仅是一种简单的重复，而且是为表达主旨和传播逻辑服务的。此处朗诵者需要思考一下这首词的创作背景：这时候是苏轼因"乌台诗案"被贬黄州，担任团练副使的第三个春天。此时，作者的心情不言而喻，所以在这种心境下，作者提出"要泰然处之"的情感基础也就很容易被读者理解。从朗诵者的角度来讲，"劲儿"应着重运用在表达主旨的首句，并随着后面的文字逐渐延续、展开。

在这首词的下阕中，作者继续描述现实中的自己，即乍暖还寒的春风将他的酒意吹醒（"料峭春风吹酒醒"），这是因为"雨具先去"之后的淋雨让人感到"微冷"，顿时一种在凄风苦雨中的萧瑟、悲凉之感生发出来。蓦地"山头斜照却相迎"，云销雨霁之后的太阳已经是"斜照"了，太阳快要落山了。由此可以看出，整个描述过程并不是静止不动的，而是在作者身体感到凉意，眼睛感受到天色暗淡之后的一种情感延续，也可以视为为表达主旨所做的欲扬先抑的铺垫。这就需要朗诵者逐渐减弱朗诵的力道。接下来，作者回头看了看遇到风雨的地方，想了想，还是回去吧！对他而言，无所谓风雨也无所谓天晴，一切遭际他都会泰然处之。至此，作为一位正直的文人，作者在坎坷的人生中力求解脱之道的精神一览无余。这一句需要朗诵者特别注意的是，"劲儿"不可以一泻千里地放开，要在"气儿"的支撑下慢慢地收敛，朗诵者要让自己"驾驶"的这辆"声音列车"缓慢停止，让受众起初感受到的声音压迫感慢慢消退，并逐渐陷入思考和回味。

我们再来看陆游的《卜算子·咏梅》。

卜算子·咏梅

驿外断桥边，寂寞开无主。已是黄昏独自愁，更著风和雨。

无意苦争春，一任群芳妒。零落成泥碾作尘，只有香如故。

这是一首托物言志又清新、傲然的咏梅之词。公元1127年，南宋建立之后，其政权的统治范围一度仅限于秦岭——淮河一线以南。特别是绍兴十一年（1141年），南宋与金国达成和约：南宋向金国称臣，赵构被金国册封为皇帝，双方划定疆界，东以淮河中流为界，西以大散关（在今陕西宝鸡）西南处为界，沿此东西一线以南属于南宋领土，以北属于金国领土，南宋每年须给金国钱物。以上史称"绍兴和议"。这次和议虽然结束了宋、金双方长达十几年的战争状态，却铸就了宋金之间政治上的不平等关系，并形成了南北政治集团的对峙局面。

这次极具耻辱意义的和议的发生地是作者陆游的家乡——越州山阴（今浙江绍兴）。宋高宗赵构被金人逼窜至江浙一带，并于公元1131年逃至越州。因其相信一定会恢复河山，便脱口说了一句"绍祚中兴"，于是改年号为"绍兴"，随即"越州"也被改名为"绍兴"。此时，出身名门望族的十六岁的陆游早已能为诗作文了，对这样一件发生在自己身边的重大历史事件自然是印象深刻的，以至在其后来流传于世的诸多诗作中，曾多次淋漓尽致地表达其家国情怀。这恰恰说明了少时的经历在这样一位饱读诗书之士的心中早已种下了忧国忧民的种子，而他又被后世誉为"爱国诗人"。

这首咏梅词写于公元1172年的暮冬或公元1173年的早春。此时的作者被任命为成都府路安抚司参议官，这是一个极为清闲的职务，次年才改任蜀州通判。没有气馁又报国心切的陆游虽身在西南一隅，却始终心忧天下。于是，他大胆上书朝廷，建议北伐，收复失地，但是他的建言并没有被采纳。由于陆游主张朝廷对金人用兵，致其两次被罢官。尽管他不断遭遇挫折，但是他对祖国矢志不渝，报国之心极为强烈。陆游酷爱梅花，这首词正是他对梅花在寒冬下栉风沐雨的状态的描写，并借以表达自己的报国之志，反映了他不懈的抗争精神和对理想坚贞不渝的形象。

梅花在风雪严寒中自然生长的状态（"开无主""独自愁""更著风和雨"）与作者的"无意争""一任妒""香如故"相呼应。借梅花挺立的姿态比兴作者收复中原的理想抱负。这样大开大合式的物象借用描写毫无保留地展现了本词的主旨。朗诵者需要注意的是，作者通过描写冬日风雨中的梅花以及早春时节梅花的形态变化，将梅花拟人化、人格化，体现梅花与其他植物截然不同的生存状态。于是，作品的寓意便凸显出来。本词没有诸如金戈铁马、血雨腥风、刀光剑影、追逐厮杀的粗犷、惨烈的场景描写，作者仅通过记录一种习以为常的植物在不同天气状况下的生存形态就完成了兴发：从无人侍弄（"无主"）到"更著风和雨"的愁苦，从冬天被其他败落的植物们嫉妒到春天虽凋谢但仍"香如故"的从容、豁达。这四种时空物象在"主""妒""故"这三个同韵脚的字的限定下，不仅形成了一种听觉重叠的效果，塑造出一种独属于梅花的精神品质，并在作者所处的宋、金战争的社会大环境下，顺理成章地转化成作者不懈抗争和坚贞不屈的家国情怀。第二句末尾"雨"字韵脚的转换又使得整首词的韵律走向得到了适度的缓解,从而令视像与声音重叠之后的传播韧性变得更加柔软、更有张力。

朗诵者还需要注意的是,作者在这首词中以梅花的精神自喻,并以"群芳"来暗指南宋那些苟且偷安的主和派。对于作者当时的处境而言,他的真实想法不可明言,但作为朗诵者,不必有丝毫的遮掩,完全可以直白地用声音表达作者的所思所想。

这首词的上阕诉梅之苦。

驿外断桥边,寂寞开无主。

> 朗诵方法:
>
> (稳健的描述感,气实、疾吐缓收,字短、宽发、音程稍慢,声圆润、明亮)**驿**(字半全、窄发、音程较慢,声稍虚、明亮,劲粘)**外**~(字半全、弹出、音程较快,声自然、圆润,劲促)**断**/(字半全、音程稍快,声稍虚、圆润)**桥**(字半全、音程稍快,声圆润、带有颗粒感)**边**,(疾连,顺气,缓吐散收,字半全、宽发、音程稍快,声圆润、明亮,劲略促)**寂**(气缓吐缓收,字全、字尾缓收、音程较慢,声稍浑厚、带有颗粒感)**寞**~(字短、窄发、字尾疾收、弹出,声自然、稍明亮,劲稍重)**开**/(字拉开、字尾疾收、音程稍快,声涩、浑厚,劲韧)**无**~(顺势给出,字短,声涩,劲略促)**主**。

已是黄昏独自愁,更著风和雨。

> 朗诵方法:
>
> (气暂断后疾吐缓收,字稍拖延,声稍明亮、浑厚,劲紧)

> 已（字短、弹出、宽发，声虚、稍浑厚，劲稍重）是/（顺势带出）黄（气疾吐散收，字全、字尾疾收、音程稍慢，声圆润、稍浑厚）昏~（字半全、音程稍快，声浑厚，劲促）独/（顺势给出，声涩，劲弱）自（气缓吐缓收，字全、音程稍慢，声涩、带有颗粒感，劲粘）愁~，（缓连，气暂断后疾吐散收，字半全、音程较快，声浑厚）更/（字短、音程稍慢，声虚，劲轻）著（气疾吐缓收，字半全、音程稍慢，声自然、浑厚，劲韧）风~（字短，声虚）和（字半全、音程稍慢，声涩、带有颗粒感，劲绵）雨。

这首词的下阕赞梅之魂。

无意苦争春，一任群芳妒。

> 朗诵方法：
> 　　（坚定的讲述感，气息重新组织，缓连，气足、缓吐疾收，字全、宽发、音程稍快，声圆润、明亮，劲结实）无~（顺势给出，字短、音程稍快，声明亮，劲促）意/（气疾吐散收，字全、宽发、字尾缓收、音程稍慢，声圆润、带有颗粒感，劲粘）苦~（字短、音程较快，声浑厚，劲稍重）争（字半全、弹出、音程稍快，声涩、圆润）春，（疾连，气疾吐疾收，字半全、宽发、字尾疾收、音程稍慢，声明亮，劲韧、稍重）一~（字短、弹出、音程稍快，声圆润）任/（字半全、音程稍快，声圆润、明亮，劲韧）群（顺势带出）芳/（气疾吐缓收，字全、字尾缓收、音程稍快，声明亮、圆润）妒~。

零落成泥碾作尘,只有香如故。

朗诵方法:

（气息重新组织,气浅、疾吐疾收,劲轻）**零**（字短,声虚）**落/成**（气缓吐疾收,字全、宽发、音程稍快,声明亮,劲略促）**泥~**（气缓吐散收,字半全、音程稍慢,声涩、带有颗粒感）**碾/**（字短、弹出、音程较快,声涩）**作**（字半全、音程稍快,声圆润、稍浑厚）**尘,**（气息迅速转换,气足、缓吐缓收,字全、宽发、音程稍快,声明亮,劲韧、稍重）**只~**（字短、音程稍慢,声涩、圆润,劲粘）**有/**（字短、弹出、音程稍慢,声稍浑厚,劲稍拖延、略促）**香**（顺势给出,声圆润）**如/**（气疾吐缓收,字全、字尾缓收,音程稍快,声明亮,劲韧、粘）**故~**。

第五节　外化感受的恣意跌宕催生豪放派宋词朗诵的"味儿"壮

如今，当人们读到"大江东去，浪淘尽""亲射虎，看孙郎""倚天万里须长剑"等流传千古的词句时，自然而然地就会生发出一股奔腾澎湃、壮志满怀的豪情。当然，人们能有这样的感受主要源于豪放派宋词贴近民情，易入民心的特点。现在的人们已经很少像古人那样将宋词谱成歌曲演唱出来，人们更多地选择用普通话的形式将其朗诵出来。虽然宋词的传播形态发生了变化，但是其思想的醇、文辞的美却并没有被削弱。相反，口语传播模式更易操作，宋词的美更易再现，宋词的传播范围更易得到扩展。

苏轼在《江城子·密州出猎》中说自己是"老夫""鬓微霜"，但他仍旧想要"左牵黄，右擎苍，锦帽貂裘，千骑卷平冈""会挽雕弓如满月，西北望，射天狼"。从文字表面来看，他这样"衰老"的身体与率领将士沙场征战的行为很难建立起联系。但是透过表象看实质，我们就很容易发现作者真正的思想绝不仅仅停留在文字的表面信息上，作者想要表达的是在其深沉的家国情怀的驱使下，不惧身体衰老，仍旧想要披挂上阵、杀敌报国的愿望。这种隐藏在文字信息中的作者的真实情感，也就形成了这首词的"味儿"。

辛弃疾在写《永遇乐·京口北固亭怀古》的时候，已经六十六岁了，但他仍在最后直白地发出感叹："凭谁问：廉颇老矣，尚能饭否？"从年龄上看，他已经是老者了，但是他心里还在"想当年，金戈铁马，气吞万里如虎",仍然记得四十三年前弥漫着战争硝烟的扬州路上的情景("四十三年,望中犹记,烽火扬州路")。

不论是三十八岁自嘲为"老夫"的苏轼,还是真正的老者辛弃疾,他们的词中都充斥着人老心不老、人老体尚健、人老志更高的精神力量,并且他们都坚定地想要将这份蕴藏在内心的情感力量化作实际的行动。不论是借用了历史典故的文字层面,还是自嘲年老的个人意识层面,这两首词都融入了作者用心谋划、甘愿执行的精神。这就是宋词阳光、向上,并富有力量感的韵味。

(一)情感的走向在集束中的变化是"味儿"壮的原动力

我们首先来看苏轼的《八声甘州·寄参寥子》。

八声甘州·寄参寥子

有情风、万里卷潮来,无情送潮归。问钱塘江上、西兴浦口,几度斜晖?不用思量今古,俯仰昔人非。谁似东坡老,白首忘机。

记取西湖西畔,正春山好处,空翠烟霏。算诗人相得,如我与君稀。约他年、东还海道,愿谢公、雅志莫相违。西州路,不应回首,为我沾衣。

这是一首豪迈、旷达的寄赠之作,表现了作者超然物外的生命态度和寄情于山水的生活理想。

公元1091年,苏轼被召回京之前,他为其好朋友道潜(字参寥)写了这首临别寄词。公元1079—1084年,苏轼被贬谪黄州的五年期间,好朋友参寥就曾不远千里来看望苏轼。公元1089年,苏轼第二次到杭州任职,住在杭州智果禅寺的参寥便与苏轼往来更为频繁。参寥通晓文艺且擅长诗文,二人情谊甚笃,所以值此北归临别之际,苏轼专门为好友写了这首词，以表友情之深。

在大众的印象里，离别的场景通常是萧瑟的，心情是难过的，苏轼却与众不同，他的内心是超然的，他的文字是洒脱的。虽然明知未来的生活境遇是不确定的，但是苏轼的这首赠别之词带给读者的却是积极的、雄豪旷达的阅读感受。在这样貌似平静的文字表述中，蕴藏着的却是作者深沉的、带着希望的情绪走向，目的是避免二人在面对离别时内心出现消极、无力之感，鼓励双方用明朗的心态面对此后生命历程中未知的风雨。

这首词上阕中的"情"就是苏轼、参寥二人多年来因同好诗文所积攒的深刻友情，以及在面对未知的未来时彼此的记挂之情。这份感情是饱满的，在作者的意识层面形成了"吹卷起万里海潮的大风"。这就需要朗诵者在声音的塑造上让受众感受到一种虽然面临离别，心态却积极向上的旷达之感。

有情风、万里卷潮来，无情送潮归。问钱塘江上，西兴浦口，几度斜晖？

朗诵方法：

有（字拉开、字尾疾收，劲稍扬起）情~风、（字暂断后疾吐，字半全，劲重）万（字涩、浑厚，劲粘）里~（后三个字的形态独立，劲稍重）卷/潮~来~，（气暂断后缓吐疾收，字半全）无情/（气缓吐缓收）送~潮（声稍虚）归。（二人在静止状态下的回想，此处是意识走向第一次变化，气缓吐缓收）问/钱塘~江上，（连）西兴/浦（字全、字尾缓收以便紧接疑问）口~，（劲稍重）几/（劲促）度/（劲绵）斜~晖？

作者将二人的离别置于古今的历史纵横之中，以示洒脱和从容，这其实体现了一种无声的、更强烈的不舍之情。

不用思量今古，俯仰昔人非。谁似东坡老，白首忘机。

> 朗诵方法：
>
> （劲韧，以示坚定感）不～用/（声稍涩）思（声稍虚）量/（劲粘）今～古，（疾连，将自己经历过的是是非非置于俯仰之间，这是何等的超脱？所以应劲轻，以示举重若轻之感）俯（字全，声润，以示平和的心态）仰～昔人/（劲粘）非～。（气暂断后缓吐缓收，以示稳健感）谁～似/东坡老，（气缓吐疾收，以示作者坦然面对得失）白（声润，字全，劲轻）首～（劲略促）忘/机。

作者将离别之际老友之间的赠言融置于钱塘江、西兴渡口和夕阳斜晖之中，古今的变迁在一俯一仰之间早已物是人非（"昔人非"）。作者将澎湃激荡的感情和由复杂的生活经历带来的酸甜苦辣的个人感受与久远的历史规律在"俯仰"之间自然、淡然并坦然地与老友分享。

虽然离别之际，双方的情感是复杂的，想说的话有很多，但作者表现出来的是平静、淡然的。于是，这里形成了一个关于作者人生观的信息集合，进而增强了作者情感的表达力量，使其更具穿透性和感染力。

在这首词的下阕中，作者首先描写了二人的情感诞生地——杭州西湖，而且具体到"西畔"。此句貌似写景，实则引情。

记取西湖西畔，正春山好处，空翠烟霏。

> 朗诵方法：
>
> （气疾吐疾收）记（字全、字尾疾收）取～西（劲略促）湖/（字宽发，劲粘）西～（字尾疾收，声稍虚，以便接续）畔，（描述景色时的声音状态，劲略促）正/（字全、字尾疾

收）春～山（劲粘，以示与参寥的友谊像春天葱郁的山峦）好～处，（疾连，再以两个自然物象"空明的翠微"和"如烟的云霏"来丰满二人之间的情谊）空～翠/（字全、音程快）烟（声润，劲轻）霏～。

此时作者的情感开始由对景物的描述转向对人和情的回顾，并且将参寥置于"诗人"这一群体范围，以示对他的评价之高。朗诵者需要注意的是，此时作者的情感变化依旧延续这首词伊始的"万里卷潮来"这一基调，从而使主旨表达得更为集中、有力。

算诗人相得，如我与君稀。

朗诵方法：

（气缓吐，劲绵）算/（字半全、宽发、音程稍慢，声稍浑厚，劲略促）诗～人（疾连）相（字全、字尾疾收、劲韧）得～，（疾连，气疾吐，劲稍重）如（字全、字尾缓收，劲粘）我～与（字半全、音程快、劲促）君/（字半全，声稍浑厚，劲轻）稀。

作者借用"谢公雅志"的典故又一次将内心情感拉到脱离现实的意识时空中去，这样的写作手法完全是为了深化二人的友情，是一种类比式的升华。这样的表述非但没有展现出作者的担忧，反而表现出作者对友人的信心。

约他年、东还海道，

朗诵方法：

约/（声稍虚，字半全、音程稍慢，劲粘）他～年、（疾连，劲略促）东还/（字窄发，劲韧）海～道，东晋的谢安在策划和指挥了淝水之战，功成名就之后，还想走海路回到隐居的稽山去（"东还海道"）。但事与愿违，不久谢安病故，没能实现自己的"雅志"。这与此时作者的心理却是相反的，虽然自己离杭回京已是既定事实了，与好友的离别也是肯定的了，但是作者心中的志意并不希望如谢安那样无法实现，因而作者在此向老友发出了一个约定（"约他年""莫相违"），他们一定会后会有期的。所以，朗诵者在朗诵时语调可以略带伤感，但是整体情感还是积极的、信心满满的。

愿谢公、雅志莫相违。

朗诵方法：

愿（劲轻）谢～公、（气暂断后疾吐缓收，劲粘）雅～志/（劲稍重、韧）莫～相违。

紧接着是用典的延续：谢公有个外甥叫羊昙，与谢公感情很深。后来谢公生病，被轿子由"西州门"抬回到都城，而最终没能再回会稽山。由于怕伤感，外甥羊昙从此不忍心再从"西州门"出入。那么，此时苏轼想要表达："我"马上就要回到都城去了，"你"不要像当年的羊昙那样伤感。当"你"通过"西州门"的时候，不要为我们的离别泪洒衣襟。此处是一种极为明显的劝慰，劝友人不要难过、不必痛哭。这无疑是一种对明朗未来的寄寓。

西州路，不应回首，为我沾衣。

朗诵方法：

（气实、疾吐缓收）西州（劲轻，以示不必太在意的平常感）路～，（疾连，劲稍重）不/应（字全，劲粘）回～首，（气暂断后疾吐散收）为（字全，劲轻，声涩）我～沾/衣。

我们经常会遇到这种情况：词中的文字信息表面表现的是一种消极和低落的情绪，但在词的整体逻辑链条中，最终形成一种积极向上的思想主旨。这样的表述方式是词的一种惯常的写作手法，需要朗诵者认知和感悟整首词后，对"朗诵五元"技巧做出相应的调整。正如《八声甘州·寄参寥子》，虽然作者通过用典、回顾、比对等手法表达了自己的情感，但在这首词中我们可以明显地感受到作者想表达的是壮志未酬而心有不甘。作者内心的整体情感依旧是强烈的，最终的情感色彩依旧是积极的。所以，朗诵者的有声语言形态要客观、准确地将词作者的本源情感外化出来。

（二）文字语言赋予声音信号的比例是"味儿"壮的执行力

我们来看辛弃疾的《八声甘州》。

八声甘州

夜读《李广传》，不能寐。因念晁楚老、杨民瞻约同居山间，戏用李广事，赋以寄之。

故将军饮罢夜归来，长亭解雕鞍。恨灞陵醉尉，匆匆未识，桃李无言。射虎山横一骑，裂石响惊弦。落魄封侯事，岁晚田园。

谁向桑麻杜曲，要短衣匹马，移住南山？看风流慷慨，谈笑过残年。汉开边、功名万里，甚当时、健者也曾闲。纱窗外、斜风细雨，一阵轻寒。

这是一首寄寓敬仰之情同时又借古言今的慷慨、悲愤之词。作者辛弃疾二十一岁参加抗金义军，并因其勇敢和果断而名重一时，这显示了他卓越的军事才能和热忱的爱国之心。但由于其人刚正不阿，故屡次遭到朝中主和派的忌恨。辛弃疾不仅没能实现收复中原的家国理想，反而被污蔑，被强加上各种罪名，并在四十一岁的时候被革职。

虽然辛弃疾一生力主抗金，但是其提出的抗金主张均没有被朝廷采纳，并遭到了主和派长期的打击。他的这种遭遇与西汉时抗击匈奴、保卫国家的名将李广的人生境遇极为相似。所以，在这首词中，作者以敬仰的心态从李广生活中的一件小事入手，延展到自己的种种经历之中；同时，将自己坚定的主战抗金的志意融进了这首词的文字信息中，进而再次表达了其从壮志未酬到壮志难酬的巨大愤懑和深深遗憾。

这首词的上阕以历史物象为铺垫。第一句的文字是极为自然、平实的，辛弃疾带着对"偶像"的敬仰之意并结合史书的记载，客观地介绍了李广将军的日常。在朗诵的时候，朗诵者的声音应低缓、平稳。

故将军饮罢夜归来，长亭解雕鞍。

> 朗诵方法：
> （气实，缓吐，字半全、音程稍慢，声稍浑厚）故～（劲平）将军/饮（字窄发，劲略促）罢/（声虚）夜（劲粘）归～来，（缓连，气疾吐散收）长亭/（字半全、字尾缓收，劲绵）解～雕鞍。

此处作者的声音状态开始有了一定的起势，作者带着主观色彩塑造出了李广将军平易近人的温厚形象，并用同类的情感链接铺设了一个实实在在的物象基础。

恨灞陵醉尉，匆匆未识，桃李无言。

> 朗诵方法：
> （气足、疾吐缓收）恨～灞陵/（字半全、音程稍快，劲略促）醉（劲绵）尉～，（疾连，字短）匆（字半全）匆/（字拉

> 开、音程稍快，劲粘）未～识，（气暂断后疾吐缓收）桃李/（字全、音程稍慢，劲平，以示谦逊）无～言。

随着朗诵者的声音力度加大，字词间的变化也随之明显。作者借"李广射石虎"的典故来讲述李将军当年卓越的军事能力，此处是敬仰之情的再次延伸，需要朗诵者的声音力道继续提升。"他"单枪匹马（"一骑"）去射猎，在半山腰（"山横"）把石头当作了老虎，于是弓弦发出了惊人的响声，箭镞射进了石头，居然把石头都射裂了。由此可以看出，作者此时情感的沸腾：李将军一个人跃马上山是何等的豪气！把石头当作敌人是有何等的怨气！可以把草丛中的石头射裂又是何等的力气！

射虎山横一骑，裂石响惊弦。

> 朗诵方法：
>
> （气足、疾吐疾收，劲稍重）**射虎**/（继而促）**山横**/（字全、宽发、字尾缓收，声自然、明亮，劲韧）**一～骑**，（疾连，声稍明亮，劲促）**裂**（字全、宽发、字尾疾收，劲粘）**石～**（后三个字的形态独立）**响/惊/弦**。

朗诵者需要注意的是，此时的情感应是一种阶段性的赞美，声音发出的力道不宜太大，但是"声儿"可以明亮，"字儿"可以相对拉开，以示力量感。最终，在作者情感上升的过程中达到"味儿"的提升。

随后，朗诵者应在叙述之后马上发出慨叹，因为此时的作者在表述情感的同时在李广将军身上找到了与自己同类型的苦涩感。因为像李广将军这样的英雄都没有被封侯（"落魄"），到了晚年居然只能回到山村过田园生活。而此时的辛弃疾也正赋闲在乡，他结合自己主张抗金、收复失地却被弹劾罢官的切身经历，不禁叹从中来、愤从中来、悲从中来。

落魄封侯事，岁晚田园。

> 朗诵方法：
> （声音力道变小，"朗诵五元"整体弱化，气实、缓吐缓收）落（声稍涩，劲绵）魄~（字短，劲略促）封/（字全，声稍虚，劲弱）侯~事，（气暂断后疾吐缓收）岁（字全、音程稍快，声涩、带有颗粒感）晚/（字全、字尾缓收，声稍明亮，劲粘）田~园。

这一句朗诵者的声音形态应以平实地落下为宜，虽然这句是上阕的结束句，但朗诵时声音不应该有明显的结束感。

在这首词的下阕中，现实物象再次出现。作者首先借用了唐代诗人杜甫的《曲江三章，章五句》中第三章的诗意表达主旨，即仕途无望、意欲归隐的内心想法。"谁向桑麻杜曲"是作者的一个设问，可是他并没有在纸面上给出明确的答案。但是通过后半句的逻辑，我们可以很明确地感知作者内心的答案，即他肯定不会去的。因为作者接着说，他要穿上轻便的短衣，骑上一匹马，像李广将军那样到南山去射虎（"短衣匹马，移住南山"）。此处，作者对李广将军的敬仰之情再度延伸。所以，朗诵者在朗诵时情感应随之再次提升，给受众带来明亮、有力且强烈的听觉感受。所以，朗诵者在朗诵这一句时，应在"气儿""字儿""声儿""劲儿""味儿"整体提升的基础上，将声音适度收敛，切忌突兀地大喊大叫。

谁向桑麻杜曲，要短衣匹马，移住南山？

> 朗诵方法：
> （气实、疾吐疾收，字全、字尾疾收，声自然、明亮，劲稍重）谁~（字短，劲促）向/（两个字劲略促）桑（字半全、窄

> 发、音程快，声稍涩）麻/（气暂断后疾吐疾收）杜（字全、字尾缓收，劲粘）曲~，（疾连，字半全、音程快）要/（字全、音程快，声稍浑厚）短（劲促）衣/（气暂断后缓吐疾收，字全、字尾缓收，劲绵）匹~（字半全、字尾疾收）马，（两个字劲促，以示坚定感）移（字半全、音程稍快）住/（声稍明亮，字全、字尾缓收，劲韧）南~（字半全、字尾疾收，突出韵母an的明亮感，劲稍重、稍扬起）山？

接下来，辛弃疾的内心情感终于不再压抑，他想还是直白地让大众明白自己的真实志意吧，即他要风流潇洒、慷慨激昂地在谈笑中愉快地过一个幸福的晚年（"看风流慷慨，谈笑过残年"）。此时，这首词的表达主旨才完全明了地展现出来。但是朗诵者需要注意的是，在上一句的设问中，读者或许已经约略地揣测到了作者的内心想法，此处是作者直言不讳地补充说明。所以，朗诵者的语气应该在上一句的基础上稍扬起，声音的力道和明亮度也稍提高，体现作者作为一位读书人的儒雅之气。

看风流慷慨，谈笑过残年。

> 朗诵方法：
> 　　（疾连，气疾吐缓收，字短、弹出）看/风（字全、音程稍快，劲粘）流~（气疾吐散收，两个字半全、弹出、音程稍慢，劲略促）慷/慨，（缓连）谈（字全、字尾疾收，声稍明亮）笑~（字短）过/（字拉开、音程稍快，劲韧）残~年。

汉代开拓边疆、打击敌人、保卫家国的事业是多么地伟大！不少人在这条长约万里的国境线上建立功名（"功名万里"）。可是为什么正当需要人才的时候（"甚当时"），像李广将军那样有胆略、有才干而且曾经在边疆立过奇功的人（"健者"）也被革职闲居了呢？此处，作者展开了对比式的论述。首先，作者将自己的现实愿望（"短衣匹马，移住南山"）与历史人物（"健者"）的经历进行对比：自己心中想的是"风流慷慨，谈笑过残年"，而像李广将军等已经"功名万里"的"健者"为何也落职闲居（"也曾闲"）？此处与这首词上阕中的"落魄封侯事，岁晚田园"和下阕中的"桑麻杜曲"相呼应。其次，作者在历史物象之间进行横向对比，即为什么建立了万里功名的人们不被重用，而只能闲居在家？作者由此将现实和历史中的两组物象顺理成章地并列在一起，展现了对当时偏安一隅的南宋朝廷和懦弱的主和派的批判和指责。朗诵者需要注意的是，虽然作者武力抗金的主张是坚定的和持续的，但在对比历史人物的经历之后，作者却流露出了无奈、落寞甚至是苍凉之感。这一句的情感和力量已经开始下行。所以，此处朗诵者也应随之而变，声音的塑造应该趋于平和、稳健。

汉开边、功名万里，甚当时、健者也曾闲。

> 朗诵方法：
> （气实、缓吐缓收，字半全、音程稍慢，劲轻）汉/开（字全、音程稍快，劲粘）边～、（疾连）功（字全、字尾缓收，劲粘）名～（字短，劲促）万/里，（疾连，气疾吐疾收，声稍涩、带有颗粒感，以示情感逐渐萧瑟，劲绵）甚～当时、（劲略促）健/者（声稍虚，字全、音程稍快，劲韧）也～曾（字全，劲稍拖延）闲～。

本词的结尾是一个文艺性和指意向性都较强的佳句，表达了一位主战义士对腐朽朝政（"斜风细雨"）的痛恨和无可奈何（"一阵轻寒"）的遗憾之情。本首词的内涵是丰富的，情感却是相对无力的。朗诵者的声音应在斜风细雨和体感微寒的想象中稳健而从容地落下。

纱窗外、斜风细雨，一阵轻寒。

> 朗诵方法：
>
> （气浅、疾吐疾收）**纱窗/**（字全、字尾缓收，声虚，劲绵）**外~**、（缓连）**斜**（字全、字尾疾收，声稍浑厚，劲韧，以示主和派正在持续产生负面的影响）**风~**（字短、宽发，劲促）**细/**（声稍虚，劲弱）**雨**，（气暂断后疾吐缓收，劲稍扬起）**一阵/**（气疾吐散收，字半全、弹出、音程稍快，劲韧、略促）**轻~**（字半全、音程稍慢、窄发，劲轻）**寒~**。

第二章　兰荷碧月，缠绵婉约：
"声儿"润、"字儿"全、"气儿"浅、"劲儿"平、"味儿"媚

　　《说文解字》中记载："婉，顺也""约，缠束也"。"婉约"一词最早见于先秦古籍《国语·吴语》中的"故婉约其辞"。"婉"意为柔美、婉曲，"约"的本义是缠束，引申义为精练、隐约、微妙。

　　婉曲是一种修辞手法，也称"折绕"，是作者在文中不直接说出心中想要表达的想法，或者因为种种原因不便明说而采取的一种迂回的手法。此手法可以委婉地让读者透过含蓄、隐约的文字，思考、联想到作者的真实意图。

　　婉约派宋词多以儿女情长、离愁别绪为主题，这样的主题就限定了这类词的内容和传播时的视听感受。换言之，它们不简洁、直白，也不大气、豪迈。婉约派的文字多婉转、柔美。婉约派的代表人物有柳永、张先、晏殊、晏几道、欧阳修、秦观、周邦彦、李清照、李煜等。

第一节　主观情感的深沉促使婉约派宋词朗诵的"声儿"润

在人们通常的理解中，"深沉"是指思想感情内敛、不外露。当然，婉约派宋词的深沉、内敛和不外露都是相对的。在婉约派宋词里，作者想要表达的中心思想往往是社会大众所共同认知的，所描写的物象是清晰的，所携带的情感也是明确的，所以说婉约不等于模糊。

世间的你我，谁没有经历过离别之痛？谁不曾感受过思念之苦？但是在宋词中，关于离别和思念的情绪表达却是极为委婉、含蓄和隐约的，不是寻死觅活、哭天抢地的。当然，这不仅与中国古代传统文化自身的内敛特质息息相关，也是作者文雅气质的体现，是长久以来宋词的一种常用体式。例如，陆游的《钗头凤》下阕："春如旧，人空瘦，泪痕红浥鲛绡透。桃花落，闲池阁。山盟虽在，锦书难托。莫、莫、莫！"陆游曾经遵从母亲的意愿而不得不与自己相爱的妻子唐琬结束婚姻生活，可是两人却在七年之后的春天不期而遇。伉俪相得、琴瑟甚和的恩爱夫妻的分离原本就是不情愿的，也许随着时间的推移，彼此的思念之情会渐渐地淡化，但是偏偏命运弄人，苦苦想念了七年的二人却在偶然之间又见面了。虽然在此情境下，作者的内心极为苦涩，他的真实想法更是难以言表，但他给出的文字信息却是："美丽的春景如旧，只是人因相思而消瘦了。泪水洗尽脸上的胭脂，又湿透了薄绸的手帕。美丽的桃花凋落在寂静、空旷的池塘和楼阁上。永远相爱的誓言还在，可是锦文书信再也难以交付。莫，莫，莫！"在这一段真诚又深情的文字里，作者借助春景、人物消瘦的身材、洗尽胭脂的泪水、清晰的回忆和不能改变的现状，表达了两人内心沉重、苦涩的思念之情。虽然在字里行间没有声嘶力竭的呼喊，但是读者在阅读之时能够感同身受。

（一）轻浅的动态发觉中的同一性变化是"声儿"润的基础

《说文解字》中写道："润，水曰'润下'"，是指水具有滋润和下行的特性。

首先我们来完整地研判一下陆游的《钗头凤》。

钗头凤

红酥手，黄滕酒，满城春色宫墙柳。东风恶，欢情薄，一怀愁绪，几年离索。错、错、错！

春如旧，人空瘦，泪痕红浥鲛绡透。桃花落，闲池阁。山盟虽在，锦书难托。莫、莫、莫！

这是一首凄美的痴怨之词。作者陆游与原配妻子唐琬情深意笃，但是陆游的母亲认为儿女情长影响爱子的学业和功名，于是常常迁怒于儿媳，导致婆媳不睦。三年后，唐琬被逐回娘家，从此彼此杳无音信。不料，在七年后的一次春季郊游中，曾经情投意合的恩爱夫妻竟不期而遇，而此时一个已经他嫁、一个也已另娶。唐琬虽同样处在苦涩之中，但她还是略备了酒宴，意在慰藉前夫。陆游更是深感于此情此景，遂作此词，并题写于墙壁之上，表达了二人曾经的眷恋之深和如今的相思之切，抒发了自己心中巨大的怨恨、深深的愁苦和难以言表的痴情与凄楚。

朗诵者需要注意的是，作者内心情感的变化发生在同一场景内，作者兴发创作的场景并没有发生变化（"满城春色""宫墙柳"），而发生变化的是记录和讲述内容的时间。作者的这份情感爆发的导火索是七年之后与相爱却不能相守的前妻的不期而遇，可是这种情感的爆发并不具备天崩地裂的物理张力。于是，作者的情在这种对"春色""墙柳"的不经意地发觉中酝酿和迸发出来。恰恰是这一次的不期而遇让作者想起七年前的林林总总。试想，如果没有这次久别重逢，即便二人情深依旧，也不会有如今偶遇时的巨大惊喜以及由此产生的深哀剧痛。"郊游""偶遇"这两片尖锐的"指甲"没有丝毫征兆地揭开了作者干涸了七年的血痂，令伤口重新汩汩流血，让作者已经淡化了的苦楚无法躲避地被重新点燃，随之而来的是撕裂式的疼痛。于是，激烈的思想意识在作者的精神世界中开始冲撞、激荡，从而这首就地创作的著名宋词应运而生。

朗诵者还需要注意的是，虽然这首词的文字催人泪下，逻辑结构胶着黏合，但是朗诵者应该掌握好情感投入的程度，适当以令人感动的声音引起受众的情感共鸣。切忌朗诵者感情的过度投入，从而背离这首词原本的内涵和意味。故而，在朗诵这首凄美的痴怨之词时，"声儿"的样式应以自然、浑厚，间以适时的枯涩感为宜；"字儿"的形态应以短且音程较慢，以及全且音程快慢结合为宜；"气儿"之"徐"应以偶遇衍生痛苦为"序"，"气儿"之"疾"应以美好的回忆到永远的失去为"计"；"劲儿"之"起"应以相遇时的激动到冷静后的苍白为"依"，"劲儿"之"落"应以连绵的遐想到无望的确定为"据"，进而建立和塑造出一种在突如其来的情境中产生的始终念念不忘的苦涩、痛心之"味儿"。

这首词的上阕简述现实、追忆往昔。

红酥手，黄縢酒，满城春色宫墙柳。

朗诵方法：
　　（作者的心情在尽量平复之后尚存一丝激动，气实、缓吐缓收，字全、音程稍快，声稍浑厚，劲稍重、粘）红～（字半全、音程稍快，劲促）酥（字短、音程稍慢，声涩，劲弱）手，

（并，气缓吐疾收，字短，声虚）黄（气疾吐疾收，字半全、音程较快，劲韧）滕~（顺势带出，劲弱）酒，（缓连，气暂断后疾吐散收，字全、窄发、字尾缓收、音程稍快，声虚）满~（字全、弹出、音程较快，声涩）城（气暂断后疾吐疾收，字半全、音程稍快，声稍明亮、浑厚，劲略促）春/（字短、弹出、音程稍慢，声涩）色（气暂断后缓吐散收，字半全、音程稍快，声稍明亮、圆润）宫（字全、字尾疾收，音程较快，声虚）墙（字全、字尾缓收、音程较慢，声涩、带有颗粒感，劲轻）柳~。

东风恶，欢情薄，一怀愁绪，几年离索。

朗诵方法：

（气疾吐疾收，字半全、音程稍慢，声稍明亮、浑厚，劲促）东/（字涩、浑厚，劲下行、变弱）风（字全、弹出、音程稍快，声涩）恶，（气疾吐散收，字短、弹出、音程稍快，声自然、稍明亮、浑厚）欢（字短，声虚）情/（字音稍拖长，声涩、带有颗粒感，劲粘、弱）薄~，（缓连，气暂断后疾吐缓收，字短、宽发、音程稍快，声自然、明亮，劲稍拖延）一（顺势带出，字短，音程稍慢，声虚，劲略促）怀/（气疾吐缓收，字全、音程稍慢，声圆润、浑厚，劲粘）愁~（字短、弹出、音程稍快，声涩、带有颗粒感，劲弱）绪，（疾连，气疾吐缓收，字全、宽发、音程稍慢，声自然、浑厚）几~（字短、音程稍快，声涩）年/（气虚、吐缓收，字全、宽发、音程较慢，字音颤抖，声涩、带有颗粒感）离~（字半全、音程较慢，声虚、涩，劲弱）索。

需要朗诵者明确的是，"东风恶"是古诗词写作中习惯性的表述方式。作者以"东风"明指春天，并暗喻自己的母亲。联系上、下句可知，因为他与唐琬的分开并非二人感情的破裂，而是迫于母亲的压力，所以才导致了现在欢情的淡薄。这真是错过，错了，错误！

错、错、错！

> 朗诵方法：
> 　　（气暂断后疾吐散收，字半全、弹出、音程稍快，声涩、浑厚，劲促）**错**/、（字全、字尾缓收，音程稍快，声稍明亮、浑厚，劲稍重、绵）**错**~、（字短、字尾缓收，音程较慢，声虚、涩、劲弱、绵）**错**！

这首词下阕感慨往事，表达哀痛之情。

春如旧，人空瘦，泪痕红浥鲛绡透。

> 朗诵方法：
> 　　（意不能尽的讲述感，缓连，顺气、疾吐散收，字短、弹出、音程稍慢，声圆润，劲略促）**春**/**如**（气疾吐缓收，字短、字尾缓收、音程较慢，声虚、浑厚，劲粘）**旧**~，（疾连，字短，声稍浑厚，劲弱）**人**（字拉开、字尾缓收，音程稍快，声稍明亮、浑厚，劲粘）**空**~（顺势给出，劲略促）**瘦**，（气浅、缓吐缓收，字音稍拖长，声稍虚、圆润，劲稍拖延）**泪**（字半全、音程稍快，声稍浑厚，劲轻）**痕**/（顺势带出，劲略促）**红**（字全、宽发、字尾疾收、音程稍快，声圆润、带有颗粒感）**浥**~（气暂断后疾吐散收，字半全、弹出、音程稍快，声稍虚、浑厚）**鲛**（字短，声自然、浑厚，劲弱）**绡**（缓连，气暂断后疾吐疾收，字全、字尾散收、音程稍快，声涩、稍浑厚，劲稍重）**透**。

桃花落，闲池阁。山盟虽在，锦书难托。

朗诵方法：

（气息重新组织，气浅、缓吐疾收，字半全、音程稍快，声稍虚、圆润）桃/（顺势给出，声虚）花（气疾吐缓收，字全、字尾缓收、音程稍快，声涩、带有颗粒感，劲韧）落~，（疾连，气疾吐疾收，字半全、字尾疾收、音程稍慢，声圆润、带有颗粒感，劲粘）闲~（字短、弹出、音程稍快，声虚、涩，劲略促）池/（字半全、音程稍慢，声涩、带有颗粒感，劲弱、绵）阁。（气疾吐散收，字短、弹出、音程较快，声稍浑厚，劲重）山（字全、字尾疾收、强调后鼻音eng、音程较慢，声圆润、浑厚、劲韧、紧）盟~（气疾吐散收，字音拖长，声虚，劲紧、促）虽/（字短、弹出、音程稍慢，声虚，劲促）在，（字半全、音程较快，声涩、浑厚，劲紧、弱）锦/（字短、弹出、音程稍慢，声虚、涩，劲稍重、促）书/（气缓吐缓收，字拉开、字尾缓收，声稍浑厚、带有颗粒感，劲韧、粘）难~（顺势给出，劲略促）托。

莫、莫、莫！

朗诵方法：

（气暂断后疾吐缓收，字全、音程稍快，声稍浑厚）莫~、（气缓吐缓收，字拉开、字尾缓收，声音颤抖、声稍明亮、浑厚，劲韧、绵）莫~~、（气暂断后疾吐散收，字短、弹出、音程较慢，声涩、稍浑厚，劲弱）莫/！

（二）平和的静态感受中的"交错型运动"是"声儿"润的根本

我们来看李清照的《如梦令》。

如梦令

昨夜雨疏风骤，浓睡不消残酒。试问卷帘人，却道海棠依旧。知否，知否？应是绿肥红瘦。

这是一首清新隽永的惜花、伤春之词。据考证，这首词应该作于元符三年（1100年）前后，是李清照的早期作品。生活条件优渥的青春女词人通过描写宿醉酒醒之后向侍女询问户外海棠花状态的故事，委婉地表达了内心惜花、怜花的温婉情感，体现了作者对大自然的热爱和对春天的留恋之情。这首小词的结构极为清晰，文字信息也很立体，信息量更是巨大，其间有人物的情态，有生活的场景，更有作者与侍女之间的问答。

首先，朗诵者需要注意的是，第三句中的"试问"并不代表作者不敢直截了当地询问，主人向自己的侍女发问又有何不敢？"试问"一词反映出作者在发出询问的动作之前，就已经在担心"海棠花"的状态了。由此可见，作者对春花的怜惜之意已经深藏在这首词的文字之中了。

此外，朗诵者还需要注意的是，这首词的创作源自侍女与作者的认知差异，并以"昨晚"的天气（"雨疏风骤"）为切入点。作者在次日醒来后，通过对天气的研判，发觉侍女的信息有误，从而引出正确的结论（"应是绿肥红瘦"）。因为对海棠花的惯常认知与"昨晚"的"雨疏风骤"之间有着客观、直接的因果关系，所以作者的回想是立体的、往复式的，即以某个时间节点为核心展开的"交错型运动"。最后一句两个"知否"的连续出现，既可以视为主人对侍女的发问，也可以视作作者的思想意识与读者的阅读感受之间的链接，是作者想让侍女知晓，也想让读者思考的一种启发式的提问。由此，作者就极为顺畅和自然地将"怜花、惜春"这一表达主旨延展开来。特别是"绿肥红瘦"四字的排列组合与表情达意都极为传神，不愧是一首被历代推崇的经典之作。

故而，在朗诵这首清新隽永的惜花、伤春之词时，"声儿"的样式应以浑厚，间以适时的枯涩感为宜；"字儿"的形态应以短且音程较慢，以及全、半全且音程较快为宜；"气儿"之"徐"应以作者醒后的自述到主仆之间的问答为"序"，"气儿"之"疾"应从作者希望得到的信息到新意识产生后的自问自答为"计"；"劲儿"之"起"应以时间的自然延续为"依"，"劲儿"之"落"应以空间的外延为"据"，进而建立和塑造出一种在内心牵挂下的跌宕起伏又错落有致的温润、平实之"味儿"。

昨夜雨疏风骤，浓睡不消残酒。

朗诵方法：

（现实的讲述感，气实、疾吐散收、字全、字尾疾收、音程稍快，声浑厚，劲粘、紧）昨~（顺势给出，字短，声涩）夜/（气暂断后缓吐缓收、字半全、音程稍快，声偏涩、稍浑厚，劲韧）雨~（顺势带出）疏/（字全、弹出、音程快，声稍明亮、浑厚，劲促）风/（字短、音程稍慢，声虚、涩，劲稍拖延）骤，（缓连、字全、字尾疾收、音程较快，声涩、稍浑厚，劲绵）浓~（字短、弹出，声涩）睡/（字短、音程稍慢，声稍明亮、浑厚，劲稍重）不/（顺势给出，字短，声虚，劲稍拖延）消（气暂断后缓吐缓收，字全、音程稍慢，声涩、稍浑厚）残~（字稍拖长，声涩，劲弱、稍拖延）酒。

试问卷帘人，却道海棠依旧。

> 朗诵方法：
>
> （气息浅、疾吐散收，字短、弹出，劲促）试问/（字短、音程稍慢，声涩）卷（字全、音程稍快，声圆润、带有颗粒感，劲略促）帘～（顺势带出，字短、音程稍慢，声稍浑厚，劲弱）人，（缓连，气疾吐疾收，字半全、弹出、音程较快，声虚，劲促）却/（字全、字尾缓收、音程稍快，声圆润、带有颗粒感，劲粘）道～（气暂断后疾吐散收，字短、窄发，声虚）海（字半全、音程稍快，声涩，劲弱）棠/（疾连，气缓吐散收，字全、宽发、字尾散收、音程较慢，声自然、稍明亮，劲紧、韧）依～（顺势给出，劲弱）旧。

知否，知否？应是绿肥红瘦。

> 朗诵方法：
>
> （气足、疾吐缓收，字全、宽发、音程较快，声涩、稍浑厚，劲稍重）知～（字短、音程稍慢，声涩）否，（字短、弹出、劲稍重、促）知/（字短、音程稍慢，声虚，劲稍拖延）否？（缓连，气暂断后疾吐缓收，字短、音程稍慢，声稍明亮，劲略促）应（顺势带出）是/（气缓吐散收、字全、字尾疾收、音程稍慢，声稍明亮、浑厚，劲韧）绿～（字短、弹出、音程稍慢，声涩、稍明亮，劲稍拖延）肥/（字短、弹出、音程稍快，声浑厚，劲略促）红（气疾吐缓收，字全、字尾缓收、音程稍慢，声偏圆润、自然、稍浑厚）瘦～。

第二节　客观信息承载的内敛致使婉约派宋词朗诵的"字儿"全

　　由物及人、由人及情地展现作者心理的词容易让读者跟随着作者不外露的情感以及指意不明的文字，在作者逻辑意识的引领下，准确地推理出词的主旨。这就是内敛的婉约派宋词存在的文学意义和传播价值。例如：李清照的《声声慢》中，"寻寻觅觅，冷冷清清，凄凄惨惨戚戚"这几句情感的表达就十分内敛。作者并没有直接写内心有多么难过，甚至词中都没有出现"眼泪""泪水"等凸显情感的词语，作者反而借助梧桐树下的点点滴滴以及黄昏时的细雨这些自然物象来反映自己的心境。这反倒将作者痛苦的情感置于更广阔的社会认知范畴之中，于是思夫、念夫的主旨得以深刻地体现出来。特别是七组叠词的连续铺排，看似平实的字词组合却将作者的内心世界表现得极为细腻：作者因为正在面对种种的缺失，所以才会去"寻寻觅觅"。"觅"不仅有"找"这一指向，同时还有"寻求"之意。那么，此处"寻觅"的对象不仅是物质层面的东西，而且是需要人"求"才可得，或者说依赖"求"才能得到的看不见也摸不着的、更高级的、精神层面的东西。作者如此苦苦地寻找、寻求，得到的却是"冷冷清清"，这样的感受并不是作者"寻寻觅觅"想要的结果，而仅仅是艰难寻觅的过程和与后续的衔接。作者终极得到的结果是"凄凄惨惨戚戚"。如此就恰恰佐证了"寻觅"持续的时间之久。所以，朗诵者要以"字儿"全的形态来诠释词中内敛的情感，精准地传播作者的逻辑意识，从而保证受众接收到的信息是完整的、准确的。

（一）物象在同质中的变化是建立"字儿"全的思想立足点

接下来我们完整地解析一下李清照的《声声慢》。

声声慢

寻寻觅觅，冷冷清清，凄凄惨惨戚戚。乍暖还寒时候，最难将息。三杯两盏淡酒，怎敌他、晚来风急？雁过也，正伤心，却是旧时相识。

满地黄花堆积。憔悴损，如今有谁堪摘？守着窗儿，独自怎生得黑？梧桐更兼细雨，到黄昏、点点滴滴。这次第，怎一个愁字了得！

这是一首深沉、哀婉，充满孤寂、忧虑之词。靖康二年（1127年），金人大举南下，俘获宋徽宗、宋钦宗父子北去，史称"靖康之变"，标志着北宋王朝的覆灭。当年五月，康王赵构即位于应天府（今河南商丘市），改年号为"建炎"，从此南宋王朝开始登上历史舞台。这一年，李清照的婆婆在江宁（今江苏南京）病故，丈夫赵明诚随即南下奔丧。时年四十四岁的李清照随后在兵荒马乱中押运着夫妻二人多年来珍藏的诸多古籍、字画、金石文物等，于次年辗转抵达江宁，与丈夫团聚。战乱中的赵明诚曾辗转各地为官，不料在公元1129年突然病故。生活颠沛流离又寡居的李清照内心自然是寂寥、孤苦的。这首《声声慢》就是她当时心境的真实写照和情感的坦诚流露。

朗诵者在朗诵时不仅要注意体会一位寡居的、情感丰富的知识女性在经历国破、家亡、夫丧等一系列遭遇后的生活境遇，还要想象当时晚秋凄风苦雨带来的身心感受。另外，朗诵者需要转换角色，应感受到一位女子在动荡不安的生活环境中的无助和孤单。因为生活艰难，所以作者才去"寻寻觅觅"，而得到的结果却是"凄凄惨惨戚戚"；因为孤苦、寂寥，作者对往日的家庭生活充满留恋，所以才更加地想要"寻寻觅觅"；还因为寻觅的结果是"戚戚"，所以才不愿放弃，继续"寻觅"。作者将叠词如此反复地铺排，使"冷冷清清""凄凄惨惨"最后上升到"戚戚"，从而将作者孤苦的情感淋漓尽致地表现出来。

这首词的下阕再次出现了"点点滴滴"这样的叠词连用，从而非常明确地表明"点点滴滴"的思念与忧愁不仅是在"梧桐更兼细雨"时候的淅淅沥沥，更会在黄昏时分加剧。因为气温的"乍暖还寒"，所以即便喝下"三杯两盏淡酒"，都无法抵御住"晚来风急"，这既是对首句"冷冷清清"的证明，也是作者身体对气温的感知。接下来，以自然物象的运动（"雁过也"）作为意识变化的过渡，借此作者将生理层面的感受转移到精神层面（"正伤心"）。至此，作者完成了从体感"冷清"到心情难过的情感转换过程。

朗诵者在面对连续的同类物象信息黏合的时候，要特别对引领全篇主旨的七组叠词建立精细化的内心视像，力求实现朗诵者的意识与作者的表达目的最大化统一，力求与词人的情感诉求同频共振。故而，朗诵者在朗诵这首深沉、哀婉，充满孤寂、忧虑的词时，"声儿"应自然、浑厚，声音应适度地虚、涩；"字儿"的形态应以全、半全且音程稍慢，以及短且音程快慢兼用为宜；"气儿"之"徐"应以正在进行的"找"、现实中的"寻"、预料中的"伤"为"序"，"气儿"之"疾"应以自然的"损"、守着的"难"、生出的"愁"为"计"；"劲儿"之"起"应以持续的"动"、暂停的"静"为"依"，"劲儿"之"落"应以时间的"动"、空间的"静"为"据"，进而建立和塑造出一种在持续加剧的孤寂和愁苦中不得不慢慢咀嚼和品味的萧瑟、柔弱之"味儿"。

作者在这首词的上阕苦觅，远思。

寻寻觅觅，冷冷清清，凄凄惨惨戚戚。

朗诵方法：

（动态的记录感，气实、缓吐疾收，字半全、音程稍慢，声圆润、浑厚、劲韧、略促）寻~（顺势给出，劲弱）寻/（字短、宽发、弹出，劲轻）觅（字全、字尾疾收、音程稍快，声偏虚、稍浑厚，劲粘）觅~，（缓连，气暂断后疾吐散收，字半全、音程较快，声涩）冷（字全、音程慢，声涩、浑厚，劲韧）冷~（字短、弹出，声稍浑厚，劲促）清/（字音稍拖长，声稍虚）清，（疾连，气疾吐散收，字短、弹出、音程稍慢）凄/（字音稍拖延，声涩，劲稍重）凄/（字半全、音程较快，声虚）惨（字全、音程较快，声涩、带有颗粒感，劲粘）惨~（字短、劲轻）戚/（字音稍拖长，声涩，劲紧）戚。

乍暖还寒时候，最难将息。

朗诵方法：

（顺气、疾吐散收，字半全、窄发、音程较快，声稍明亮、虚，劲稍重）乍/（字半全、音程稍慢，声涩、带有颗粒感）暖（疾连，气疾吐疾收，字全、音程较快，声稍明亮、圆润，劲促）还~（字半全、弹出、音程稍快，声虚、稍浑厚）寒/（字短、弹出，声虚）时（字音稍拖延，声涩，劲略促、紧）候，（缓连，气暂断后缓吐缓收，字全、字尾疾收、音程较慢，声稍明亮、浑厚、劲韧、稍重）最~（字半全、音程较快，声涩，劲促）难/（字短、弹出，音程稍慢，声虚）将（字音稍拖长，声涩，劲弱）息。

109

三杯两盏淡酒，怎敌他、晚来风急？

朗诵方法：

（气足、疾吐散收，字半全、弹出、字尾疾收、音程稍快，声稍浑厚，劲稍重）**三**/（字短、音程稍慢，声涩、圆润，劲稍拖延）**杯**/（气缓吐缓收，字全、字尾疾收、音程稍快，声涩、稍浑厚，劲粘、紧）**两**～（顺势带出，字短、弹出，劲促）**盏**/（字音稍拖延，声虚、涩，劲绵）**淡**（顺势给出，字短，声涩、带有颗粒感，劲弱）**酒**，（疾连，气疾吐散收，字半全、音程稍快，声自然、浑厚）**怎**～（字半全、弹出、音程较快，声自然、明亮，劲促、紧）**敌**（顺势带出，字短、音程稍慢，声虚）**他**、（气缓吐缓收，字全、字尾缓收、音程稍慢，声稍浑厚、带有颗粒感）**晚**～（字半全、窄发、弹出、音程稍快，声虚，劲稍拖延）**来**（字全、音程极快，声浑厚，劲稍重）**风**/（气疾吐疾收，字短、音程稍慢，声涩、稍浑厚，劲稍扬起、紧）**急**？

雁过也，正伤心，却是旧时相识。

朗诵方法：

（缓连，气息重新组织，气浅、缓吐缓收，字半全、音程稍快，声稍浑厚，劲轻）**雁**/（字全、字尾缓收、音程慢，声涩、浑厚，劲粘、弱）**过**～（字短、音程稍慢，声虚，劲弱）**也**，（气暂断后缓吐缓收，字全、音程慢，声自然、浑厚，劲韧、粘）**正**～（字短、弹出、音程稍慢，声虚，劲略促）**伤**（字音拖长，声涩，劲稍拖延）**心**，（气疾吐散收，字半全、音程稍慢，声虚、稍明亮，劲促）**却是/**（气缓吐缓收，字拉开、字尾疾收、音程稍快，声涩、稍明亮）**旧~**（顺势带出，字短，声稍明亮，劲略促）**时/**（气疾吐散收，字短、音程极快，声稍浑厚，劲促）**相**（字短、音程稍慢，声涩，劲弱）**识**。

作者在这首词的下阕睹物，生愁。

满地黄花堆积。

朗诵方法：

（顺势连，气浅、暂断后缓吐缓收，字全、字尾缓收，声自然、稍浑厚，劲粘）**满~**（字短、弹出，声稍涩，劲略促）**地/**（字半全、音程较慢，声圆润、浑厚，劲绵）**黄~**（字短、音程稍慢，声圆润、带有颗粒感，劲弱）**花**（字短、弹出，声稍浑厚，劲轻）**堆/**（字短，声涩，劲弱）**积**。

憔悴损，如今有谁堪摘？

朗诵方法：

（疾连，字半全、音程稍慢，声虚，劲紧）**憔**（字半全、音程稍快，声涩、稍明亮）**悴/**（气全，音程稍慢，声涩、带有颗粒感，劲粘）**损~**，（缓连，顺气，缓吐缓收，字短、音程稍慢，声圆润）**如**（劲略促）**今/**（声涩、带有颗粒感）**有**（字全、字尾疾收、音程较快，声稍明亮、浑厚，劲稍重）**谁~**（气暂断后疾吐散收，字短、弹出、音程稍慢，声虚、浑厚，劲促）**堪/**（字短、窄发，声虚，劲轻）**摘？**

守着窗儿，独自怎生得黑？

> 朗诵方法：
>
> （缓连，气息重新组织，气实、疾吐散收、字半全、音程稍慢，声涩、浑厚，劲稍拖延）**守~**（顺势带出）**着**（字半全、弹出、音程较快，声稍浑厚，劲稍重）**窗/**（字短，声涩），（疾连，字半全、音程较快）**独**（劲紧）**自/**（气暂断后疾吐缓收，字全、字尾疾收、音程稍快，声浑厚，劲促、紧）**怎~生/**（顺势带出）**得**（字半全、弹出、字尾疾收、音程稍慢，声稍明亮、浑厚，劲稍拖延、稍重）**黑？**

梧桐更兼细雨，到黄昏、点点滴滴。

> 朗诵方法：
>
> （气缓吐缓收，字半全、音程较快，声圆润、浑厚，劲稍重）**梧桐/**（字短、弹出、音程稍慢，声浑厚，劲稍重）**更**（字短，声涩，劲稍拖延）**兼/**（疾连，气缓吐缓收，字全、字尾缓收、音程稍慢，声圆润、稍浑厚，劲粘）**细~**（字半全、字尾缓收、音程稍慢，声涩、带有颗粒感，劲轻）**雨，**（缓连，字短、弹出、音程稍慢，声虚）**到/**（疾连，气缓吐疾收，字全、字尾疾收、音程稍快，声浑厚，劲韧）**黄~**（字音稍拖长，声涩、稍浑厚，劲稍拖延）**昏、**（气暂断后疾吐缓收，字半全、字尾缓收、音程稍慢，声圆润、浑厚）**点~点**（字短，声虚）**滴/**（字音稍拖长，声涩）**滴。**

这次第，怎一个愁字了得！

> 朗诵方法：
>
> （气浅、疾吐缓收，字拉开、字尾缓收、音程稍快，声浑厚，劲韧、促）这～（字短、弹出、音程较快，声虚、涩）次/（顺势带出，声涩、劲弱）第，（缓连，气暂断后疾吐缓收，字半全、字尾缓收、音程稍慢，声稍明亮、浑厚）怎～（字短、音程较快，声自然、稍明亮，劲促、稍重）一（顺势给出，劲略促）个/（气暂断后疾吐缓收，字全、字尾疾收、音程稍慢，声涩、浑厚，劲韧、粘）愁～字/（气暂断后虚吐，令字音颤抖，字全、音程稍快，声涩、带有颗粒感，劲粘、弱）了～（字短、弹出，声涩，劲弱）得！

（二）意识在整合中的运动是实现"字儿"全的行为出发点

我们来看李清照的《一剪梅》。

一剪梅

红藕香残玉簟秋。轻解罗裳，独上兰舟。云中谁寄锦书来，雁字回时，月满西楼。

花自飘零水自流。一种相思，两处闲愁。此情无计可消除，才下眉头，却上心头。

这是一首婉约、清新并充满情思之词。建中靖国元年（1101年），李清照与当时的太学生，后来的著名金石学家、文物收藏家赵明诚完婚，他们二人感情甚好。不久，李清照的父亲李格非因朝内党派之争而被罢去官职，李清照因替父进言也受到牵连。后来她随父返回家乡明水（今山东济南市章丘区）居住。从此，与新婚燕尔的丈夫分离，遂生思念。这首词表达了这位新婚少妇的离愁别绪，以及对丈夫深深的思念之情。

从词的文字信息来看，这首词的情感走向极为缠绵，由上阕中连贯的动作，即"解""上""寄""回""满"便可见一斑。再从词的逻辑结构来看，这首词的意识指向也是极为黏合，尤其体现在下阕中"一种""两处""才下""却上"等词语的运用上。由此可见，新婚妻子对异地丈夫的思念就像浓得化不开的胶漆一样，如此便鲜明地突显了身处逆境的作者内心深处对丈夫的思念之情。

朗诵者需要注意的是，首句是相对简单的物象描写，作者的思夫情感是在"独上兰舟"之后才开始建立的。当然，这也是这首词第一次由物象引发联想，从而使作者产生某种情感，即"触景生情"。作者想着、盼着，希望收到丈夫从远方寄来的书信（"锦书"）。为什么此时此刻作者要等待丈夫的"锦书"呢？因为作者看到了鸿雁南飞时的"人"字队列（"雁子回时"），并且已经到了月圆时节（"月满西楼"）。此时，作者的思念之情在锦书、雁阵和满月的加持下实现了第二次整合。

此外，朗诵者还需要注意的是，读者的感受是在作者的位置移动中建立和变化的。但是不论怎样变化，本词都围绕与亲人离别、思念亲人这一主题，这也是本词易于读者理解，能够打动读者并能广泛传播的情感依据。

静态的物象和动态的情感在本词中黏合在一起，所以，朗诵者在朗诵时，"字儿"全的形态处理方式有助于带给读者婉转的听觉感受。故而，在朗诵这首婉约、清新的相思词时，"声儿"的样式应以圆润、浑厚，间以适时的枯涩感为宜；"字儿"的形态应以全且音程较快，以及短且音程稍慢为宜；"气儿"之"徐"应以时间的流逝到思绪的建立为"序"，

"气儿"之"疾"应以相思到愁苦的循环为"计";"劲儿"之"起"应以表达主体的个人情感的逐步加强为"依","劲儿"之"落"应以作者与丈夫在不同的时空下建立的共同感受为"据",进而建立和塑造出一种不断强化的苦涩、难过之"味儿"。

作者在这首词的上阕望景,酝情。

红藕香残玉簟秋。

朗诵方法:

(安静的自我讲述感,气足、缓吐缓收,字全、音程稍快,声自然、浑厚,劲略促)红~(字半全、音程稍慢,声涩、稍浑厚,劲韧)藕/(气暂断后疾吐散收,字短、弹出、音程稍快,声浑厚,劲稍重)香(字全、字尾缓收,音程较慢,声圆润、浑厚,劲粘)残~(字短,声自然、稍明亮,劲紧)玉(字全、音程较快,声涩,劲弱)簟/(顺气疾吐疾收,字全、音程稍慢,声浑厚、圆润,劲轻)秋~。

轻解罗裳,独上兰舟。

朗诵方法:

(缓连,气暂断后疾吐散收,字半全、弹出、音程稍慢,声稍明亮、浑厚,劲略促)轻/(字短,声涩)解(气缓吐缓收,字全、音程稍快,声圆润、稍浑厚,劲绵)罗~(顺势带出,劲轻)裳,(疾连,气疾吐缓收,字全、字尾疾收,声稍明亮、浑厚,劲韧)独~(顺势给出,劲略促)上/(字全、音程稍快,声圆润、带有颗粒感,劲粘)兰~(字短,声涩,劲弱)舟。

云中谁寄锦书来，雁字回时，月满西楼。

朗诵方法：

（气息重新组织，气浅、疾吐缓收，字全、字尾疾收、音程稍快，声稍明亮、圆润、劲韧）云～（顺势给出，声涩，劲弱）中/（气疾吐缓收，字全、字尾疾收，声自然、稍明亮，劲稍重、紧）谁～（顺势带出）寄/（疾连，气疾吐疾收，字全、字尾疾收、音程较快，声涩、浑厚、劲韧、紧）锦～（字短、弹出，声涩）书（顺势带出，字短、弹出，声虚）来，（缓连，气缓吐缓收，字短、音程稍快，劲紧）雁字/（字全、音程稍快，声圆润、稍浑厚）回～（字半全、音程稍快，声圆润、带有颗粒感，劲弱）时，（气暂断后疾吐散收，字半全、音程稍慢，声虚、稍浑厚，劲稍重）月（字稍拖长，声涩，劲稍拖延）满/（气缓吐缓收，字半全、宽发、音程稍慢，声自然、稍浑厚，劲粘）西～（字短、音程稍慢，劲弱）楼。

作者在这首词的下阕慨叹，抒情。

花自飘零水自流。

朗诵方法：

（睹物思人的情绪的延伸，气实、缓吐缓收，字半全、窄发、音程稍慢，声虚）花（字短、宽发，声涩，劲促）自/（气暂断后疾吐散收，字全、字尾疾收、音程稍快，声先虚再稍浑厚，劲稍重）飘～（顺势带出）零/（气暂断后缓吐疾收，字半全、音程稍快，声涩、稍浑厚，劲促）水（字短、音程稍慢，声虚，劲略促）自（气缓吐缓收，字全、音程稍快，声圆润、稍浑厚，劲轻）流～。

一种相思，两处闲愁。

朗诵方法：
　　（疾连，字短、宽发，声明亮，劲促、紧）一/（顺势带出，劲略促）种（字半全、弹出、音程稍快，声稍浑厚）相/（字全、字尾缓收、音程稍快，声圆润，劲稍扬起后保持不落下）思~，（气暂断后疾吐散收，字半全、音程稍快，声圆润、稍浑厚，劲稍重）两~（字短、弹出，声虚，劲促）处/（气缓吐缓收，字全、字尾缓收、音程较慢，声圆润、明亮）闲~（顺势带出，声涩，劲弱）愁。

此情无计可消除，才下眉头，却上心头。

朗诵方法：
　　（气息重新组织，气浅、疾吐缓收，字短，声涩，劲略促）此（气虚吐、令字音颤抖，字音稍拖长，声圆润，劲弱）情/（气疾吐缓收，字半全、音程稍慢，声自然、浑厚，劲韧）无~（字短、弹出、宽发，声稍明亮，劲紧、促）计/（气暂断后疾吐散收，字半全、音程稍快，声涩，劲略促）可/（字全、字尾缓收、音程稍慢，声稍明亮、圆润，劲粘）消~（顺势带出，字短、音程稍慢，声涩、带有颗粒感，劲弱）除，（缓连，气疾吐缓收，字全、窄发、字尾缓收、音程稍慢，声圆润、带有颗粒感）才~（字短、弹出，声虚，劲促）下/（气缓吐缓收，字半全、音程较慢，声圆润、稍明亮，劲粘）眉~（顺势弹出，声涩，劲略促）头，（气暂断后缓吐缓收，字全、字尾缓收、音程稍慢，声稍明亮、圆润，劲韧）却~（顺势弹出，字稍拖长，声稍明亮,劲促)**上**/(气暂断后缓吐缓收,字全、字尾疾收、音程稍快,声自然、浑厚,劲韧)**心**~(字短、音程稍慢,声涩,劲弱)**头**。

对于尾句,朗诵者可以运用《中国朗诵艺术论纲》中提出的"表意的顺序性重复"这一表达技巧来强调作者的愁思之情,深化本首词的主旨。

第三节　意愿表达的双重指向要求婉约派宋词朗诵的"气儿"浅

宋词作为"唱词儿",有的是通过作者自己写"词儿",反映其内心世界,再由词作者自己演唱以表达相对单一的思想感情;有的是作者受邀给别人写"词儿",再请一位合适的"歌唱演员"来演唱,这样不仅可以反映词作者的内心世界,还能够反映邀请者甚至是社会大众的共同情感;还有的是词作者毫无创作目的,仅仅是对社会生活中的某件事、某个人、某段情有感而发,然后交由"歌唱演员"二度创作,并进行大众传播。

通过对宋词演变过程的梳理,我们不难发觉豪放派宋词的创作过程很像上述的第一种;婉约派宋词的创作过程更接近于第二种;花间派宋词的创作过程则更接近于第三种。当然,这样的提法是相对的,因为不论宋词产生的原因是什么,创作主体当时的心境是什么样的,以及最后的"歌唱演员"是谁,它都是在曲调的约束下、音乐的伴奏中唱出来的,我们可以将其看作一种能够表达社会成员的某种思想感情,能够反映时代风貌或群体意志的文学作品。

在很多婉约派宋词中,文字表述的意识逻辑首先涵盖了词作者本人的志意,同时也涵盖了社会情理共识。简言之,一首"唱词儿"不仅仅是在说作者自己,同时也是在说他人,这就是婉约派宋词所具有的双重指向性。

（一）从言物到言情的通感走向是"气儿"浅的物质化支撑

我们来看辛弃疾的《青玉案·元夕》。

> 青玉案·元夕
>
> 东风夜放花千树。更吹落、星如雨。宝马雕车香满路。凤箫声动，玉壶光转，一夜鱼龙舞。
>
> 蛾儿雪柳黄金缕。笑语盈盈暗香去。众里寻他千百度。蓦然回首，那人却在，灯火阑珊处。

这是一首含蓄、婉转的孤高之词。作者辛弃疾通过记录某年元宵节街市上彩灯璀璨、游人如织的欢乐场景来反衬南宋朝廷不思进取、一味求和的无能和软弱，同时通过设置一个"却在灯火阑珊处"的美好物象，表达了自己的家国情怀。这首词的上阕是作者设身处地描写的元宵节灯会的一般性场景，朗诵者进行通识性的理解即可。朗诵者特别注意要对下阕后两句中的借代式喻指有恰当认知和准确感悟。"众里"，很明显就是指戴着各种饰品的游览灯会的女子，"千百度"也易知，但是"寻他"中的这个"他"是指谁呢？作者为什么在观看节日夜景的时候要"千百度"地寻找一个人呢？作者究竟是在找寻什么呢？对于作者苦苦寻觅的"他"，学界有不同的观点：有人认为是作者的意中人，有人认为是作者自己，有人认为是宋孝宗赵昚，还有人认为是指北宋都城汴京。这时，朗诵者就需要了解这首词的历史背景和作者的个人境遇。那么对于一位长久以来一直主张兴兵北伐、恢复中原的将领而言，此情此景并不是他希望看到的。试想，在家国存亡之际作者心中还会想着美貌的女子，寻找他的恋人吗？这与作者的整体形象是背道而驰的，是矛盾的，是不可能的。那么，此处最合情合理的解释就是作者"蓦然"看见的不应该是诸多斑斓的、充满香气的、细软的物象，而是他心中澎湃久已的家国理想和早日恢复中原的迫切愿望。虽然在当时的环境里，作者的眼前和耳畔是纷乱的、嘈杂的，但是他的心里是冷静的和坚毅的。如此解读才与作者一贯的思想和行为相契合，才最符合社会大众的广泛认知，也才能与上阕中五光十色的夜景中不知愁苦的群体行为形成反差，从而凸显作者去国怀乡的情感。这才是作者最想表达的主旨，朗诵者在朗诵时不可误解和误读。

朗诵者还需要知晓的是这首词与"境界"的关系。近代著名学者、国学家王国维在其著作《人间词话》中记述，古今之成大事业、大学问者，必经过三种之境界："昨夜西风凋碧树，独上高楼，望尽天涯路"，此第一境也；"衣带渐宽终不悔，为伊消得人憔悴"，此第二境也；"众里寻他千百度。蓦然回首，那人却在，灯火阑珊处"，此第三境也。第一重"昨夜西风凋碧树，独上高楼，望尽天涯路"出自北宋著名词人晏殊的《蝶恋花》。这一境界是说做学问、成大事业的人必定要有执着的精神，登高望远，有了目标之后才能明确方向、了解事物的全貌。第二重"衣带渐宽终不悔，为伊消得人憔悴"出自北宋著名词人柳永的《蝶恋花》。王国维以这两句词来比喻每个人要想成就大事业，获得大学问都不是轻而易举的，都要经过辛劳、痛苦并孜孜以求，直至"人瘦""带宽"也不后悔的程度。第三重"众里寻他千百度。蓦然回首，那人却在，灯火阑珊处"出自本首《青玉案·元夕》。人在经历过前面的两种境界之后，才拥有了专注的精神，再通过反复追寻、研究才能达到融会贯通的第三种境界，而当这个时候再回看来时的路，会感到豁然开朗。

故而，朗诵者在朗诵这首含蓄、婉转的孤高之词时，"声儿"的样式应以浑厚的嗓音为基础，再伴以圆润、虚、涩的声音质感；"字儿"的形态应以短且音程较快，以及全且音程快慢兼用为宜；"气儿"之"徐"应以节日中夜景的变化为"序"，"气儿"之"疾"应以心里记挂国家的情感为"计"；"劲儿"之"起"应以对户外人群的嘈杂记录为"依"；

"劲儿"之"落"应以作者澎湃的内心和冷静的讲述为"据",进而建立和塑造出一种在纷繁多彩的视听感受中一个人怀揣着希望,艰难找寻的豁然、淡然之"味儿"。

这首词的上阕直述美景。

东风夜放花千树。

> 朗诵方法：
>
> （稳健的讲述感，全句气浅、缓吐缓收，声自然、浑厚，字半全、音程稍快，劲轻）**东风**/（字全、字尾缓收、音程稍快，声虚，劲略促）**夜**～（字短、弹出、音程稍快，声涩）**放**/（字全、音程稍快，声稍明亮、圆润）**花**（字全、字腹拉开、音程稍快、声涩、浑厚）**千**～（字半全、音程稍快，声涩，劲稍拖延）**树**。

更吹落、星如雨。

> 朗诵方法：
>
> （疾连，气疾吐缓收，声稍浑厚，劲韧）**更**～**吹**（字全、音程稍快，声虚、涩）**落**、（气暂断后疾吐散收，字短、音程稍快，声稍浑厚，劲略促）**星如**（字全、音程稍慢，声圆润、带有颗粒感，劲粘）**雨**～。

宝马雕车香满路。

> 朗诵方法：
>
> （缓连，气缓吐缓收，字半全、音程稍快，声圆润）**宝**（字

全、字尾散收、音程较快，声虚、涩）马/（字全、音程较快，声虚）雕（字短、弹出、音程稍慢，声涩）车/（字全、音程稍快，劲韧、促）香（字全、字尾缓收、声圆润、浑厚，劲绵）满～（字短，声涩、浑厚，劲略促）路。

凤箫声动，玉壶光转，一夜鱼龙舞。

朗诵方法：

（语速稍提起，气疾吐散收，字半全、弹出、音程稍快，声浑厚，劲促）凤（字全、音程较快，声虚、涩）箫/声（字全、字尾疾收、音程稍慢，声圆润、浑厚，劲粘）动～，（并，字短、宽发、音程稍快，声自然、稍明亮，劲略促）玉（字全、字尾缓收、音程较慢，声圆润，劲绵）壶～（字全、弹出、窄发、音程较快，劲稍重）光（字半全、音程稍快，声涩）转，（疾连，气疾吐疾收，字半全、音程稍快，声稍明亮，劲稍重）一（字短、音程稍慢，声虚）夜/（字全、音程较快，声圆润）鱼（声稍浑厚）龙（字全、字尾缓收、音程稍慢，声圆润、带有颗粒感，劲韧）舞～。

这首词的下阕转述深情。

蛾儿雪柳黄金缕。

朗诵方法：

（在列举头饰的过程中酝酿情绪，全句气足、缓吐缓收，声圆润、浑厚，字短、音程稍慢）蛾儿/（声稍虚，字全、音程稍快）雪柳/黄（字全、音程较慢，劲粘）金～缕。

笑语盈盈暗香去。

> 朗诵方法:
>
> （并，全句顺气、缓吐缓收，声稍虚、浑厚，劲轻）笑（字拉开、字尾缓收、音程稍快，声圆润、带有颗粒感）语~（字短、弹出、音程稍快）盈（字半全、音程稍慢）盈/（气暂断后疾吐，字半全、弹出、音程稍快）暗/香（字全、字尾缓收，劲绵）去~。

众里寻他千百度。

> 朗诵方法:
>
> （语速稍提起，气足、疾吐散收，字半全、音程稍快，劲稍重）众（字短，声涩）里/（气暂断后缓吐缓收，字全、字腹拉开、字尾疾收、音程稍快，劲韧）寻~（字半全、窄发、音程稍快，声涩）他/（气暂断后疾吐缓收，字全、字尾缓收、音程稍慢，声圆润、浑厚，劲粘、稍重）千~（字短、音程稍快，声虚）百（顺势给出，字半全、弹出、音程稍快，声稍浑厚，劲紧）度。

蓦然回首，那人却在，灯火阑珊处。

> 朗诵方法:
>
> （语速保持，忽略句号的作用，气散收，字全、音程较快，声浑厚，劲促）蓦/（字短，声涩，劲弱）然（疾连，气疾吐缓收，字全、音程稍快，声虚、浑厚，劲粘、紧）回~（字短、弹出、音程较快，声虚，劲促）首，（缓连，语速恢复，气浅、疾

> 吐缓收，字半全、音程稍快，声稍浑厚，劲轻）那（顺势带出，声涩）人/（字短、弹出、音程稍慢，声虚）却（字全、字尾缓收、音程较慢，声涩、浑厚，劲绵）在～，（缓连，字半全、音程稍快，声浑厚，劲稍重）灯（字半全、音程较慢，声涩、浑厚，劲稍拖延）火/（气缓吐疾收，声虚、浑厚）阑～（字短、弹出、音程稍快，声自然、稍浑厚）珊（字半全、音程稍慢，声圆润、带有颗粒感，劲轻）处。

根据朗诵者的情绪状态和表达需要，末句也可以使用《中国朗诵艺术论纲》一书中提出的"表意的顺序性重复"方法进行朗诵。

（二）由言己到言众的同感展开是"气儿"浅的精神性保证

我们来看姜夔的《扬州慢》。

> **扬州慢**
>
> 淳熙丙申至日，予过维扬。夜雪初霁，荠麦弥望。入其城，则四顾萧条，寒水自碧，暮色渐起，戍角悲吟。予怀怆然，感慨今昔，因自度此曲。千岩老人以为有《黍离》之悲也。
>
> 淮左名都，竹西佳处，解鞍少驻初程。过春风十里，尽荠麦青青。自胡马窥江去后，废池乔木，犹厌言兵。渐黄昏，清角吹寒，都在空城。
>
> 杜郎俊赏，算而今、重到须惊。纵豆蔻词工，青楼梦好，难赋深情。二十四桥仍在，波心荡、冷月无声。念桥边红药，年年知为谁生。

这是一首气势峭拔、情怀独幽的怀古伤今之词。作者姜夔是南宋文学家、音乐家。他不仅能诗善文，而且精通音律，其作品素以空灵、含蓄著称，是宋代继苏轼之后又一位难得的艺术全才。这首《扬州慢》是姜夔的自度曲，即在旧有的曲调之外又独立创编、谱写的全新曲调。所以，这首词就是在一个全新的词牌之上填词的原创作品。

公元1176年冬至，年仅二十二岁的姜夔初到扬州。此时，这座历史名城刚刚经历过两次宋金之战，城内外满目萧条。此情此景让作者联想到古时那"烟花三月""孤帆远影"的美丽扬州，尤其想起晚唐杰出诗人杜牧笔下那"青山隐隐"、有"二十四桥"坐落的扬州，怀古之情便自然而然地兴发。于是，自作此曲又填了词。该词既控诉了金朝统治者发动掠夺战争给当地百姓造成灾难，又对南宋王朝的偏安举动与求和政策作出谴责。

首先，需要朗诵者注意的是，作者在下阕中连续三处借用了唐代杰出诗人杜牧的诗意。公元605年—610年，隋炀帝杨广令人开凿了大运河，扬州就成了"烟花繁盛地，温柔富贵乡"的纸醉金迷场和"腰缠十万贯，骑鹤上扬州"的灯红酒绿城。之后历朝历代的文人墨客创作了无数与扬州有关的名篇佳作。如果将扬州与诗词歌赋联系到一起，首先就要说到晚唐的著名诗人杜牧。公元836年，失意的杜牧来到扬州，并结识了一位年少的歌妓，在临别之时作七绝《赠别》，即"娉娉袅袅十三余，豆蔻梢头二月初。春风十里扬州路，卷上珠帘总不如"，表达了对她的喜爱和留恋之情，"豆蔻词工"即源于此。杜牧的另外一首七绝《遣怀》，即"落魄江南载酒行，楚腰肠断掌中轻。十年一觉扬州梦，赢得青楼薄幸名"，表面上表达了对自己曾经在扬州做幕僚时生活的追忆与感慨，实际上是在发泄自己对现实处境的不满，"青楼梦好"即源于此。公元836年的秋天，杜牧从淮南节度使幕府调回都城长安供职，后作七绝《寄扬州韩绰判官》，即"青山隐隐水迢迢，秋尽江南草未凋。二十四桥明月夜，玉人何处教吹箫"，不仅生动地刻画了深秋时节依然山水青绿、草木葱茏的扬州，以及月夜下依然乐声悠扬的二十四桥美景，而且还调侃了友人生活的闲逸，表达了其对曾经的扬州生活的深深怀念。"二十四桥仍在""念桥边红药"

即源于此。昔日生活在繁华的扬州城，诗人杜牧曾经留下了多篇与扬州和扬州城里的人有关的佳作。可是，此时此刻晚辈姜夔心中的想法却是，假如当年那位多情又高产的诗人今天故地重游，他一定会为现在"废池乔木""清角吹寒""难赋深情""冷月无声"的扬州感到痛心疾首。当年的杜牧可以写下玲珑精巧的"豆蔻"诗，也能够完成"青楼"句的神来之笔，可是假如让其与作者一同面对眼前这个破败、凋敝的扬州，他肯定写不出昔日温暖、柔情的诗句。即便是作为扬州名胜之一的"二十四桥"仍在，依然可以看见"波心荡"，但却是月色凄冷，四处寂静无声。尽管那桥边的红芍药年年如期盛开，也很难有人有兴致去欣赏它们了。

所以，通过上述研判可以得知，作者在这首词的下阕中大量借用了前辈诗人的诗意。但是，此地此景却早已物是人非，不论是谁来到这"竹西佳处"和"二十四桥边"，都会产生与作者相同的情感认知和内在感受。这样的写作手法将不同时期两位作者笔下的扬州进行了鲜明对比。基于此，凸显出这首词的主旨，即对金国来犯者的控诉和对南宋当权者的谴责，从而令文字信息有了扼腕叹息般的震撼效果。朗诵者在朗诵时要注意到这种"今与昔"的对比，同时，还要注意词中作者最终的情感表达回归到了当下的状态，即"二十四桥仍在，波心荡、冷月无声。念桥边红药，年年知为谁生"。朗诵者在朗诵时，相对轻浅的"气儿"的处理方式有助于将作者悲伤的情绪进行无限地延展。

故而，朗诵这首气势峭拔、情怀独幽的怀古伤今之词时，"声儿"的样式应以圆润、浑厚，间以适时的枯涩感为宜；"字儿"的形态应以侧重短且音程较慢，以及全、半全且音程稍快为宜；"气儿"之"徐"应以对当下物象的记录为"序"，"气儿"之"疾"应以对过往场景的回顾为"计"；"劲儿"之"起"应以感受到的破败为"依"，"劲儿"之"落"应以回想时的欣喜到现实中的凋敝为"据"，进而建立和塑造出一种在视觉感受中不断回忆并逐渐生成的痛惜、愤恨和惆怅之"味儿"。

这首词的上阕纪实，感怀。

淮左名都，竹西佳处，解鞍少驻初程。

朗诵方法：

（对客观现实的自述感，气实、疾吐缓收，字半全、窄发、音程稍快，声自然、明亮）淮（字全、字尾疾收、音程稍快，声圆润、浑厚、劲略促）左/（字半全、音程稍慢，声圆润、明亮，劲粘）名~（字短、音程稍慢、声自然、浑厚、劲平）都，（并，气缓吐疾收，字短、音程稍慢，声稍浑厚，劲略促）竹（字半全、宽发、字尾缓收、音程稍慢，声涩、浑厚，劲韧）西~（字半全、弹出、窄发、音程稍快，声虚、劲稍重）佳/（字短，声涩，劲促）处，（气疾吐缓收，字短、音程稍慢，声涩、带有颗粒感）解（字短、弹出、音程较快，声虚、稍明亮，劲略促）鞍/（字全、字尾缓收、音程较慢，声涩、带有颗粒感，劲绵）少~（字短、弹出，声稍浑厚，劲促）驻/（字全、宽发、字尾缓收、音程稍快，声稍明亮，劲紧）初~（字短、弹出、音程稍快，声涩、浑厚，劲略促）程。

过春风十里，尽荠麦青青。

朗诵方法：

（气疾吐缓收，字全、弹出、字尾散收、音程稍快，声稍虚、浑厚，劲稍重、粘）过~（字全、字腹疾走、字尾疾收、音程极快，声浑厚）春（字半全、弹出、音程稍快，声涩、浑厚，劲稍重）风/（气缓吐缓收，字全、宽发、字腹拉开、音程较慢，声稍明亮、圆润，劲韧）十~（字短、宽发、音程稍快，

> 声涩、劲弱）里，（疾连，气疾吐散收，字半全、弹出、音程稍慢，声浑厚、劲稍重、韧）尽/（字短、宽发、音程稍快，声涩，劲平）荠（字半全、字尾散收、音程稍慢，声自然、明亮，劲绵）麦~（两个字的形态独立，声涩、浑厚，劲促）青/（字半全、音程稍快）青。

自胡马窥江去后，废池乔木，犹厌言兵。

> 朗诵方法：
> 　　（气息重新组织，气足、疾吐缓收，字半全、宽发、音程稍快，声自然、浑厚，劲促）自/（气疾吐缓收，字全、字尾缓收、音程稍快，声涩、浑厚，劲韧）胡~（字短、弹出、音程稍快，声虚，劲略促）马/（气暂断后疾吐散收，字半全、弹出、音程稍快，声虚、浑厚，劲促）窥（字全、字尾疾收、音程稍慢，声浑厚，劲韧、紧）江~（字短、弹出、音程稍快，声虚、浑厚，劲稍重）去/（字短，声虚，劲略促）后，（疾连，两个字的形态独立，声涩、浑厚）废池/乔木，（气疾吐疾收，字全、字尾疾收、音程稍慢，声稍明亮、浑厚，劲韧、紧）犹~（字半全、弹出、音程稍快，声虚、声涩，劲重）厌/（字短，声涩、带有颗粒感）言（字半全、音程稍快，声稍浑厚，劲紧）兵。

渐黄昏，清角吹寒，都在空城。

> 朗诵方法：
> 　　（气浅、疾吐缓收，字半全、字尾缓收、音程稍快，声涩，

劲略促）渐/（字短、弹出、音程极快，声虚）黄（字半全、字尾疾收、音程稍慢，声虚、浑厚，劲略促、韧）昏~，（疾连，气疾吐散收，字半全、弹出、音程稍快，声自然、浑厚，劲略促）清（字短、音程稍慢，声虚、劲绵）角/（字短、弹出、字尾散收，声虚、浑厚，劲促）吹（字全、字尾缓收、音程稍慢，声涩、带有颗粒感，劲粘）寒~，（疾连，字半全、音程稍慢，声虚、浑厚，劲略促）都（字全、窄发、字尾疾收、音程极快，声虚，劲粘）在/（气暂断后疾吐散收，字全、字尾散收、音程较快，声虚、浑厚，劲促、韧）空~（气暂断后疾吐疾收，字半全、音程稍慢，声涩、带有颗粒感，劲弱）城。

这首词的下阕用典，衬情。

杜郎俊赏，算而今、重到须惊。

朗诵方法：

（在古今对比之后对现实的慨叹，气实、缓吐疾收，字短、音程稍慢，声圆润、浑厚，劲略促）杜（气全，字尾缓收、突出韵母ang、音程稍慢，声明亮、浑厚，劲韧）郎~（两个字的形态独立，字短、弹出、音程稍快，声浑厚，劲稍重）俊/（字音稍拖长、字尾疾收，声稍虚、浑厚，劲稍拖延）赏，（疾连，三个字的形态独立，气疾吐散收，字短，声稍浑厚，劲促）算（字半全、音程稍快）而（字全、字尾疾收、音程较快）今/，（气暂断后缓吐缓收，字全、字尾疾收、音程稍慢，声涩、浑厚）重~（字短、弹出，声虚）到/（字半全、音程稍慢，声涩）须（字短、弹出、音程稍快，声浑厚，劲稍重、紧）惊。

纵豆蔻词工，青楼梦好，难赋深情。

朗诵方法：

（缓连，就气疾吐散收，字短、音程稍慢，声涩、浑厚，劲略促）纵/（字短、音程稍慢，声虚，劲稍重）豆（字全、字尾缓收、音程较慢，声圆润、浑厚，劲粘）蔻~（字半全、音程稍快，声涩，劲略促）词（字短、音程稍慢，声浑厚，劲稍重）工，（并，缓连，就气疾吐散收，字半全、音程稍快，声稍浑厚）青（字全、字尾疾收、音程极快，声圆润、带有颗粒感）楼/（字短、弹出、音程较快，声自然、浑厚，劲促）梦（字全、字尾缓收、音程稍慢，声圆润、带有颗粒感，劲绵）好~，（疾连，忽略逗号的作用，气疾吐疾收、字全、字尾疾收、音程稍快，声稍明亮、圆润，劲韧）难~（字短、音程较快，声虚、浑厚，劲促）赋/（字全、音程稍快，声稍浑厚，劲粘）深~（字半全、音程稍快，声涩、带有颗粒感，劲弱）情。

二十四桥仍在，波心荡、冷月无声。

朗诵方法：

（气息重新组织，气浅、缓吐缓收，三个字的形态独立，声虚，劲略促）二十（字音稍拖长）四（字全、字尾疾收、音程稍快，声涩、带有颗粒感，劲稍上扬、疾落下）桥/（字全、字尾缓收、音程稍快，声圆润、浑厚，劲粘）仍~（字短、窄发、弹出、音程稍快，声虚，劲促）在，（缓连，气疾吐缓收，字短、音程稍慢，声稍浑厚）波（字全、字尾疾收、音程较快，声涩，劲略促）心/（气半全，字尾缓收、音程稍慢，声虚、浑厚，劲绵）荡~、（疾连，忽略逗号的作用，气疾吐散收，字全、字腹拉开、音程较慢，声涩，劲韧）冷~（字短、弹出，声虚）月/（字半全、字尾缓收、音程较慢，声稍明亮、圆润，劲绵）无~（字短、音程稍慢、声母s拖延、韵母缓吐，声浑厚，劲略促）声。

念桥边红药，年年知为谁生。

朗诵方法：

（缓连，气缓吐缓收，字全、字尾疾收、音程稍快，声自然、稍明亮，劲紧、稍拖延）念/（字半全、音程稍快，声浑厚、圆润）桥（字短、音程稍慢，声虚）边/（字全、字尾缓收、音程较慢，声圆润、稍浑厚，劲粘）红~（字半全、弹出、音程稍快，声虚）药，（缓连，两个字的形态独立，字全、音程稍慢，声稍明亮，劲韧）年/（字半全、音程稍快，声涩，劲略促）年/（字短、弹出、宽发，声稍虚，劲轻）知（字短、弹出，声虚，劲稍重）为/（字全、字尾疾收、音程稍慢，声虚、浑厚，劲轻）谁~（字半全、音程稍慢，声涩，劲弱）生。

第四节　赋化语言的表述特点塑造婉约派宋词朗诵的"劲儿"平

赋是中国古代的一种有韵的文学体式，但是，它介于格律诗和散文之间，类似于后世的散文诗。赋讲求文采和韵律，并兼具诗歌和散文的性质，其特点是"铺采摛文，体物写志"，侧重于写景，进而借景抒情。

婉约派宋词的内容侧重记录男女风情和反映离愁别绪。人世间的风物情感和男女间的离愁别怨不是凭空产生的。例如，马致远的《天净沙·秋思》："枯藤老树昏鸦，小桥流水人家，古道西风瘦马。夕阳西下，断肠人在天涯。"这是一首言简意赅、辞简韵丰的秋思小令。作者通过描写连续的物象，托举出作者浓郁的秋思之情。第一句中的九种景物既是独立的也是紧密联系的，通过对九种连续物象的描写，最后构成了"夕阳"和"断肠人"的内涵和情感色彩。本词中，作者不是简单地说自己作为人间过客以及天涯孤旅在秋季、秋风中是如何的凄凉，而是通过词中九种物象的集合，塑造出一种一个孤单的生命在无奈中游走的萧瑟、悲凉的柔弱之"味儿"，进而让读者意识到是这个秋天的场景充满悲戚，在这个场景中的人太孤单了。于是，这九种物象和由它们产生的视听感受之间形成了一个既合情合理又完整无误的因果关系，而这一切阅读感受的诞生完全依赖于作者对自然界动植物存在状态的发觉、捕捉、记录和表述。这就是赋化语言的特点在婉约派宋词中的文学意义和价值。

（一）铺陈的逻辑意识的典型性是"劲儿"平的起点

让我们完整解析一下《天净沙·秋思》。

> 天净沙·秋思
>
> 枯藤老树昏鸦，小桥流水人家，古道西风瘦马。夕阳西下，断肠人在天涯。

这首词的作者马致远是元代戏曲作家、散曲家，与关汉卿、郑光祖、白朴并称"元曲四大家"。年轻时的马致远热衷于功名，但由于元朝统治者实行的民族高压政策，他一直未能得志。他几乎一生都过着漂泊不定的生活，也因此困窘潦倒、郁郁寡欢。于是，马致远在独自漂泊的不羁旅途中写下了这首小令，抒发了一位天涯孤旅的游子在秋天思念故乡、厌倦漂泊的愁苦之情。这首小令也被后人誉为"秋思之祖"。虽然，这首词的作者生活在元代，但它依然是一首典型的宋词体式作品。

赋文的特点是"铺采摛文，体物写志"。虽然在婉约派宋词的创作中作者根据表达需要也要"铺采摛文"，但是这种对文采的铺陈并不像魏晋时代的曹植在《洛神赋》中这般的华丽："翩若惊鸿，婉若游龙。荣曜秋菊，华茂春松。髣髴兮若轻云之蔽月，飘飖兮若流风之回雪。远而望之，皎若太阳升朝霞；迫而察之，灼若芙蕖出渌波。"也不像唐代王勃在《滕王阁序》中密集地用典和富有韵律："酌贪泉而觉爽，处涸辙以犹欢。北海虽赊，扶摇可接；东隅已逝，桑榆非晚。孟尝高洁，空余报国之情；阮籍猖狂，岂效穷途之哭！"本词中，作者对九种物象的连续描写给受众呈现出一种连续不断的致密感和接替感。于是，本词就具备了典型的赋化语言的特点。

朗诵者需要注意的是，因为铺设和陈列具有连续性和顺序性，所以作者对几种物象的记录和描述需要在集中之后才能最终形成一个完整的情感结论，即"断肠人在天涯"。这样的行文模式在其他宋词作品里也大量存在，体现了铺陈逻辑意识的典型性。因此，朗诵者就要用声音让受众建立相对平实和稳健的听觉感受，并在声音链条科学比例的基础上保持"劲儿"的平稳。

故而，在朗诵这首言简意赅、词简韵丰的秋思小令时，"声儿"的样式应侧重浑厚，间以适时的枯涩感为宜；"字儿"的形态应以全、半全且音程快慢结合，以及短且音程稍慢为宜；"气儿"之"徐"应以不同景物的存在状态为"序"，"气儿"之"疾"应以物象联合生成的整体氛围为"计"；"劲儿"之"起"应以对近旁事物的客观描述为"依"，"劲儿"之"落"应以对远方时空的预置为"据"，进而建立和塑造出一种一个孤单的生命在无奈中游走的萧瑟、悲凉和柔弱之"味儿"。

枯藤老树昏鸦，小桥流水人家，

朗诵方法：

（实时的描述感，气实、缓吐缓收，字全、字腹拉开、字尾散收、音程稍快，声自然、稍浑厚，劲粘）**枯**～（字短、音程稍慢，声涩，劲弱）**藤**/（气暂断后缓吐散收，字全、字尾缓收、音程较慢，声涩、带有颗粒感，劲绵）**老**～（字半全、弹出、音程稍快，声涩、浑厚，劲略促）**树**/（气暂断后疾吐疾收，字全、音程极快，声自然、浑厚，劲轻）**昏**/（字半全、窄发、字尾散收、音程较慢，声虚、浑厚，劲粘）**鸦**，（缓连，并，气疾吐散收，字半全、音程稍快，声虚、劲略促）**小**（字全、字腹拉开、突出韵母iao、字尾缓收、音程稍快，声涩、带有颗粒感，劲韧）

桥~/（字半全、弹出、字尾疾收、音程稍慢，声圆润、浑厚，劲粘）流~（字半全、弹出、音程稍快，声涩，劲略促）水/（气暂断后疾吐散收，字半全、音程稍快，声圆润、带有颗粒感，劲轻）人（字半全、窄发、音程稍快，声涩、劲促、下行）家~，

古道西风瘦马。

朗诵方法：

（疾连，顺气、缓吐缓收，字全、字尾疾收、音程稍慢，声浑厚、带有颗粒感，劲弱、紧）古~（字短、弹出、音程稍快，声虚，劲略促）道/（字半全、宽发、音程稍慢，声涩，劲粘）西~（顺势给出，声稍浑厚）风/（字全、音程较快，声涩、浑厚，劲稍重）瘦（字全、字尾缓收、音程较慢，声涩、带有颗粒感，劲绵，不明显的结束感）马~。

夕阳西下，断肠人在天涯。

朗诵方法：

（缓连，气足、缓吐缓收，字半全、宽发、字尾散收、音程稍快，声涩、浑厚，劲弱）夕~（顺势带出）阳/（字全、字尾疾收、音程较快，声自然、浑厚，劲略促）西（字全、窄发、字尾缓收，稍慢，声虚，劲促）下~，（气暂断后疾吐散收，三个字的形态独立，声浑厚、带有颗粒感，劲平、弱）断肠人/（字全、字尾缓收、音程稍慢，声自然、浑厚，劲粘）在~（字半全、弹出、音程稍快，声圆润、浑厚，劲略促）天/（字全、字尾缓收、音程较慢，声涩、带有颗粒感，劲绵、缓落下）涯~。

（二）寓托的文字信息的存在感是"劲儿"平的终点

我们来看周邦彦的《苏幕遮》。

苏幕遮

燎沈香，消溽暑。鸟雀呼晴，侵晓窥檐语。叶上初阳干宿雨，水面清圆，一一风荷举。

故乡遥，何日去？家住吴门，久作长安旅。五月渔郎相忆否？小楫轻舟，梦入芙蓉浦。

这是一首写景抒情的思乡之词。作者周邦彦是北宋文学家、婉约派代表词人之一。作者久居京城汴梁（今河南开封），他先学习，后为官，自然会思念家乡——钱塘（今浙江杭州）。在这首词中，作者对清圆的荷叶、五月的江南和渔夫的轻舟等物象进行了虚实交替的描写，借以表达游子的思乡之情。

周邦彦出生于宋嘉祐三年（1058年）。勤学多才的他十九岁起便离开家乡到荆州、汴梁游学，并做太学外舍生多年。元丰七年（1084年），二十七岁的周邦彦向宋神宗献上了一篇七千字的《汴都赋》，文采飞扬且多具颂扬之词。神宗阅后大为赞赏，不久便升其为太学正，辅佐太学博士施行教典、学规。这篇词正写于这一时期，所以也是作者人生得意时之作。虽然这是一首思乡之词，但是由于作者正处于人生境遇的上升期，字里行间并没有太多其他思乡作品中惯有的愁苦、郁闷之意，更多的是期待早日衣锦还乡，与儿时玩伴们（"渔郎"）分享喜悦的快意。

朗诵者需要注意文字信息寓托之意和其融置于铺陈手法中对作者内心情感的表现。作者起笔说的焚香消暑（"燎沈香，消溽暑"）就是一个寓托，这样的表述首先交代了时间，是在闷热又潮湿的盛夏时节。其次，借此透露出环境的幽静和内心的安定。"鸟雀呼晴"中的"呼"字不仅打破了当时周遭静谧的气氛，而且顺畅地指出自然环境的状态，即昨晚下雨了，拂晓时分有鸟雀在屋檐下一边窥探一边鸣叫，暗指人们感受到雨后凉爽天气的欢快心情。"叶上初阳干宿雨"一方面证明了"呼晴"是因为昨晚的雨，另一方面也为下一个寓托奠定了意识基础。至此，这个貌似单纯写景的上阕在连续五个物象的铺陈中寓托了作者内心的愉悦，进而为下阕由景入情，引出久客思乡的主旨作铺垫。

对于朗诵者而言，需要捕捉到独立存在的各个物象与多个物象形成的逻辑关系链条之间的起承转合，进而让关联度极高的各个物象的出现顺序和接替关系转换成"劲儿"平的依据。所以，朗诵这首写景抒情的思乡之词时，"声儿"的样式应明亮、圆润；"字儿"的形态应侧重短且音程稍慢，以及半全且音程稍快；"气儿"之"徐"应以从气候的静凝到视听的灵动为"序"，"气儿"之"疾"应以从眼前的风景到思绪的平静为"计"；"劲儿"之"起"应以物象静止时的无力到运动着的生机为"依"，"劲儿"之"落"应以遥远的想象到近处的梦想为"据"，进而生发一种在人生的欢娱时刻强烈的思乡之情，塑造出迫切地想要归乡的轻松、惬意之"味儿"。

这首词的上阕写近景。

燎沈香，消溽暑。

朗诵方法：

（轻快地介绍，气实、疾吐缓收，字半全、字尾疾收、音程稍快，声偏虚、明亮，劲粘）燎～（字短、音程稍慢，声稍浑厚，劲弱）沈香，（并，缓连，字短、弹出、字音稍拖延、字尾疾收，声偏虚、浑厚，劲促）消（字半全、音程稍慢，声圆润、带有颗粒感，劲韧）溽～（顺势带出，字短，声涩，劲弱）暑。

鸟雀呼晴，侵晓窥檐语。

朗诵方法：

（意识转移到听觉感受，描述感，气缓吐缓收，字短、音程稍慢，声虚、圆润，劲轻）鸟（字半全、弹出、音程稍快，声自然、稍明亮，劲略促）雀/（气疾吐散收，字半全、宽发、字尾散收、音程慢，声稍明亮，劲粘）呼~（字半全、音程快，声圆润、浑厚，劲略促、紧）晴，（递进，气疾吐缓收，字短、音程快，声稍浑厚）侵（字全、字尾缓收、音程稍慢，声圆润、带有颗粒感，劲韧）晓~（字短、弹出，劲促）窥/（顺势给出）檐（字半全、字尾缓收、音程稍慢，声偏虚、圆润，劲粘）语。

叶上初阳干宿雨，水面清圆，一一风荷举。

朗诵方法：

（意识在转折之后的视觉感、描述感，气足、稍疾吐缓收，字半全、音程稍慢，声稍明亮、浑厚，劲轻）叶（顺势带出）上/（气疾吐散收，字半全、宽发、字尾缓收、音程慢，声稍明亮，劲稍重、紧）初~（字短，声涩）阳（字短、弹出，声明亮，劲促）干/（气缓吐缓收，字全、字尾缓收、音程稍快，劲韧）宿~（字短、音程稍慢，声圆润、带有颗粒感）雨，（缓连，字短，声涩，劲轻）水（气疾吐散收，字全、字尾缓收，声圆润，劲绵）面~（字音稍拖长，声稍浑厚，劲稍拖延）清/（字半全、音程稍慢，声圆润，劲弱）圆，（疾连，气浅、缓吐缓收，字半全、宽发、音程稍慢，声明亮）一（字短、宽发、音程稍慢，声圆润，劲紧）一/（气暂断后缓吐缓收，字全、音程

> 稍快，声稍浑厚）风~（字短、音程稍慢，声涩、稍浑厚，劲略促）荷/（字半全、音程慢，声圆润、带有颗粒感，劲轻、粘）举~。

这首词的下阕寄远情。

故乡遥，何日去？

> 朗诵方法：
> 　　（抒情和假定的讲述感，气足、疾吐缓收，字短、音程稍慢，声圆润、稍浑厚，劲促）故/乡（字全、字尾缓收，声圆润、带有颗粒感，劲绵）遥~，（疾连，气疾吐缓收，字全、音程稍快、字尾疾收，声明亮、稍浑厚，劲韧）何~（顺势带出）日/（字半全、弹出、音程稍慢，声先虚再涩，劲稍重）去？

家住吴门，久作长安旅。

> 朗诵方法：
> 　　（缓连，气浅、缓吐缓收，字短、音程快，声涩）家（字短、音程稍慢，声稍浑厚）住/（气稍疾吐散收，字全、音程稍快，声浑厚，劲轻）吴~（顺势给出，劲弱）门，（气暂断后疾吐缓收，字全、字尾缓收、音程稍快，声稍明亮、圆润，劲拖延）久~（字短、弹出，声偏虚、偏涩，劲促）作（气暂断后疾吐散收，字短、弹出，声虚，劲稍重）长（顺势带出，字窄发，声涩）安/（字短、音程稍慢，声涩、带有颗粒感，劲稍拖延）旅。

五月渔郎相忆否？小楫轻舟，梦入芙蓉浦。

朗诵方法：

（气实、缓吐散收，字短、音程稍慢，声稍浑厚，劲稍拖延、略促）**五**～（字短、弹出，声涩，劲略促）**月**／（气缓吐缓收，字全、宽发、字尾散收、音程稍慢，声自然、明亮）**渔**～（字短、音程稍慢，声明亮、圆润）**郎**／（顺势给出）**相**（气疾吐缓收，字半全、宽发、字尾缓收、音程稍快，声明亮，劲紧、韧、稍重）**忆**～（字短，声涩，劲轻）**否？**（缓连，气缓吐缓收）**小**（字半全、宽发、音程稍慢）**楫**／（字全、音程快，声浑厚，劲促）**轻舟，**（缓连，气暂断后疾吐散收，字短、音程稍慢，声稍浑厚）**梦**（字短、音程稍慢、字尾缓收，声涩）**入**／（字短、音程稍慢，声虚）**芙**（字全、字尾缓收、音程稍快，声圆润、稍浑厚，劲韧）**蓉**～（顺势给出，字短、音程稍慢，劲轻）**浦**。

第五节　外化感受的柔美蕴藉催生婉约派宋词朗诵的"味儿"媚

婉约派宋词的题材以描写儿女情长、记录离愁别绪居多，无论是阅读还是朗诵，其外化感受都是内敛的。这是婉约派宋词文学体式的客观要求和创作的本源属性，朗诵者如不加以明确，就会出现对作品类型的认知模糊，诱导受众误判。

《说文解字》中写道，"媚，说也"，其中的"说"同"悦"。虽然婉约派宋词的物象描写和情感活动中充满了思念的哀愁和离别的苦楚，但是从朗诵者的角度而言，应该更加关注受众的感受，努力再现作者所要表达的主旨和整体情感色彩中的"味儿"之媚。"妩媚"一词原本是用来形容花木或女子的姿态娇媚动人的。当然，不论想念也好，离别也罢，都因为作者依然渴望与思念之人重逢，他的内心一直充斥着修复离别之苦的欲望，所以才会有感而发，才要诉之于情并形之于词。如果作者的主观意识根本就没有期盼或者希冀无望，那么也就没有必要写成"歌词儿"来袒露心声了。所以，朗诵者需要理解婉约派宋词中的伤感、苦涩之情，并在朗诵时将其处理成妩媚和动人之"味儿"，从而体现文学体式的文之媚、情感表达的情之媚、作者心境的心之媚。

（一）阅读感受中的收敛感是由"味儿"媚的文字本身决定的

我们来看一下柳永的《雨霖铃》。

雨霖铃

寒蝉凄切，对长亭晚，骤雨初歇。都门帐饮无绪，留恋处，兰舟催发。执手相看泪眼，竟无语凝噎。念去去，千里烟波，暮霭沈沈楚天阔。

多情自古伤离别，更那堪、冷落清秋节！今宵酒醒何处？杨柳岸、晓风残月。此去经年，应是良辰好景虚设。便纵有千种风情，更与何人说？

这是一首缠绵、凄婉的别情之词。作者柳永虽然勤学苦读，却屡试不中。某年，科举考试落榜后他恣意地写了一首《鹤冲天》："黄金榜上，偶失龙头望。明代暂遗贤，如何向。未遂风云便，争不恣狂荡。何须论得丧？才子词人，自是白衣卿相。烟花巷陌，依约丹青屏障。幸有意中人，堪寻访。且恁偎红倚翠，风流事、平生畅。青春都一饷。忍把浮名，换了浅斟低唱。"柳永的这首词可以说是满篇牢骚。虽然其中的"才子词人，自是白衣卿相""忍把浮名，换了浅斟低唱"后来成了千古名句，但这两句仅仅是作者在落榜之后对自己的宽慰之语。由于词中柳永明确地表达了对朝廷不能识得贤能的愤恨，惹怒了宋仁宗，导致他无法在京城立足，不得不南下游历避祸。

朗诵者需要注意的是，这首《雨霖铃》就是柳永在乘舟离开东京汴梁城之后所写，他借蝉鸣、天气、酒宴、交通工具等物象记录了自己与恋人依依惜别时的种种心境和感受。作者久试不第的心情是可想而知的，需要用作词来排解心中的郁闷更是可以理解的。但是，此时的他因为"黄金榜上"的前车之鉴就不敢再直言不讳了，只能将心中的情愫隐藏在诸如"寒蝉、泪眼、兰舟"等小的物象上，通过文字聊以慰藉。表面上，这首词的主旨是表达与恋人分离的愁苦和期待尽快重逢的渴望，这就是婉约派宋词通过文字营造出的"收敛感"，也恰恰是这种阅读感受中的收敛感和含蓄感造就了婉约派宋词的本质。

故而，朗诵者朗诵这首缠绵、凄婉的情别之词时，"声儿"的样式应以浑厚、圆润，间以枯涩感为宜；"声儿"的形态应采用较多的半全、全、拉开且音程较慢的模式；"气儿"之"徐"应以时间的运动为"序"，"气儿"之"疾"应以位置的变化为"计"；"劲儿"之"起"应以情绪的连续和接替存在为"依"，"劲儿"之"落"应以思念的递进和最后的无果为"据"，进而塑造出一种有情之人在特定的情境中感受到的持续加重的冰冷、凄清之"味儿"。

这首词的上阕由声见景，由景入情。作者以生活中极为常见的自然声音——蝉的鸣叫之声起笔。因为作者即将动身，与恋人分离，所以即便是夏蝉的叫声也会让人感到凄凉。如此就使这首词的意境与恋人之间的思念联系起来。离别的地点在码头边的长亭，而且是一场疾雨过后，凉爽的体感更加加剧了作者心中的凄凉。

寒蝉凄切，对长亭晚，骤雨初歇。

> 朗诵方法：
>
> （对自然环境的常规介绍，气实、缓吐缓收，字半全、音程稍慢，声自然、圆润）**寒**（字短，声稍虚）**蝉**/（气缓吐散收，字全、宽发、音程稍慢，声稍浑厚）**凄~**（顺势给出，劲略促）**切**，（连，气稍疾吐，字全、字尾疾收、音程稍慢）**对/长亭**（气缓吐缓收，字全、音程稍慢，声圆润、带有颗粒感）**晚~，**

（缓连，字浅疾吐，字半全、音程稍快，劲紧）骤/（字半全，声涩）雨（气缓吐缓收，字全、音程稍慢，声稍浑厚，劲绵）初～（字短，声虚）歇。

都门帐饮无绪，留恋处，兰舟催发。

朗诵方法：

（气息重新组织，气浅、疾吐疾收，字半全、音程快，声稍浑厚）都（顺势给出，字半全、音程稍慢，声圆润、带有颗粒感）门/（字短、字尾疾收，声稍虚，劲略促）帐（字全、音程稍慢，声涩、带有颗粒感，劲紧）饮/（气疾吐散收，字拉开、音程适中，劲略促）无～（字短、弹出，声涩）绪，（缓连，气实、缓吐散收，字半全、音程快，劲弱，以示留不住之感）留（气缓吐缓收，字拉开、音程慢，声稍明亮、带有颗粒感）恋～（字短、弹出，声涩，劲轻）处，（疾连，两个字劲弱）兰舟/（气疾吐缓收，字全、字尾缓收，音程稍慢，声自然、稍明亮，劲韧）催～（字半全、弹出，声虚）发。

执手相看泪眼，竟无语凝噎。

朗诵方法：

（气浅、疾吐缓收，两个字的形态独立、节奏感明显，劲轻）执手/相看/（气缓吐散收，字全、音程稍慢，声稍明亮，劲绵）泪～（字半全、音程稍慢，声涩）眼，（气实、疾吐散收，字短，声稍浑厚，劲稍重、促）竟/（字全、宽发、音程慢，声浑厚，偏涩，劲韧）无～（字半全，声虚）语/（两个字的形态独立，字全、音程快，声稍浑厚，劲轻）凝/（字全、音程稍慢，声涩，劲弱）噎。

念去去，千里烟波，暮霭沈沈楚天阔。

朗诵方法：

（气息重新组织，全句气足、缓吐缓收，字半全、音程快，声涩、带有颗粒感，劲平、绵）念/（字拉开、音程稍慢，声稍明亮，劲紧）去～（字短、弹出，劲轻，声涩）去，（气缓吐散收，字全、音程慢、字尾缓收，声稍明亮，劲稍重、绵）千～（字半全、宽发、字尾缓收、音程稍慢，声圆润、带有颗粒感，劲弱）里/（字短、音程稍慢，声虚）烟（字短，声涩，劲轻）波，（顺气、缓吐缓收，字半全，声涩）暮（字半全、窄发、字尾疾收、音程稍慢，声稍虚、带有颗粒感）霭/（气疾吐散收，字全、弹出、音程稍慢，声浑厚，劲紧）沈～（字拉开、字尾疾收、音程慢，声涩、带有颗粒感，劲稍上扬起，后缓落）沈～（字短，声先虚再涩）楚（字半全、音程快，声稍明亮，劲促）天/（气缓吐缓收，字全、字尾缓收、音程稍慢，声圆润、带有颗粒感）阔～。

这首词的下阕由古至今，由情及心。此刻，作者或已置身兰舟之中，抑或即将登船。作者的愁思暂时得到了缓解，他想到自古以来有情人都是在离别之时最为难过，更别说这个清凉的初秋时节的夜晚，让人怎能承受得了（"那堪"）呢？这是作者心中短暂的一次自我慰藉。

多情自古伤离别，更那堪、冷落清秋节！

朗诵方法：

（置身于船中的慨叹，气浅、缓吐缓收，字半全、音程稍慢，声先涩再稍浑厚，劲韧）**多**～（字全、字尾疾收、音程快，声圆润，劲稍促）**情**/**自**（字拉开、音程慢，声浑厚、带有颗粒感）**古**～（字短、声虚，劲促）**伤**（字半全、宽发，声涩）**离**/（顺势给出）**别**，（气疾吐疾收，字半全、音程较快，声浑厚，劲重）**更**/（顺气、缓吐缓收，字拉开、音程稍慢、字尾缓收，声圆润、带有颗粒感，劲韧）**那**～**堪**、（疾连，忽略逗号，字短）**冷**（字半全、音程稍慢，声涩，劲促）**落**～（气疾吐散收，三个字的形态独立、字半全、弹出、字尾缓收，声先虚再涩）**清**/（声稍浑厚）**秋**/（字短、字尾疾落，声虚，劲稍重）**节**！

继而作者的思绪又向未来延展开来，今晚因愁苦而醉酒，不知道醒来之时，船会走到哪里，自己会又身处何地。作者构建了一种还未出现但注定会发生的凄切之感。醒来之时恐怕是明天早上了，在拂晓的凉风中，作者看着岸上随风摇曳的杨柳和天明之前即将落下的残月，那种凄凉感不禁又加重了几分。

今宵酒醒何处？杨柳岸、晓风残月。

朗诵方法：

（气息重新组织，气浅、缓吐缓收，字全、音程稍慢，声稍浑厚）**今**～（字半全，声涩）**宵**/（字短，声虚）**酒**（字半全，声稍浑厚）**醒**/（气缓吐缓收，字拉开、音程适中，声圆润，劲上扬起）**何**～（字短、弹出，声涩）**处**？（递进式的说明，气浅、缓吐散收，字短）杨（字半全）柳/（字短，声虚）岸、（字全、音程快，声圆润、带有颗粒感）晓（字半全，声自然、稍浑厚）风/（气缓吐缓收，字全、音程慢，声圆润、带有颗粒感，劲绵）残～（字短，声虚）月。

此去经年，应是良辰好景虚设。

朗诵方法：

（气实、疾吐疾收）此去/（字半全、音程稍慢，声稍浑厚）经（字全、音程慢，声圆润、带有颗粒感，劲弱）年～，（气疾吐缓收）应（字半全、音程稍慢、弹出、字尾缓收，以示猜测）是～（两个字的形态独立，节奏感明显，劲轻）良辰/好景/（气暂断后缓吐散收，字全、音程慢，声稍明亮，劲粘）虚～（字短、弹出，声稍涩）设。

便纵有千种风情，更与何人说？

朗诵方法：

（气足、疾吐缓收，字半全、弹出，声涩）便/（顺势给出）纵（字全、音程快，声圆润、带有颗粒感）有/（气暂断后缓吐散收，字拉开、字尾缓收，声浑厚，劲稍重）千～（字短、弹出，声涩）种（顺势给出，劲轻）风情，（缓连，气缓吐，字全、音程适中，声稍浑厚）更/（字全、音程稍慢、字尾缓收，声涩、带有颗粒感）与～（气疾吐散收，字拉开、音程适中，声圆润）何～（字短，声涩）人（字全、音程稍慢，声先涩再虚，劲促）说？

我们再来看柳永的《蝶恋花》。

蝶恋花

伫倚危楼风细细，望极春愁，黯黯生天际。草色烟光残照里，无言谁会凭阑意。

拟把疏狂图一醉，对酒当歌，强乐还无味。衣带渐宽终不悔，为伊消得人憔悴。

这是一首愁苦、纠结的坚毅之词。

通过对词中文字信息的判断，这首词应该是作者柳永在离开东京汴梁，乘舟南下之时所作，是《雨霖铃》中离别情感的升级，也可以被视为对异地恋人相思情感的延展和深入。这首词刻画出一个感情真挚、用情至深的男子形象。

朗诵者需要注意的是，作者思念的继续深入并没有打破词中文字的收敛感，所以需要朗诵者运用技巧保持气息的稳健和柔和。故而，朗诵者在朗诵时，"声儿"的样式应侧重浑厚，并间以适时的枯涩感；"字儿"的形态应侧重半全、拉开且音程较慢；"气儿"之"徐"应从描写春景到描写心情为"序"，"气儿"之"疾"应以情绪到身形的变化为"计"；"劲儿"之"起"应以外景到内里的渐进为"依"，"劲儿"之"落"应从内心意识延展到身体的外部状况为"据"，进而建立和塑造出一种虽然低落、难过，但仍然坚定不移的执着之"味儿"。

这首词的上阕由行为描写引出作者的心境。

伫倚危楼风细细，望极春愁，黯黯生天际。

朗诵方法：

（孤独、静止地描述，气浅、疾吐缓收，字半全、字尾散收、音程稍快，声稍浑厚，劲轻）伫（字全、宽发、字尾疾收、音程稍快，声稍涩、带有颗粒感）倚/（气疾吐散收，字全、音程慢，声先稍浑厚再虚）危～（字半全，声稍浑厚、带有颗粒感）楼/（字半全、弹出、音程稍慢，声稍浑厚）风（字半全、音程稍快，声涩）细/（字短，声虚）细，（整句气实、疾吐散收，字短，声稍浑厚）望（字拉开、宽发、音程慢，声稍浑厚、带有颗粒感，劲紧、上扬后疾落）极～（字半全、音程稍慢，声圆润）春/（字短，声涩）愁，（气疾吐，字半全，声自然、稍涩，劲稍重）黯（字短、弹出，声虚）黯/（顺势给出）生（字半全，声圆润）天（字全、宽发、字尾缓收，音程慢，声涩，劲轻）际～。

草色烟光残照里，无言谁会凭阑意。

朗诵方法：

（气足、缓吐散收，两个字的形态独立，声自然、浑厚，劲韧）草色/烟（音程稍慢）光/（字全、字尾缓收，音程慢，声涩、带有颗粒感）残～（字短，声虚）照（顺势给出）里，（气疾吐缓收，字拉开，声涩）无～（字短，声涩、带有颗粒感）言/（气暂断后稍疾吐散收，字拉开、字尾散收、音程稍慢，劲稍上扬，散落下）谁～（字短、弹出、音程快，声先涩再虚）会（字全、音程稍慢，声浑厚）凭/（字半全，声虚）阑（字短，声涩，劲弱）意。

这首词的下阕描写作者心境的愁苦程度。

拟把疏狂图一醉，对酒当歌，强乐还无味。

朗诵方法：

（动中有静地自述，气实、疾吐缓收，语速稍提起，劲稍重）**拟**（字全、字尾缓收、音程稍慢，声圆润）**把~**（两个字的形态各自独立，字半全、音程稍快，劲紧）**疏**（字半全、弹出、音程稍慢，声稍浑厚）**狂/**（顺势给出，字短，劲略促）**图一**（字拉开、音程慢、字尾缓收，声自然、稍明亮，劲稍重、下行）**醉~**，（缓连，气浅、缓吐，声浑厚，劲轻）**对**（字全、音程稍慢，声浑厚、带有颗粒感）**酒/**（字全、音程稍慢，声浑厚、稍明亮）**当~**（字半全，声涩）**歌**，（气暂断后缓吐散收，字半全、字尾散收、音程慢，声涩、带有颗粒感）**强~**（字短，声涩）**乐/**（顺势给出，字短，声虚）**还**（字拉开、字尾缓收、音程慢，劲韧，声浑厚）**无~**（字半全，声虚）**味**。

衣带渐宽终不悔，为伊消得人憔悴。

朗诵方法：

（气息重新组织，气浅、缓吐缓收，字短，劲轻、弱）**衣**（字半全、窄发、音程稍慢，声虚）**带**（气稍疾吐，字半全、音程稍慢，声浑厚、稍明亮，劲稍重）**渐**（字短，声虚）**宽/**（字全、音程快，声浑厚、稍明亮，劲稍重、促）**终**（顺势给出，字短，声涩）**不**（气缓吐缓收，字拉开、字尾缓收，声涩、带有颗粒感）**悔~**，（缓连，字半全、音程快，声涩）**为伊/**（字全、字尾疾收、音程快，声稍浑厚）**消**（顺势给出）**得/**（字半全，声涩、带有颗粒感）人（字拉开、字尾缓收、音程慢，声先涩再虚，劲轻）憔～（字半全，声虚，劲弱）悴。

（二）朗诵时声音的约束感是"味儿"媚的大众传播必然性

我们来看秦观的《鹊桥仙》。

鹊桥仙

纤云弄巧，飞星传恨，银汉迢迢暗度。金风玉露一相逢，便胜却人间无数。

柔情似水，佳期如梦，忍顾鹊桥归路。两情若是久长时，又岂在朝朝暮暮？

这是一首婉约、真挚的爱情之词。作者秦观是北宋文学家，师从苏轼，为"苏门四学士"之一，是婉约派宋词的重要代表人物。秦观也曾在京城为官，与老师苏轼的政治主张相同，后因党派之争受牵连，与其师一起被贬。在其赴任杭州通判的途中，他又被贬至处州（今浙江丽水），任监酒税官，后又接连被贬谪至西南各地。

据学界研判，秦观这首词的写作指向有多种可能：既可能是写给其夫人徐文美的，也很有可能是写给辗转、迁徙过程中结识的歌姬的，还有可能是写给其后来的侍妾的。他以牛郎织女每年农历七月初七鹊桥相会的民间传说为情感兴发的基础，表达了有情人相思、相恋的美好，以及对相见的期盼。

对于朗诵者而言，不必过于在意这首词的表达对象的不确定性，只需将全部的关注点集中在这首词高远的立意上以及对爱情讴歌上即可。这首词借助民间传说中牛郎织女的爱情故事，以一种超现实的虚幻方式，表现了现实中深深思念的两个人的相见之难、相聚之欢以及再会之盼。词作开头的"纤云""飞星""银汉"一下子将读者带入遥远又熟悉的时空环境中。遥远是因为地面之于苍穹的距离之远，熟悉是因为牛郎织女的爱情故事已久为人知。

朗诵者还要特别注意的是，这首词上、下两阕的文字结构是相同的，都是前三句写景、抒情，后两句议论，而且上、下两阕的逻辑关系又是递进的，这使得作者的表述意识极为黏合，文字信息的存在意义极为致密，逻辑变化的走向也极为胶着。这就需要朗诵者在朗诵时，提早地对"朗诵五元"技巧进行意识预设，适时地进行行为解锁并且在意识里适度地展开逻辑变化，以便在五个元素的变量之间建立起科学的比例，进而在作者强烈的表达意愿的基础上体现出声音的约束感。

故而，朗诵者在朗诵这首婉约、真挚的爱情之词时，"声儿"的样式应侧重圆润，间以枯涩感为宜；"字儿"的形态应以短且音程相对较快，以及全、半全且音程较慢为宜；"气儿"之"徐"应以未见到相见为"序"，"气儿"之"疾"应以离别到期待为"计"；"劲儿"之"起"应以虚无到真实为"依"，"劲儿"之"落"应以别离到期盼为"据"，进而塑造出一种担心理想和假设无法实现，但又对此急切渴望的热烈、坚决之"味儿"。

这首词的上阕写牛郎织女的相会。

纤云弄巧，飞星传恨，银汉迢迢暗度。

朗诵方法：

（在遥想和假设中描述，气实、缓吐疾收，字短、弹出、音程稍慢，声稍浑厚，劲紧）纤/（顺势给出，字短，声涩，劲弱）云（字短、弹出，声稍浑厚，劲略促）弄（气疾吐散收，字全、字尾疾收、音程稍慢，声圆润、带有颗粒感，劲粘）巧～，（并，顺气、疾吐缓收，字半全、宽发、音程慢，声自然、稍明亮，劲韧）飞～（顺势带出，声自然、浑厚）星（字短、音程稍快，声虚、劲略促）传（字半全、弹出、音程稍快，劲稍重）恨/，（疾连，气疾吐疾收、字短、音程稍快，劲轻）银（字半全、弹出、音程快，声稍虚、浑厚）汉/（字短，声虚）迢（字全、音程稍慢，声圆润、带有颗粒感，劲韧）迢～（字短、弹出、声偏虚、稍明亮，劲促）暗/（字半全、音程稍慢，声涩，劲弱、缓落）度。

金风玉露一相逢，便胜却人间无数。

朗诵方法：

（气足、缓吐缓收）金（字短、音程快，声稍浑厚）风/（字半全、音程稍慢，声虚）玉（字短、音程稍慢，声涩）露/（气暂断后疾吐缓收，字全、宽发、音程稍快，声稍明亮，劲紧、韧）一～（字短、音程稍快，声虚）相（字半全、音程稍慢，声圆润）逢，（缓连，顺气、疾吐缓收，字短、音程稍快，声稍虚）便/（字半全、弹出、音程快，声浑厚，劲促）胜（气疾吐缓收，字全、字尾缓收、音程慢，劲粘）却～（字半全、弹出、音程稍快，声稍明亮、浑厚）人/（顺势带出）间（气缓吐缓收，字全、音程稍慢，声圆润，劲稳健）无～（顺势带出，字短、劲稍重、略促）数。

这首词的下阕写牛郎织女的离别。

柔情似水，佳期如梦，忍顾鹊桥归路。

朗诵方法：

（虚拟化描述，气足、缓吐缓收，字全、字尾疾收、音程稍慢，声圆润、浑厚，劲绵）柔~（顺势给出）情/（字短、弹出、音程稍快）似（字半全、音程稍慢，声涩，劲粘）水，（气暂断后疾吐缓收，字半全、音程稍快，劲略促）佳/（顺势带出，声涩）期/如（字全、字尾缓收、音程稍慢，声偏虚、稍浑厚，劲粘）梦~，（气暂断后疾吐缓收，字半全、音程稍慢，声稍明亮、圆润，劲韧）忍~（字短、弹出，声涩，劲促）顾/（字短，声虚）鹊（字全、音程稍快，声涩、带有颗粒感）桥（气疾吐疾收，声先虚再稍明亮，劲粘，以示不情愿地归去）/归~（字短，声圆润，劲弱）路。

两情若是久长时，又岂在朝朝暮暮？

朗诵方法：

（气息重新组织，气浅、疾吐缓收，字全、字尾缓收、音程稍慢，声虚、稍浑厚，劲粘）两~（顺势给出，字短、音程稍快，声涩，劲略促）情（字半全、弹出、音程稍快，声稍浑厚，劲稍重）若/（顺势带出，字短、音程稍慢，声涩）是（气暂断后疾吐缓收，字半全、音程稍慢，声涩，以示不可能实现之，劲绵）久~（字半全、弹出、音程稍快，声虚、稍浑厚）长（顺势带出，字短，声涩，劲弱）时，（缓连，气疾吐疾收，字半全、弹出、字尾缓收、音程稍快，声涩、稍浑厚，劲重）又/（声涩，劲紧、韧）岂~（字短、弹出、窄发、音程稍快，声虚，劲促）在（气暂断后疾吐疾收、字半全、音程稍慢，字短，声偏虚、稍明亮）朝/（字短，声涩，劲轻）朝/（气暂断后缓吐缓收，字全、音程慢，声涩、浑厚，劲韧、粘）暮~（字短、音程稍快，声涩，劲轻）暮？

朗诵者在朗诵末句时，还可以运用"表意的顺序性重复"这一表达技巧强化感情、深化主旨。

第三章　绮艳香软，黏腻花间：

"声儿"柔、"字儿"短、"气儿"绵、"劲儿"粘、"味儿"软

　　花间词派出现于晚唐五代时期的西蜀。"花间"一词最早得名于赵崇祚编辑的《花间集》，其选录了自唐末到五代时期的18位词人的500首作品。学界通常尊崇温庭筠、韦庄为花间词派的代表作家。宋词中，属花间派作品中的物象情感最为连续，情感走向最为致密，文字信息也最为集中。花间派的词被视为宋词最早的创作类型，后来才逐渐演变出豪放派和婉约派。花间派的词以富丽的物象、繁多的意象和精细的描写为主要特征，以此来刻画当时社会女性的美貌、仪态动作、服饰以及她们的离愁别绪，从而供当时的歌女在宴席间演唱、娱乐。在漫长的封建社会中，女子的家庭地位和社会角色相对低微，女性社交机会较少。《花间集》收录的18位作者中没有一位女性作者也可以佐证这一点。当时，男性词作人都是为茶楼、酒肆的歌姬创作"唱词儿"，所以，这一类词就具备了明显的"歌辞之词"的逻辑特征和传播意义。

纵观诸多的花间派作品，很容易发现其文字信息的逻辑意识和表述形式都较为直白和浅显，于是，"唱词儿"的特性在花间派作品里体现得尤为明显。但是，与主要表达作者主观意志的豪放派和婉约派的词不同，花间派的词既可以是男性作者表达个人情感的，也可以是男性作者站在歌女的视角专门替她们写的。这就要求朗诵者在备稿时对情感表达主体的性别有一个清晰的判断，即词中讲述的究竟是男性的情感还是女性的心思？字里行间表述了什么？朗诵者应该怎样进行口语表达？

　　虽然花间派的词具有双重性别视角的属性，但还是建议朗诵者以文意为本，以情感为根，进而塑造出一个可以跨越性别属性的、通识性的有声语言形象。

第一节　主观情感的偏执促使花间派宋词朗诵的"声儿"柔

《说文解字》中记载："柔,木曲直也。"清代文字训诂学家段玉裁在《说文解字注·木部》中注："凡木曲者可直,直者可曲曰柔。"因为花间派的词主要描写年轻女子的日常生活,表现男女之间的爱情,所以词中都是轻软、绵密之词。相较于豪放派,花间派作品没有宏大的自然景观或者深厚的人文情怀,所以就不可能出现譬如"大江东去、金戈铁马"般的物象描写以及视听感受。

例如,温庭筠的代表作《菩萨蛮》："小山重叠金明灭,鬓云欲度香腮雪。懒起画蛾眉,弄妆梳洗迟。照花前后镜,花面交相映。新帖绣罗襦,双双金鹧鸪。"这首词描写的是一位年轻、美丽的富家女子梳洗打扮时慵懒、娇媚的姿态,以及她梳妆完成后的神情,是借特定的生活境遇对人物孤寂心境的形象表达。作者借助对一位年轻、貌美的女子从起床到梳洗全过程的静态、动态描写,展现了一种在内帏这一小小空间范畴中人物动作的缓慢之感和物象的柔美之感。当然,以上描写是从温庭筠这位男性作者的视角出发的。如果这首词从歌姬的视角出发,那么表达的将会是另一种含义。

（一）物象描写的性别视角是"声儿"柔的主观意识源泉

下面我们完整地解析一下温庭筠的《菩萨蛮》。

> 菩萨蛮
>
> 小山重叠金明灭，鬓云欲度香腮雪。懒起画蛾眉，弄妆梳洗迟。
>
> 照花前后镜，花面交相映。新帖绣罗襦，双双金鹧鸪。

这是唐代文学家温庭筠的代表作品。"菩萨蛮"原本是唐宫乐艺教坊的曲名，后被用作词牌名和曲牌名，代表一种相对固定的、由五到七字组成的歌词结构。据史料记载，温庭筠恃才傲物，屡试不第且多年不得志，所以这首词也可以看作作者本人孤单生活和寂寞心境的真实写照。

朗诵者需要注意的是，虽然这首词的作者是男性，但是这首词所描写的却是一位年轻、貌美的女子在早上刚刚醒来之后，不可轻易示人的极为私密的个人行为。从画屏上重重叠叠的小山图案到上面忽明忽暗的金光；从松散的发髻到雪白的香腮；从描画眉毛时动作的慵懒到梳头洗脸时行为的缓慢；从描写用两面镜子前后照看并往发髻上插花的动作到描写人面和花朵的交相辉映，最后到描写绣着成对鹧鸪的罗襦。这一系列连续的、递进的、静动结合的描写是在作者心无旁骛地观察表达对象之后，进行的毫无遗漏的意识拼接和行为记录。

故而，朗诵者在朗诵这首词时，"声儿"的样式应自然、浑厚、圆润；"字儿"的形态应全或半全；"气儿"之"徐"应以对室内物象和人物动作的描写为"序"，"气儿"之"疾"应以人物梳妆的动态描写到最后的神态建立为"计"；"劲儿"之"起"应以起身到梳妆的动作顺序为

"依"，"劲儿"之"落"应以人物内心情感诉求的最终完成为"据"，进而建立和塑造出一种特定人物形象在特定时段的含蓄、静谧和温婉之"味儿"。

这首词的上阕写女子晚起，化妆。

小山重叠金明灭，

朗诵方法：

（平静地讲述，气浅、缓吐疾收，字全、音程稍慢、字尾疾收，声浑厚，劲轻、韧，以示缓慢的连续动作）小（声稍虚，字半全、音程稍快）山／（顺气、缓吐缓收，字全、音程慢）重～（字短、字尾疾收）叠（字全、宽发、弹出，音程适中，劲紧）金／（字拉开、音程适中，声浑厚、稍涩、带有颗粒感）明～（字半全、字尾缓收，声浑厚、稍虚）灭。

鬓云欲度香腮雪。

朗诵方法：

（并，气实、疾吐疾收，语速稍提起，字半全、字尾疾收、宽发、音程快，声稍浑厚，劲绵、略促）鬓（字全、音程稍慢，声浑厚、圆润）云／（气暂断后疾吐，字稍拖长、字尾缓收，劲稍拖延）欲～（字短、音程快，声稍浑厚，劲稍重）度（气缓吐缓收，字全、字尾散收，声自然、浑厚）香～（字全、音程快，声先虚再涩）腮（声圆润、带有颗粒感，字全、音程稍慢，劲弱）雪。

懒起画蛾眉，弄妆梳洗迟。

朗诵方法：
　　（缓连，展现动作开始时的轻盈、缓慢，气浅、疾吐缓收，字全、音程慢，声先稍虚再浑厚、带有颗粒感，以示动作的慵懒和缓慢，劲粘）懒~（气疾吐散收，字短、弹出，声圆润）起/（顺势给出，字全、音程快、字尾疾收，声稍虚）画（字拉开、音程适中，声稍浑厚）蛾~（字短、声稍涩）眉，（连，字全、弹出、音程快，声稍浑厚）弄/（气缓吐缓收，字全、音程稍慢，声圆润）妆~（两个字的形态相对独立，以示两种不同的动作，字半全，声稍虚）梳/（字短、音程适中，声圆润）洗/（气暂断后缓吐散收，字全、宽发、字尾缓收、音程慢，声圆润）迟~。

这首词的下阕说情影，诉相思。

照花前后镜，花面交相映。

朗诵方法：
　　（讲述时，语速稍快、吐字连贯，全句气足、缓吐散收，字半全、音程适中，劲稳）照（字拉开、窄发、字尾散收，声稍虚、圆润）花~（顺气、疾吐散收，字半全、音程适中）前/（字全、音程稍慢，声稍浑厚，劲略促、明显下行）后~（顺势给出即可，劲轻）镜，（疾连，字短，声虚，劲略重）花/（字短、声涩）面/（气暂断后缓吐散收，字全、音程稍慢、字尾缓收）交~（两个字顺势给出即可，声稍浑厚）相映。

新帖绣罗襦，双双金鹧鸪。

> 朗诵方法：
>
> （动作转换后继续讲述，气实、浅吐，字拉开、宽发但音程稍快、字尾疾收，以示对新旧程度的强调，劲软、略紧）新~（两个字的形态相对独立，字短、弹出、字尾疾收，声稍虚，劲稍重）帖／（字半全、字尾疾收、音程稍慢，声圆润，劲略促）绣／（气缓吐散收，字全、音程慢，声稍浑厚、带有颗粒感）罗~（字半全，声稍浑厚）襦，（全句气实、疾吐散收，字半全、音程稍快，声稍虚，劲轻、韧）双／（字全、音程稍慢、字尾缓收，声稍浑厚）双~（字全、弹出、音程快，劲略促）金／（气收敛后浅吐，字半全、音程稍快、弹出，声稍浑厚）鹧（字全、音程稍慢，声稍涩，劲缓缓落下）鸪~。

（二）情感变化的连续性是"声儿"柔的客观基础

再来看温庭筠的另一首《菩萨蛮》。

菩萨蛮

宝函钿雀金鸂鶒，沉香阁上吴山碧。杨柳又如丝，驿桥春雨时。

画楼音信断，芳草江南岸。鸾镜与花枝，此情谁得知？

这是温庭筠用同一曲牌所作的另一首词。恃才不羁且生活放浪的温庭筠因喜欢讥讽权贵而得罪了当时的宰相令狐绹，故屡试不第，终身不得志。由于唐宣宗很喜欢唱《菩萨蛮》，令狐绹让温庭筠专门创作了二十首相同曲牌的词，并以自己的名义献给了宣宗。《乐府纪闻》记载此事云："令狐绹假温庭筠手撰二十阕以进。"

朗诵者需要注意的是，这首词是从描写眼前的物象起笔，转到记录春景，再由写景转为诉情。整首词从化妆、登沉香阁到回忆过去，然后到眼前的"鸾镜"和"花枝"的景物铺陈，这其中有一条极为清晰的情感意识脉络，那就是古时女子的春愁和与心上人久别后的哀怨。这种情感并非人生道理或家国情怀，仅仅是一位生活优裕的妇人在日常生活中的一种极为通识化的借景抒情和借景思人。所以，朗诵者在朗诵时，只需严格地按照文本的原意，准确、客观地进行朗诵即可。

朗诵者在朗诵这首婉转绵密、情韵悠然的哀怨之词时，"声儿"的样式应自然、圆润、稍浑厚；"字儿"的形态应半全且音程较快，或短且音程稍慢；"气儿"之"徐"应以固定物象向动态景物的变化为"序"，"气儿"之"疾"应以往昔的情感到现今的哀怨为"计"；"劲儿"之"起"应以眼前的视听感受为"依"，"劲儿"之"落"应以眼前熟悉的物象向往昔的联想发散为"据"，进而建立和塑造出一种由看到想，再由想到怨的缓慢流动着的柔和、无力之"味儿"。

这首词的上阕记人与景之美。

宝函钿雀金鸂鶒，

朗诵方法：

（缓慢地、平静地讲述，气浅、缓吐缓收，字半全、音程稍慢，声稍浑厚、带有颗粒感，劲稍拖延）**宝**～（字短、弹出，声稍虚、浑厚，劲略促）**函**/（气暂断后疾吐散收，字半全、音程稍快,声稍虚、圆润,劲稍重)钿(字全、拉开、字尾缓收、音程慢,声圆润,劲粘)雀~(气暂断后缓吐散收,字全、宽发、音程稍快,声自然、稍明亮,劲韧)金~(两个字的形态独立,字短、宽发、音程稍快,声稍虚,劲轻)鸂(字音稍拖长,声稍虚,劲稍拖延)鶒。

沉香阁上吴山碧。

朗诵方法:

(并,缓连,气暂断后疾吐缓收,字短、音程稍慢,声自然、稍浑厚,劲轻)沉(顺势给出)香/(气疾吐疾收,字全、拉开、音程稍快,声稍虚、圆润,劲韧)阁~(字短、弹出,声虚,劲略促)上/(气暂断后疾吐散收,两个字的形态独立,字短,声自然、浑厚,劲略促)吴(字半全、音程较快,声虚,劲轻)山/(字全、宽发、音程稍慢,声圆润、带有颗粒感,劲粘)碧~。

杨柳又如丝,驿桥春雨时。

朗诵方法:

(气息重新组织,气实、缓吐缓收,字半全、音程快,声圆润,劲略促)杨(字全、音程较快、字尾疾收,声圆润、浑厚,劲平)柳/(气暂断后疾吐散收,字半全、音程慢、字尾疾收,声稍虚、浑厚,劲粘)又~(顺势给出,声稍虚)如(字半全、弹出、宽发、音程稍慢,声圆润、浑厚,劲稍拖延)丝,(递进感,气疾吐缓收,字短、宽发、弹出、音程稍慢,声涩、带有颗粒感、劲促）驿（字全、拉开、音程稍快、字尾缓收、声涩、带有颗粒感、劲韧）桥~（气暂断后疾吐，字半全、字尾散收、音程稍快，声自然、圆润、劲略促）春（字全、字尾散收、音程稍慢，声圆润、带有颗粒感，劲粘）雨~（顺势给出，字短，声涩，劲轻）时。

这首词的下阕诉人与情之怨。

画楼音信断，芳草江南岸。

朗诵方法：

（在由景及情的慨叹之前，心中已经充满哀怨，气实、缓吐缓收，字全、窄发、字尾散收、音程稍慢，声虚、圆润，劲绵）画~（字半全、音程较快、字尾疾收，声涩、带有颗粒感，劲弱）楼/（两个字的形态独立，字稍拖长、弹出、音程快，声自然、浑厚，劲稍拖延）音/（字短、弹出、音程稍慢，声虚、浑厚，劲略促）信/（字全、拉开、字尾疾收，声虚、圆润，劲韧）断~，（递进，气息状态保持，气疾吐散收、字短、弹出、字尾散收、音程快，声自然、稍明亮，劲略促）芳（气缓吐缓收，字全、字尾散收、音程稍慢，声圆润、带有颗粒感，劲绵）草~（气疾吐散收，后两个字的形态独立，字半全、弹出、字尾疾收、音程快，劲促）江（气缓吐缓收，字全、拉开、窄发、字尾疾收、音程较慢，声涩、带有颗粒感，劲韧）南~（字短、弹出、音程快，声虚，劲促）岸。

鸾镜与花枝，此情谁得知？

> 朗诵方法：
>
> （气息重新组织，气浅、缓吐缓收，字全、字尾疾收，音程稍快，声圆润、带有颗粒感，劲软）**鸾**～（字半全、弹出、字尾散收，音程较快，声自然、浑厚，劲稍重）**镜**/（顺势带出即可）**与**（字半全、字尾散收、窄发，音程快，声稍浑厚，劲轻）**花**（字全、宽发，音程稍慢，声稍虚、圆润，劲平）**枝**～，（气暂断后缓吐散收，字半全、宽发，音程稍快，声涩、带有颗粒感，劲弱）**此**/（字全、拉开、音程慢，强调后鼻音韵母中的/ŋ/，声圆润、带有颗粒感，劲韧）**情**～（气暂断后疾吐缓收，字全、字尾疾收，音程稍慢，声稍虚、浑厚，劲粘）**谁**～（气暂断后疾吐散收，字短，声涩，劲轻）**得**/（气缓吐缓收，字半全、宽发，音程稍慢，声涩、带有颗粒感，劲绵）**知**～？

第二节　客观信息承载的泛化致使花间派宋词朗诵的"字儿"短

"泛化"在《现代汉语词典（第7版）》中意为："由具体的、个别的扩大为一般的，比如'先生'也用于称呼女性，就是词义的泛化。"许多花间派的词都具有明显的意思泛化特征，即物象信息彼此可替代、可交叉。例如，《菩萨蛮五首》第一首中的"红楼别夜堪惆怅，香灯半卷流苏帐。残月出门时，美人和泪辞"，如果单纯从文学创作和文字排列组合的角度来看，将其中的几组词汇大胆地进行对调也可以完成作者对缱绻、甜蜜环境的记录：比如，堪惆怅别夜红楼，流苏帐半卷香灯，出门时残月，和泪辞美人。再比如，香灯别夜堪惆怅，红楼半卷流苏帐。美人出门时，和泪辞残月。两种新句式并未改变作者的本意。从"歌辞之词"的大众传播的角度而言，也是完全可以用来谱曲和演唱的，因为词意和表达主旨都没有改变，这就是花间派的词在承载客观信息时的泛化现象。

朗诵者在朗诵花间派的词时，"字儿"的形态应短。这里所说的"字儿短"并不是说在口语表达的时候汉语言字音的字头、字腹、字尾和声调的缺失，而是指播音员、朗诵者将某个或某些"字儿"的音素的发声比例调小。在口语表达和传播实践中，音素的发声比例大小不仅可以让受众对相关的文字信息产生不同的认知感受，而且更重要的是可以建立和塑造出巨大的差别化韵味。

（一）窄视角的视听感受是"字儿"短的一般性感受

下面我们来完整解析一下韦庄的《菩萨蛮五首》中的第一首。

> 菩萨蛮五首（其一）
>
> 红楼别夜堪惆怅，香灯半卷流苏帐。残月出门时，美人和泪辞。
>
> 琵琶金翠羽，弦上黄莺语。劝我早归家，绿窗人似花。

这是以"菩萨蛮"为曲牌的组词五首中的第一首。如果将它视为一首独立的作品，就会发现这是一首典型的花间派作品。因为其关于"美人"的诸多立体式的静态物象描写和动态变化的记录都表述得极为细致和黏腻。

作者韦庄是生活在晚唐到五代十国时期的诗人、词人，曾担任过五代十国前蜀政权的宰相。虽然他父母早亡、家境寒微，但是生活在分裂、混乱时代的韦庄才略过人，疏旷通达。韦庄一生饱经漂泊流离之苦，唐末黄巢率领农民起义军攻破唐都城长安（今陕西西安）之后，与弟弟、妹妹失散的韦庄不得不于公元882年离开长安逃往南方，开始流浪。直到公元894年，五十八岁的韦庄终于考中了进士，后被朝廷任命为校书郎，从此踏上了仕途，这才结束了他长达十二年的漂泊流离的生活。

《菩萨蛮》这组词的内容与他在流浪生活中的所见所闻和所思所感密切相关。战乱中的流浪生活是充满苦楚和无奈的，天涯孤旅的感受更是孤单和无助的。此时，作者心中与弟弟、妹妹的离别之感同歌姬与客人之间的离别之感具有同类型的情感内涵。

朗诵者需要注意的是，词中由多种物象连续变化所构成的逻辑链条使"字儿"的形态带有约束感。"红楼""香灯""流苏帐"是引发作者彼时彼刻情感的"残月"和"美人"所处的时空范畴，而且这个时空范畴的空间体量仅仅存在于词中"美女"的日常生活环境之中。

虽然，在这首词的下阕中，琵琶的色彩和声响带给读者的是一种动态的物象感受，但是，这并没有改变整首词关于离开（"早归家"）与返回（"绿窗人似花"）的表达主题。演唱者口中的"歌辞之词"，不论是劝慰风流才子早些归家，还是歌姬表达对"客人"的留恋，期待他尽快回到"红楼""香灯""流苏帐"中来，以上这些都是一种关于儿女情长的窄视角的情感外露和意识传递。

故而，朗诵者在朗诵《菩萨蛮五首》中的第一首词时，"声儿"的样式应轻微、浑厚、圆润，间以适时的枯涩感；"字儿"的形态应半全、短、音程稍慢；"气儿"之"徐"应以描写室内物象的状态到描写人的表情为"序"，"气儿"之"疾"应以乐曲声响的婉转到充满不舍的留恋为"计"；"劲儿"之"起"应以静谧的夜色到天色逐渐明亮为"依"，"劲儿"之"落"应以两人的相聚到不得已的离别为"据"，进而建立和塑造出一种在温柔、甜蜜的氛围里无奈分别的苦涩、不舍之"味儿"。

这首词的上阕写情。

红楼别夜堪惆怅，

朗诵方法：

（轻盈感，气浅、缓吐缓收，字短、音程快）红（字半全、音程稍慢、字尾疾收，声稍虚、涩）楼／（气疾吐疾收，字半全、音程稍快，劲稍扬起）别～（字短，声稍虚，劲略促）夜／

（字的形态独立，字半全、音程快，声稍明亮，劲略促）堪（字全、字尾缓收，劲粘）惆~（字短、字尾散收，劲略促）怅。

香灯半卷流苏帐。

朗诵方法：

（疾连，字短、字尾疾收）香（字全、字尾疾收，声自然、稍浑厚，劲韧）灯~（字半全、窄发，声稍虚，劲略促）半/（字全、字尾缓收，声圆润、带有颗粒感）卷~（疾连，气疾吐缓收，字短、字尾疾收）流苏/（字全、字尾缓收，声稍虚，劲绵）帐~。

残月出门时，美人和泪辞。

朗诵方法：

（气息重新组织，全句气实、疾吐缓收，字半全、字尾缓收，声涩、稍浑厚）残~（字半全、字尾疾收，声稍虚）月/（气暂断后疾吐散收，字半全、音程稍快、字尾缓收，声稍浑厚，劲稍重）出~（字短、字尾疾收，声涩，以示不舍）门时，（缓连，气暂断后缓吐缓收，字半全、音程稍快）美（字全、音程较慢、字尾疾收，声自然、稍浑厚、带有颗粒感，劲粘）人~（字半全、音程稍快，声涩，劲弱）和/（字全、字尾缓收，声自然、稍明亮，劲韧）泪~（字半全、宽发，声涩、带有颗粒感，劲平）辞。

这首词的下阕诉心声。

琵琶金翠羽，弦上黄莺语。

朗诵方法：

（气息重新组织，气浅、疾吐缓收，字半全、宽发、音程稍慢，劲粘）琵~（字短，声虚，劲略促）琶/（字半全、字尾疾收、音程快，劲稍重）金（字全、拉开、字尾缓收，声自然、明亮，劲韧）翠~（声涩、带有颗粒感，劲轻）羽，（缓连，气缓吐缓收，字全、字尾缓收，声稍浑厚，劲粘）弦~（字短、窄发、弹出，声虚，劲稍重）上/（两字个的形态独立，劲轻）黄莺/（字全、字尾缓收，声圆润、带有颗粒感，劲软）语~。

劝我早归家，绿窗人似花。

朗诵方法：

（气息重新组织，气实、疾吐缓收，字半全、音程稍快，声稍虚，劲略促）劝/（字全、字尾疾收、音程稍快，声涩，以示离别时的无奈之感，劲韧）我~（字半全、音程稍快，声虚，劲稍重）早/（字全、拉开，声自然、稍明亮，劲绵）归~（字短，声稍虚，劲略促）家，（疾连，全句气浅、疾吐缓收）绿窗/（字全、字尾疾收，声稍浑厚，劲粘）人~（字短、宽发、弹出，劲略促）似/（字全、窄发、字尾缓收，声稍虚，劲软）花~。

（二）小切口的表达特点是"字儿"短的通识性约束力

我们再来看韦庄的《菩萨蛮五首》中的第二首。

> 菩萨蛮五首（其二）
>
> 人人尽说江南好，游人只合江南老。春水碧于天，画船听雨眠。
>
> 垆边人似月，皓腕凝霜雪。未老莫还乡，还乡须断肠。

本首词可以视作是对组词中第一首词的逻辑意识的回应和思想感情的答复。朗诵者需要注意的是，作者先是给出了一种大众心理的普遍认知，即因为江南好，所以人们适合在这里生活、养老。那么江南哪里好呢？即春水如何、画船如何呢？虽然在这首词的下阕中作者没有继续描写第一首词中的那些柔美物象，但是借用了卓文君当垆卖酒的典故。

《史记·司马相如列传》记载，司马相如的妻子卓文君长得很美，曾当垆卖酒："买一酒舍沽酒，而令文君当垆。"卓文君是西汉历史上有名的富家才女，她的父亲卓王孙是蜀郡临邛的冶铁大亨，仅家僮就有八百名。因为爱女卓文君与贫穷的书生司马相如奋不顾身地自由恋爱，其父卓王孙无奈地分给了私奔的卓文君百名僮仆和百万两钱，于是成就了历史上一段身份悬殊的爱情佳话。作者借此表达了既苦又甜的男女之情。

这首词的最后一句依旧没有离开第一首词中关于离开与返回的讨论，但是经过持续的讨论并没有一个明确的答案。这首词的主旨还是在"早归"和"莫还"之间徘徊，作者和演唱者的意识更是一直在"归与还"这样的小切口之间胶着地拉锯，进而就需要朗诵者在朗诵时塑造"字儿"短的形态。

朗诵者还需要注意的是，第二首词中的表达主体不仅可以是作者自己，也可以是社会群体里任何一个与有情人依依惜别又恋恋不舍的人。最后一句"未老莫还乡，还乡须断肠"的意思：如果没有年老就还乡的话，"我"必定要想念江南的美景，思念在"红楼"里，"香灯"下的"和泪辞"的"美人"，那么"我"就不要回到家乡，以免得伤心到断肠。当然，这一句也可以理解为人尚未年老，就暂且在江南及时行乐吧。如果现在就离开江南归乡了，会令人悲痛不已。

故而，朗诵者在朗诵《菩萨蛮五首》中的第二首词时，"声儿"的样式应自然、圆润、稍虚，间以颗粒感为宜；"字儿"的形态应全且音程较慢；"气儿"之"徐"应以曾经的听闻到现实中的亲眼所见为"序"，"气儿"之"疾"应以久远的情感到邻近的同类型感受为"计"，进而建立和塑造出一种在清丽的景象中寻找答案的空灵、无奈之"味儿"。

这首词的上阕记景，酝情。

人人尽说江南好，游人只合江南老。

朗诵方法：

（坦诚地自述，前半句气实、缓吐缓收）人（字拉开、突出前鼻音韵母en、字尾疾收，劲韧，以示强调）人～（字短，声稍虚，劲促）尽/（字全、字尾缓收，声偏浑厚、圆润、劲粘）说～（气暂断后疾吐散收，劲略促）江（字半全、缓收，劲绵）南～（字半全、音程稍慢，声虚、带有颗粒感，劲轻）好，（缓连，气的状态保持、疾吐缓收，字半全、音程快）游/（字短，劲轻）人（气暂断后缓吐缓收，字全、宽发、字尾缓收，声自然、稍浑厚，劲韧）只～（字半全、弹出，声稍涩、带有颗粒感，劲轻）合/（两个字的形态独立，声虚，劲略促）江南/（字全、音程慢、字尾缓收，声圆润、浑厚，劲粘）老~。

春水碧于天，画船听雨眠。

朗诵方法：

（气息重新组织，气浅、疾吐缓收，字半全、弹出、字尾散收，声自然、稍浑厚，劲稍重）春（字半全、字尾缓收、音程稍快、强调韵母ui，劲韧）水~（三个字的形态相对独立，劲促）碧于（字弹出、字尾散收）天/，（并，两个字皆半全，声虚）画（字尾缓收，声涩、带有颗粒感）船/（字短、弹出，劲轻）听（字半全、音程稍快，声虚、涩）雨/（字全、字尾缓收，声自然、圆润，劲绵）眠~。

这首词的下阕用典抒情。

垆边人似月，皓腕凝霜雪。

朗诵方法：

（由远及近地联想，气足、缓吐缓收，字半全、音程稍快、字尾缓收，声自然、稍浑厚，劲轻）垆~（字半全、字尾疾收，劲略促）边/（气疾吐散收，字全、音程快，声圆润、浑厚，劲韧、稍重）人~似（字半全、字尾缓收，声稍虚，劲轻）月~，（两个字的形态独立，字半全、音程稍快，声涩）皓/（字短，声虚，劲略促）腕/（字全、韵母拉开、强调后鼻音ing，劲韧）凝~（两个字的形态独立，字短、弹出，声虚，劲略促）霜/（字半全、音程稍慢、字尾缓收，劲软）雪/。

未老莫还乡,还乡须断肠。

朗诵方法:

（气息重新组织,前半句气实、疾吐散收,劲略促）**未**（字半全、字尾疾收,声虚、涩）**老/**（气暂断后缓吐缓收,字全、字尾散收、音程稍慢,劲韧）**莫~**（两个字的形态独立,劲略促）**还**（字尾疾收）**乡,**（缓连,气疾吐缓收,字稍拖长,劲轻、稍拖延）**还~**（字短、弹出,劲稍重）**乡/**（气暂断后疾吐疾收,字半全、音程稍快、字尾散收）**须/**（字半全、窄发、音程稍快,声涩,劲软）**断~**（字全、字尾缓收、音程稍慢,声涩、带有颗粒感,劲绵）**肠~**。

第三节　意愿表达的异化指向要求花间派宋词朗诵的"气儿"绵

花间派的词常以古代年轻女子的日常生活情态和男女之间的爱情为主题，而作者往往以男性居多。于是，这里就自然而然地出现了一个令大众略感疑惑的问题：男性作者是怎样了解当时年轻女子的生活境况以及她们的所思所想，进而创作出与她们密切相关的文字作品的呢？这就要看看作者所处的社会环境和生活境遇了。当年，在长安参加科举考试的韦庄为了躲避"黄巢之乱"不得不南下，首先，他到了洛阳。在这里，他写了一首有名的长篇叙事诗——《秦妇吟》。之后，他很可能因战乱不得不继续南下，与自己相爱的女子离别，来到了静谧的江南，写下了组词《菩萨蛮》。著名古典诗词研究专家叶嘉莹教授在《词之美感特质的形成与演进》一书中指出："语言永远是文学诗歌的第一个重要因素，道德在其次。"虽然作者是一位男性词人，而且应举不第又身处他乡，但是这并不影响一位青年才俊在这组词中表达自己对江南美景的喜爱和对温柔"美人"的留恋之情。这样的词句没有"千骑卷平冈""为报倾城随太守"那样的豪迈，也没有像李清照那样用"三杯两盏淡酒，怎敌他、晚来风急"明确地表达失去丈夫后寡居的悲戚之情。所以，花间派不同于豪放派和婉约派，朗诵者应以丝绵一样的、接连不断的"气儿"来进行口语表达，让读者不自觉地走进作者和歌者的情感之中。

（一）作者意识里的双重性别是"气儿"绵的集成模式

我们来看韦庄的《菩萨蛮五首》中的第三首。

> 菩萨蛮五首（其三）
>
> 如今却忆江南乐，当时年少春衫薄。骑马倚斜桥，满楼红袖招。
>
> 翠屏金屈曲，醉入花丛宿。此度见花枝，白头誓不归。

这首词表达的思想感情既可以理解为一位科举失利、漂泊旅居在外的男性对江南安乐之地的留恋和对家乡的怀念，也可以看作一位年轻貌美的江南歌姬凭借曾经的美好回忆对心上之人的再次挽留。无论表达主体是谁，最终，当他们白发苍苍，见到当年的"花枝"时，他们的心中都有明确的意愿，即"誓不归"。

朗诵者需要注意的是，作者的思维逻辑意识在假定的时空中往复交错，因此，应该运用对应的口语外化技巧。朗诵者可以将这首词的视听感受想象成一个人在归乡之后对曾经生活过的异地他乡的留恋与向往。因此，朗诵者在朗诵时应借助"朗诵五元"理论，在意识和行为两个层面进行你中有我、我中有你的交互式运用，以利于建立软糯的情感表达方式。

故而，朗诵者在朗诵《菩萨蛮五首》中的第三首词时，"声儿"的样式应以自然、浑厚，间以适时的圆润为宜；"字儿"的形态应短且音程稍快，或全且音程较慢；"气儿"之"徐"应以假设曾经的物象变化为"序"，"气儿"之"疾"应以找寻曾经熟悉的感受为"计"；"劲儿"之"起"应以跨越时空的想象为"依"，"劲儿"之"落"应以在时空的位移中得出的情感结论为"据",进而建立和塑造出一种天涯孤旅的失意之人对美好回忆的留恋之"味儿"。

这首词的上阕是作者对过去的追忆。

如今却忆江南乐,当时年少春衫薄。

朗诵方法:

(迫切感,气实、疾吐缓收,字短、音程稍快,劲略促)**如**(字全、拉开、字尾缓收、强调韵母in中的n,劲粘)**今**~(气暂断后疾吐散收,字短,声稍虚,劲促、稍拖延)**却**/(字半全、音程稍慢,声稍浑厚)**忆**/(两个字声虚)**江**(字全、音程快)**南**/(气暂断后缓吐缓收,字全、音程稍慢,声圆润、浑厚,劲软)**乐**~,(缓连,气息状态保持,气缓吐疾收,劲稍重)**当**/(字短,声涩、带有颗粒感)**时**(疾连,字半全、字尾疾收)**年**(字半全、字尾缓收,声稍浑厚、带有颗粒感,劲绵)**少**~(两个字皆劲促)**春**/(声虚、字窄发)**衫**/(气缓吐缓收,字全、字尾缓收,声圆润、浑厚,劲软)**薄**~。

骑马倚斜桥,满楼红袖招。

朗诵方法:

(气息重新组织,气浅、疾吐缓收,劲略促)**骑**(字全、字尾疾收,音程快)**马**/(气暂断后疾吐散收,字半全、音程稍慢,劲韧)**倚**~(两个字劲平)**斜**(声稍虚、浑厚)**桥**,(疾连,气疾吐缓收,字全、拉开、字尾疾收,劲韧)**满**~(字半全、音程稍快,声稍虚,劲略促)**楼**/(两个字的形态独立,字半全)**红**(字短)**袖**/(字半全、音程稍慢,劲绵)**招**~。

在这首词的下阕中，作者通过倒置时空对过去进行追溯。

翠屏金屈曲，醉入花丛宿。

朗诵方法：

（期待感，气足、疾吐缓收，字短、音程快，声自然、稍明亮，劲促）翠/（字全、拉开、字尾疾收，声稍浑厚、圆润）屏～（字短，劲促）金/（气暂断后疾吐散收，字半全，劲稍拖延）屈/（字全、字尾缓收、强调韵母ü，劲韧）曲～，（疾连，气疾吐，劲略促）醉入/（字短、窄发，声虚）花（字半全、音程慢，劲稍扬起）丛～（字短，劲轻）宿。

此度见花枝，白头誓不归。

朗诵方法：

（发出感慨，气足、缓吐缓收，字半全、宽发、音程稍慢，声稍浑厚，劲稍拖延）此～（顺势带过）度（字半全、音程快，声涩，劲稍重）见/（气暂断后缓吐散收，字全、窄发、字尾疾收，声稍虚，劲粘）花～（字短，声涩，劲轻）枝，（缓连，气缓吐疾收，以示坚定，字半全、窄发、音程稍快，声稍虚、浑厚，劲轻）白～（字全、音程极快，声涩）头/（字半全、宽发、音程稍快，声自然、稍明亮，劲促）誓/（字全、字尾缓收，声圆润、带有颗粒感，劲韧、稍重）不～（字半全、音程稍快，声虚，劲轻）归。

（二）受众感受中的两种形态是"气儿"绵的融汇路径

我们再来看韦庄的《菩萨蛮五首》中的第四首。

菩萨蛮五首（其四）

劝君今夜须沉醉，尊前莫话明朝事。珍重主人心，酒深情亦深。
须愁春漏短，莫诉金杯满。遇酒且呵呵，人生能几何。

朗诵者需要注意的是，作者在第四首词中再次将组词里包含的逻辑关系明显地体现出来。值得注意的是，《菩萨蛮五首》中每首词的字词与物象之间的联系都十分紧密，并且词之间也存在紧密的逻辑关系。

故而，朗诵者在朗诵《菩萨蛮五首》中的第四首词时，"声儿"的样式应以自然、浑厚，间以适时的明亮为宜；"字儿"的形态应短且音程稍慢，或全且音程较慢；"气儿"之"徐"应以劝慰的结果转向原因为"序"，"气儿"之"疾"应以主动的忧愁到被动的释然为"计"；"劲儿"之"起"应以欢饮的场景引发主人的情理为"依"，"劲儿"之"落"应以现实的忧愁到对未来无奈的感慨为"据"，进而建立和塑造出一种表达者与倾听者在交流中慢慢达成情感共识的伤感、萧瑟和落寞之"味儿"。

这首词的上阕是现实中的劝慰。

劝君今夜须沉醉，尊前莫话明朝事。

朗诵方法：

（无可奈何地劝说，气实、缓吐缓收，字半全、音程稍快、字尾疾收，声自然、明亮，劲稍重）劝/（字全、音程快，声稍涩）君/（气暂断后疾吐缓收，字全、拉开、字尾缓收，声稍浑厚，劲韧、稍拖延）今~（字短，劲轻）夜/（字半全、音程快，声涩，劲略促）须（气疾吐疾收，字全、字尾疾收，声稍浑厚，劲绵）沉~（字短、劲轻）醉，（疾连，气息状态保持，气疾吐疾收，字稍拖长，声稍涩、浑厚，劲稍拖延）尊~（字半全、字尾疾收，声涩、带有颗粒感，劲弱）前/（字半全、音程稍慢、字尾缓收，声稍虚，劲粘）莫~（顺势带过即可）话/（气暂断后疾吐缓收，字全、音程适中，声圆润、浑厚，劲稍拖延、粘）明~朝（较明显的段落结束，字短，劲略促）事。

珍重主人心，酒深情亦深。

朗诵方法：

（气息重新组织，气浅、疾吐疾收，劲稍重）珍（字全、音程快，声稍虚、浑厚，劲绵）重~（两个字的形态独立，劲稍重）主/（声虚）人（气暂断后缓吐缓收，声圆润、浑厚，字全、音程适中，劲软）心~，（用声音展现其中的因果关系，疾连，字全、字尾缓收，声涩、带有颗粒感，劲略促、稍拖延）酒~（字短，声稍浑厚，劲轻）深/（气暂断后缓吐散收，字半全、音程稍快，劲稍拖延）情/（气暂断后疾吐缓收，字全、宽发、拉开，声稍虚、浑厚，劲韧）亦~（字稍拖长，声涩、带有颗粒感，劲稍拖延）深。

这首词的下阕是对未来的慨叹。

须愁春漏短，莫诉金杯满。

朗诵方法：

（获得情理认同后，无奈地感叹，气足、缓吐缓收，字短、音程快，声稍浑厚，劲轻）须（气疾吐缓收，字全、拉开、字尾疾收、强调韵母ou，声涩、浑厚、劲韧、稍拖延）愁～（两个字的形态独立，字短、弹出、劲促）春（字短，声虚，劲轻）漏／（字全、音程稍快、字尾缓收，声稍浑厚、带有颗粒感，劲粘）短～，（疾连，字半全、音程慢，声稍虚、浑厚，劲轻）莫～（字短，声涩，劲略促）诉／（两个字皆劲轻）金（声虚）杯（字全、字尾缓收，声涩、带有颗粒感，劲粘）满～。

遇酒且呵呵，人生能几何。

朗诵方法：

（气浅、疾吐缓收，字短、字尾散收，劲促）遇（气疾吐散收，字全、拉开、字尾疾收、强调韵母iu，劲韧）酒～（气暂断后疾吐散收，字全、弹出、音程快，声涩，劲促）且／（字全、弹出，音程稍快，劲拖延、略促）呵～呵，（气缓吐缓收，字全、音程稍快，声浑厚，劲粘、稍重）人～（字短、弹出，劲促）生／（气暂断后缓吐缓收，字半全、音程快，声涩，劲轻）能（气暂断后缓吐散收，字全、音程慢、字尾散收，劲韧）几～（字短，声虚、涩，劲轻）何。

第四节　歌辞语言的表述特点塑造花间派宋词朗诵的"劲儿"粘

歌辞，同"歌词"，最早出现在西晋时期石崇所作《思归引》的序言中："今为作歌辞，以述余怀。""思归引"是古琴曲之一。"思归"，即思念回归；"引"是古琴曲的体裁之一，有序奏之意。由此可见，歌辞与歌词同源、同义。因为歌辞是需要在乐曲的伴奏下演唱出来的，所以对于演唱者而言，需要对旋律和节奏格外熟悉，以实现歌辞与曲调之间的完美协调。花间派的词基本上都是由男性作者创作的，表达作者对美人的想念、怀念之情以及描写歌姬的离愁别恨。恰恰因为花间派的词的表达主题多为"想和怀""思和怨"，所以它在三类宋词中最适合也最容易演唱。

根据叶嘉莹教授《词之美感特质的形成和演进》一书中的观点，在漫长的封建社会中，良家女子从来不走出家门与外人接触，所以这个"居家群体"的社会属性是极为有限的。而花间派"思与怨"的文字内容的主体大多是生活在歌舞风月之地的歌姬，描写的都是她们这个群体的生存状态和日常见闻。还有一个不可回避的社会现实：那些徜徉于茶楼酒肆的风流才子、富家子弟与歌姬只是逢场作戏，他们不可能将抛头露面的歌姬娶回家作为夫人，即便是郎情妾意。

所以，歌姬们思念和哀怨的情感就产生了，"思妇"和"怨妇"也就出现了。而封建社会对女子贤良淑德的世俗约束，促使她们在表达"思和怨"时不可能像豪放派那样直抒胸臆，更不可能像婉约派那样醇美。于是，这造就了花间派作品在表达情感时具有藕断丝连的黏合感。进而，在朗诵花间词派的作品时"劲儿"应"相依""相着"。

（一）语码信息的连续性在表述中形成了"劲儿"粘的专业性

我们来看韦庄的《菩萨蛮五首》中的第五首。

> 菩萨蛮五首（其五）
>
> 洛阳城里春光好，洛阳才子他乡老。柳暗魏王堤，此时心转迷。
>
> 桃花春水渌，水上鸳鸯浴。凝恨对残晖，忆君君不知。

虽然作者在战乱的奔波中经历了与"美人"的离别之苦，以及思乡与返乡的纠结，但是，作者最后的人生感悟还是对自己内心的叩问和对灵魂的寻找。于是，最后一首词可以视为作者对全组词的情感内涵的整体梳理和终极表达。

作者在本首词中对地点、人物、景物的描述不仅表达了此时此地作者的所思所想，还囊括作者作品中的多类别物象。并且多类别物象和感受的接替铺陈为这首词的整体脉络确立了口语外化的力道——"劲儿"。

即便洛阳城里的春光明媚，也不妨碍作者这位"洛阳才子"在他乡老去。即便眼前是杨柳依依、浓荫茂密的魏王堤，作者也感受不到它有多么好，因为当看到这里的美景时，作者依然心怀隐痛、满心凄迷、惆怅不已。那么，为什么自喻"洛阳才子"的作者对此地不感兴趣呢？究其原委，是江南的美景在召唤！

朗诵者需要注意的是，这首词是作者对前四首词表达主旨的总结和表达意识的综述，从而共同组成了组词作品完整的逻辑关系和统一的传播意志。作者在前四首词中从对日常的世俗之美（"红楼、香灯、美人"）的记录以及对江南室外物象的描写（"碧于天、听雨眠"），到"红袖招、誓不归"以及个人生活境遇与社会时局动荡的结合（"今夜须沉醉，莫话明朝事"），再一直延展到"此时心转迷、凝恨对残晖"，最终归集成相惜、相忆的主题（"忆君君不知"），通过这样一种逻辑意识，不仅将自己在颠沛流离的路上的所见所闻转换成了社会大众通识性的认知，还用世俗的点点滴滴表达了人与人之间的情以及对故乡和家国的爱。

故而，朗诵者在朗诵《菩萨蛮五首》第五首词时，"声儿"的样式应以自然、明亮，间以适时的圆润为宜；"字儿"的形态应半全且音程稍慢，或全且音程较快；"气儿"之"徐"应以户外景象的美好到内心情绪低落为"序"，"气儿"之"疾"应以留恋一地一人的小情感到思念家国、故乡的大情怀为"计"；"劲儿"之"起"应以记录到感慨的意识流动为"依"，"劲儿"之"落"应以"触景"的有感而发到"生情"的水到渠成为"据"，进而建立和塑造出一种离别时痛苦、绵亘和稳健之"味儿"。

这首词的上阕描写作者在他乡时的惆怅。

洛阳城里春光好，洛阳才子他乡老。

朗诵方法：

（一般的评述感，气足、缓吐缓收，字全、弹出、音程稍快、字尾散收，声稍虚、浑厚，劲稍重）洛～（字短、音程稍慢、声自然、稍明亮）阳（两个字顺势带过）城里/（三个字的形态独立，字弹出、稍拖长，声稍明亮，劲略促）春/（字短、音程稍慢，声稍虚、浑厚，劲稍重）光/（字全、字尾缓收，声稍明亮、带有颗粒感，劲粘）好～，（疾连，气疾吐缓收，声明亮、浑厚，劲弱）洛（声稍虚，字半全、音程稍慢、窄发）

> 阳/（字全、拉开、窄发、字尾缓收，声自然、明亮，劲韧）才～子/（气暂断后缓吐缓收，字半全、音程稍慢、窄发，声明亮，劲绵）他～乡（字短、音程稍慢，声明亮、带有颗粒感，劲轻）老。

柳暗魏王堤，此时心转迷。

> 朗诵方法：
> 　　（缓连，气浅，缓吐缓收，字短，声涩）柳（气疾吐缓收，字全、窄发、字尾散收，声稍明亮，劲粘）暗～（三个字的形态独立，字半全、音程稍快，声自然、稍明亮，劲略促）魏/（字全、音程快，声虚、浑厚）王（字半全、宽发、音程稍慢，声自然、明亮，劲轻）堤，（疾连，气疾吐散收，字全、宽发、音程慢，声圆润、带有颗粒感，劲韧）此～（字短、弹出，劲略促）时/（三个字的形态独立，字音稍拖长，声自然、明亮，劲稍拖延）心（字全、音程稍快，声稍明亮、带有颗粒感）转（字全、字尾缓收、宽发，声圆润、明亮，劲粘）迷～。

这首词的下阕归纳作者和大众的悲苦。

桃花春水渌，水上鸳鸯浴。

> 朗诵方法：
> 　　（欣喜、轻松，气实、缓吐缓收，字半全、音程快，声圆润）桃（字全、音程稍慢，声自然、明亮，劲稍拖延）花/（气暂断后疾吐散收，字全、音程稍快，声稍明亮、圆润，劲韧）春～（顺势给出）水（字半全、弹出、音程稍快，声稍明亮）

渌/，（疾连，递进式讲述，气疾吐缓收，字全、音程稍快、字尾散收，劲粘）水～上（两个字的形态独立，字短、弹出，声稍明亮、圆润，劲略促）鸳/（字半全、音程稍慢，声稍虚，劲轻）鸯/（字全、宽发、音程慢，声自然、明亮，劲绵）浴～。

凝恨对残晖，忆君君不知。

朗诵方法：

　　（气息重新组织，气浅、疾吐缓收，字全、弹出、音程稍慢、字尾缓收，声稍浑厚、明亮，劲稍重）凝～（字短、弹出，声稍虚，劲促）恨/（疾连，字半全、音程稍慢、字尾缓收，声自然、明亮，劲韧）对～（气缓吐缓收，字全、音程稍快，声稍明亮，劲绵）残～晖，（缓连，字短、宽发，声明亮，劲促）忆/（气暂断后缓吐散收，字半全、音程慢、字尾缓收，声圆润、明亮，劲韧）君～（气暂断后疾吐散收，字短、弹出，声稍浑厚，劲促）君/（气疾吐散收，字全、音程慢，声稍虚、浑厚，劲粘、稍重）不～（气暂断后疾吐散收，字短、弹出，声涩，劲轻）知。

（二）符示作用的集束性在接纳中构成了"劲儿"粘的特定性

我们来看冯延巳的《鹊踏枝》。

鹊踏枝

谁道闲情抛掷久。每到春来，惆怅还依旧。日日花前常病酒，敢辞镜里朱颜瘦。

河畔青芜堤上柳。为问新愁，何事年年有。独立小桥风满袖，平林新月人归后。

这是一首惆怅、忧郁的闲情之词。作者冯延巳是五代十国时期著名的词人、南唐的宰相。他的词多写闲情逸致，文人气息很浓。冯延巳开创了"以景写情"的写作手法，这对后来北宋初期诸多词人的创作有较大的影响。和中国历史上的许多饱学之士一样，冯延巳也才华横溢却仕途坎坷。冯延巳博学多才，为人胸襟宽广、宅心仁厚，先后三次担任宰相，而且在其主政期间对政敌和各方势力多采取包容的态度，所以南唐中主李璟对其始终深信不疑。

叶嘉莹教授曾在荣获"第六届世界中国学贡献奖"时说过一段话："另一项重要因素，与诗词的语言息息相关，则是西方的解析符号学，是由一位法国女性学者朱莉亚·克里斯特娃提出的。解析符号学将符号的作用分为符示、象征两种类型。后者的符记单元与符义对象之间乃是一种被限制的作用关系。可是诗歌的语言，除了象征之外，还可以有另一种符示的作用，也就是说语言的符表与所指的符义之间往往带有一种不断在运作中生发的生生不已、兴发感动之特质。而《花间集》中具有'双性人格'的佳作，其语言正是具有符示的作用，遂能于无意之间产生一种不断引人生发联想的空间。"以冯延巳的这首《鹊踏枝》为例，作者起笔就直接给出了聊有闲情的状态，即被"抛掷久"了，接着立刻说"每到春来"时，惆怅还依旧。读者的通识性认知就是，一到春天便再次出现的惆怅就是那些曾经被作者"抛掷久"了的愁绪。那么既然作者开门见山地言明"抛掷久"了，为什么还会惆怅呢？答案就在作品首句的第一个词——"谁道"。如此的字词组合所产生的符示作用才能诠释"春来"和"依旧"，因为作者内心的真实想法是，即便自己认为是"抛掷久"了，但是一到春天"还依旧"的情感物象表明，那些"闲愁"根本就没有真正被抛却，所以"谁道"的设问才更加具有表达和传播的意义。

朗诵者需要注意的是，应运用恰当的朗诵技巧展现作者心中常存的惆怅与忧愁，以及作者独自一人的孤寂与凄凉。作者的新愁和旧忧随着时间的推移在蜕变、更替和新生。即便是在上、下阕之间有空间的位移，即从"镜里"到"河畔"；有视觉内容的变化，即从"朱颜瘦"到"青芜堤上柳"，也并非代表作者闲情愁绪的消弭，这种愁绪反而在物象运动之中不断地递进。作者借此不仅深化了这首词的主旨，而且也赋予了其崭新的传播意义。

故而，朗诵者在朗诵时，"声儿"的样式应圆润、浑厚；"字儿"的形态应全且音程较慢，或半全且音程稍快；"气儿"之"徐"应以旧忧到物象的变化为"序"，"气儿"之"疾"应以新愁的建立到其未来的长久存在为"计"；"劲儿"之"起"应以个体的诉说到客观的记录为"依"，"气儿"之"落"应以不断扩散的愁郁为"据"，进而建立和塑造出一种由个人自述延展到社会大众普遍情感认同的柔弱、萧瑟之"味儿"。

这首词的上阕忆旧忧。

谁道闲情抛掷久。

朗诵方法：

（自我思量中的平静感坚定感，气浅、缓吐疾收，字全、字尾疾收、音程较快，声稍虚、浑厚，劲稍韧）**谁~**（字短、弹出，声虚，劲轻）**道** /（两个字的形态独立，字全、音程极快，声稍浑厚，劲略促）**闲** /（顺势给出即可）**情** /（后两个字劲轻）**抛**（声涩）**掷** /（不明显的疑问感，字半全、字尾疾收、音程稍慢，声稍浑厚、带有颗粒感，劲粘、略微扬起）**久~**。

每到春来，惆怅还依旧。

朗诵方法：

（较明显的起始感，气息状态保持，缓吐缓收，劲轻）**每**（字短、声虚，劲略促）**到** /（字全、拉开，字尾缓收，声自然、稍浑厚，劲韧）**春~**（字短、窄发，声虚，劲轻）**来**，（疾连，气疾吐缓收，字全、音程稍慢，声涩、浑厚，劲绵）**惆~**（字短、窄发、弹出，声虚，劲促）**怅** /（顺势带出即可，声虚）**还**（气缓吐缓收，字全、宽发、音程较慢，声圆润、浑厚，劲韧）**依~**（字短，声虚，劲轻）**旧**。

日日花前常病酒，敢辞镜里朱颜瘦。

朗诵方法：

（缓连，气浅、缓吐缓收，后两个字的形态独立，字半全、音程稍快，声稍虚、浑厚，劲平）**日** /（字半全、宽发、音程稍慢，劲略促）**日** /（气暂断后疾吐散收，字全、字尾缓收、音程慢，声稍虚、圆润，劲绵）**花~**（字短、声涩，劲轻）**前** /（气暂断后缓吐缓收，字全、拉开，声自然、浑厚，劲韧）**常~**（字半全、弹出、音程稍快，声涩、浑厚）**病** /（字短、字尾疾收，声虚、涩，劲弱）酒，（并，气缓吐缓收，字全、音程极快，声虚，劲略促）敢（字全、宽发、拉开，声圆润、浑厚，劲韧）辞~（气暂断后疾吐散收，字短、音程快，声稍虚、浑厚，劲促）镜/（顺势带出）里（疾连，字全、音程稍快，声稍虚、圆润，劲平）朱~（字半全、音程稍快，声涩，劲轻）颜/（气暂断后缓吐缓收，字全、拉开、音程稍慢、字尾缓收，声虚、浑厚，劲绵）瘦~。

这首词的下阕说新愁。

河畔青芜堤上柳。

朗诵方法：

（轻松、惬意，气实、缓吐缓收，字全、音程快，声稍浑厚，劲略促）河（气疾吐散收，字全、字尾缓收，声稍虚、圆润，劲软）畔~（气暂断后疾吐散收，字半全、弹出、音程快，声自然、浑厚，劲略促）青（字音稍拖长，声虚，劲轻、稍拖延）芜/（气暂断后疾吐散收，字半全、宽发、音程稍快）堤（字短、弹出，声涩，劲促）上（较为明显的段落结束感，气暂断后缓吐缓收，字全、字尾缓收、音程慢，劲粘）柳~。

为问新愁，何事年年有。

朗诵方法：

（气息重新组织，气浅、疾吐疾收，字短、劲轻）为（顺势带出）问/（气暂断后疾吐缓收，字全、拉开、字尾疾收，声稍涩、浑厚，劲粘）新~（字全、字尾疾收、音程快，声虚，劲轻）愁，（疾连，气暂断后疾吐疾收，字全、拉开、字尾疾收，声圆润、带有颗粒感，劲韧）何~（字短、宽发、弹出，声虚，劲促）事/（气暂断后缓吐散收，字全、拉开、字尾疾收，声稍浑厚、带有颗粒感，劲韧）年~（字短，声虚，劲轻）年/（字半全、音程稍慢，声涩、带有颗粒感，劲弱）有。

独立小桥风满袖，平林新月人归后。

朗诵方法：

（安静地自我描述，气息重新组织，气足、缓吐缓收，字全、拉开、字尾疾收、音程稍快，声圆润、稍浑厚，劲韧）独~（字短、宽发、音程稍快，声虚，劲略促）立/（气暂断后疾吐散收，字半全、字尾散收、音程快，声虚，劲韧、略促）小（字全、字尾缓收、音程稍快，声涩、带有颗粒感，劲绵）桥~（字短、弹出，音程快，声自然、稍浑厚，劲轻）风（气疾吐缓收，字全、字尾缓收，声虚、浑厚，劲粘）满~（字短、弹出、音程稍快，声虚、浑厚，劲略促）袖，（并，缓连，气浅、疾吐缓收，字全、音程快，后两个字劲皆轻）平（字半全、音程快，声稍虚）林/（气暂断后缓吐散收，字全、拉开、音程慢，声自然、稍明亮，劲粘）新~（字短、弹出、音程稍快，声虚，劲略促）月/（气暂断后疾吐散收，字半全、音程稍快，声圆润、带有颗粒感，劲稍拖延）人（顺势给出，劲轻）归（气缓吐缓收，字全、音程稍慢、字尾缓收，声稍虚、圆润，劲轻、粘）后~。

193

第五节　外化感受的迷离幽微催生花间派宋词朗诵的"味儿"软

"软"与"硬"相对，原意是指物体内部组织疏松，在受到外力作用之后容易改变形状，如柔软；也可引申为柔和、软弱、能力差、质量差，容易被感动、动摇等意思。"迷离"是指模糊而难以分辨得清楚。"幽微"是指声音、气味等的微弱、轻微，涵义的深奥、精微。

以爱情和美人为主要题材的花间词派，自其出现伊始就是由市井百姓创作的在民间流行的通俗类文学形式，它是随着时间的推移并在社会大众的逐渐认识下慢慢流传开来的。当人们回望古代诗词和音乐文学的历史时，便可发现，这类"歌辞"作品就好比今天的流行歌曲，具有很明显的通识性和世俗性。后来，饱读诗书的文人雅士和朝廷官员也参与到这类"歌辞"的创作中来，使其字里行间融汇着文人的力量，最终促使其登上了社会的舞台。在此之后，陆续发展出题材内容、情感类型更加明确的豪放派和婉约派作品。

需要朗诵者厘清的是，豪放派和婉约派作品都是基于作者自身情感意志的产物，叶嘉莹先生在《词之美感特质的形成与演进》一书中分别将这两类宋词归纳为"诗化之词"和"赋化之词"。但是花间词派就不一样了，不论是文人有感而发，还是为歌姬"量身定制"，其作品一方面可以表达作者的思想感情，另一方面也可以指代他人的意识。所以，"歌辞之词"的花间派作品就具备了双重性别的属性。于是，花间派宋词就需要社会大众按图索骥、对号入座，在词中寻找情感定位。进而，就需要朗诵者在朗诵时塑造柔和、柔弱的声音形态。

（一）托喻联想的传播运动过程造就了"味儿"软的自然性

我们来看冯延巳的《采桑子》。

> 采桑子
>
> 花前失却游春侣，独自寻芳。满目悲凉，纵有笙歌亦断肠。
>
> 林间戏蝶帘间燕，各自双双。忍更思量，绿树青苔半夕阳。

这是冯延巳所作的一首情景相融、淡雅自然的伤春、怨别之作。作品的文字信息里承载着春季的自然物象和作者的人文情怀。因为伴侣没有陪伴在身边（"失却"），所以只能"独自寻芳"了。在社会大众的通识里，春天的景色应该是郁郁葱葱、生机勃勃、令人感到欣喜，可是在作者的眼中不仅没有花红柳绿的景色，反而"满目悲凉"。这首词上阕的最后半句展现了眼前这种悲凉的程度：即便耳边可以听见笙歌，心中也会难过到断肠的地步。这样的文字表述借助对景色的描写，确定了这首词的整体基调。借此可以让读者感受到作者内心的悲凉不是刚刚才产生的，而是长久以来一直存在的。

对于朗诵者而言，首先要突破对春天美景的常规性认知，要从文字信息的层面进入到伤感的情境之中，继而在朗诵技巧方面做出相应的情感处理。朗诵者需要注意的是，作者在下阕用"林间戏蝶"和"帘间燕"这两组自然物象托喻，并以它们的运动状态（"各自双双"）使受众从情感层面产生联想。这样的托喻、联想与上阕的"独自寻芳""满目悲凉""亦断肠"形成了极为明显的反差。这不仅再次证明了前述的"悲凉"情感，而且又将已经建立起来的"悲"和"凉"延伸至更深层面的"怨"和"别"，从而令这首词的主旨得以完整和强化。

虽然词中"林间戏蝶帘间燕，各自双双"与上述的情感色彩反差巨大，但是这一句是为整体情感的深化和升华服务的。所以朗诵者在朗诵时，可以将这一句中双宿双飞和恩恩爱爱的感受表达得更明显一些；同时，也要明确这绝对不是作者想要表达的本源思想和情感色彩。朗诵者在朗诵最后一句时，还是要回归到"满目悲凉"的主流情感的韵味中来。

故而，朗诵这首情景相融、淡雅自然的伤春、怨别之词时，"声儿"的样式应自然、浑厚，间以适时的枯涩感；"字儿"的形态应全且音程稍快，或半全且音程稍慢；"气儿"之"徐"应以眼前静止的景色到心中的感受为"序"，"气儿"之"疾"应以身边灵动的物象到对远方景象的联想为"计"；"劲儿"之"起"应以由外在的信息引发的思考与认知为"依"，"劲儿"之"落"应以已经存在的精神感受向更深程度的变化为"据"，进而建立和塑造出一种从看见到联想，再从联想到感受的由浅入深的绵软、柔弱之"味儿"。

这首词的上阕写寻芳之悲。

花前失却游春侣，独自寻芳。

朗诵方法：
（缓慢，一个人在游走中自我讲述，气实、缓吐缓收，字半全、窄发、音程稍快，声稍虚、圆润，劲轻）花（顺势给出）前/（字全、宽发、拉开）失～（字半全、音程稍慢、字尾散收，声虚、劲略促）却/（气疾吐散收）游春（字全、音程稍快、字尾散收，声涩、带有颗粒感，劲弱）侣～，（气暂断后疾吐疾收，字全、音程稍快、字尾散收）**独**~（字短、弹出、音程快，声涩，劲略促）**自**/（字全、音程快，声稍浑厚，劲稍拖延）**寻**（字短，声虚、声涩，劲弱）**芳**。

满目悲凉，纵有笙歌亦断肠。

朗诵方法：

（气息状态保持，气疾吐缓收，字全、拉开、音程稍快，声虚、涩，劲韧）**满**~（字半全、弹出、音程稍快，声虚）**目**/（气缓吐散收，字全、音程稍慢、字尾散收，声涩、浑厚，劲粘）**悲**~（顺势给出，字半全、音程稍快，声虚，劲绵）**凉**，（疾连，气疾吐缓收，两个字的形态独立，字短、弹出、音程稍快，声稍枯涩，劲略促）**纵**（顺势带出）**有**/（字半全、音程快，声稍虚、涩，劲软）**笙**（字全、拉开、字尾缓收、音程稍慢，声涩、带有颗粒感，劲韧）**歌**~（气暂断后疾吐散收，字短、宽发、音程快，声稍虚、浑厚）**亦**/（气疾吐散收，字全、字尾疾收、音程稍快，劲粘、稍重）**断**~（气缓吐缓收，字全、音程慢、字尾缓收，声涩、带有颗粒感，劲软、绵）**肠**~。

这首词的下阕诉孤独之感。

林间戏蝶帘间燕，各自双双。

朗诵方法：

（情绪收敛，气浅、缓吐缓收，字半全、音程稍快，声稍虚、圆润，劲轻）**林**（顺势带出）**间**/（气暂断后疾吐散收，字短、宽发、音程稍慢，声涩，劲软）**戏**（气疾吐缓收，字全、拉开、音程稍快,声稍浑厚,劲韧)蝶~(气暂断后缓吐缓收,字全、音程慢,声圆润、带有颗粒感,劲粘)帘~(顺势带出)间(字半全、弹出、音程稍快,声虚、声涩,劲稍拖延、略促)燕,(缓连,气缓吐缓收,字全、拉开、字尾缓收,声稍虚、浑厚,劲绵)各~(字半全、宽发、音程稍慢,声涩,劲稍拖延)自/(顺势给出)双/(字全、拉开、字尾缓收,声涩、浑厚,劲软、粘)双~。

忍更思量,绿树青苔半夕阳。

朗诵方法:

(气息重新组织,气实、疾吐散收,字半全、音程稍慢,声涩、带有颗粒感,劲轻)忍/(气疾吐散收,字全、拉开、字尾散收,声自然、稍浑厚,劲韧、稍重)更~(气暂断后疾吐散收,字半全、宽发、音程稍慢,声枯涩,劲平)思~(字短、声虚,劲轻)量,(缓连,气缓吐散收,两个字的形态独立、字半全、弹出、音程稍快,声虚、浑厚,劲略促)绿(字全、音程稍慢,声涩,劲略促)树/(气暂断后缓吐散收,字半全、音程稍快,声稍浑厚,劲稍拖延、略促)青(气缓吐缓收,字全、窄发、音程慢,声涩、带有颗粒感,劲粘)苔~(气暂断后疾吐散收,字半全、窄发、音程稍快,声虚,劲略促)半/(气暂断后缓吐缓收,字全、拉开、宽发、音程慢,声涩、浑厚,劲韧、轻)夕~(字半全、音程稍慢,声涩,劲软)阳。

（二）言外意蕴的感受变化链条塑造了"味儿"软的人文样态

我们再来看冯延巳的《谒金门》。

> 谒金门
>
> 风乍起，吹皱一池春水。闲引鸳鸯香径里，手挼红杏蕊。
>
> 斗鸭阑干独倚，碧玉搔头斜坠。终日望君君不至，举头闻鹊喜。

这是冯延巳所作的一首委婉、简练的苦闷之词。这是一首非常明显的由男性作者为歌姬创作的用来演唱的"歌辞之词"，这是一首极为典型的以景写情的诗词作品。

朗诵者要注意规避日常生活中由惯常思维引发的错误表达。在日常生活中，人们对春天的通识都是草长莺飞、生机勃勃，可是在这首词中，春天的色彩却是相反的。这恰恰是因为作者想要反映自己或歌唱者内心长时间累积的浓烈的春怨和春愁。"春水""鸳鸯""香径""红杏蕊"等具有美感的物象不但没有冲淡表达者内心的愁怨，反而成为其内心兴发情感的源头，进而引出"望君"和"君不至"。

朗诵者在朗诵时，应意识到作者的真实情感，并运用与"美好"相反的情绪塑造相应的声音形象，继而准确地传递出作者隐藏在文字信息里的意蕴。故而，朗诵者在朗诵这首委婉、简练的苦闷之词时，"声儿"的样式应浑厚、稍虚，间以枯涩感和颗粒感；"字儿"的形态应半全且音程稍快，或全且音程稍慢；"气儿"之"徐"应以视听感受从静止到运动的变化为"序"，"气儿"之"疾"应以对内心情感的唤起到逐渐外露为"计"；"劲儿"之"起"应以记录景致到描述情绪为"依"，"劲儿"

之"落"应以情绪的建立到情感的表达为"据",进而建立和塑造出一种思念远方之人时的既无助又带有希望的哀怨、勉强之"味儿"。

这首词的上阕写春景。

风乍起,吹皱一池春水。

朗诵方法:

（安静、无力感、气浅、缓吐缓收,字全、字尾疾收、音程稍慢,声自然、稍浑厚、劲轻、稍拖延）风~（气疾吐散收,字半全、窄发、音程稍快,声虚,劲略促）乍/（字全、音程稍快、宽发、字尾疾收,声涩、带有颗粒感,劲弱）起,（缓连,气暂断后疾吐散收,字短、音程快,声稍虚、浑厚,劲轻）吹（气缓吐缓收,字全、字尾缓收、音程稍慢,声自然、稍浑厚,劲粘）皱~（气暂断后疾吐散收,字短、弹出、宽发、音程快,声虚、声涩,劲略促）一/（气缓吐缓收,字全、拉开、音程稍慢、字尾疾收,声涩、带有颗粒感,劲韧）池~（气暂断后疾吐散收,字半全、弹出、音程稍快,声稍浑厚,劲略促）春~（字半全、音程稍快,声涩,劲弱）水。

闲引鸳鸯香径里,手挼红杏蕊。

朗诵方法:

（描述感,气息重新组织,气实、缓吐疾收,字全、字尾缓收、音程慢,声涩、带有颗粒感,劲绵）闲~（顺势给出）引/（后两个字的形态独立,字全、音程稍快,声自然、稍浑厚,劲轻）鸳（声虚）鸯/（字全、拉开、字尾缓收、音程稍快，声自然、稍浑厚，劲韧）香~（字半全、弹出、音程快，声自然、稍浑厚，劲略促）径（字半全、音程稍慢，声涩，劲弱）里，（疾连，气疾吐散收，字短、弹出，声涩，劲促）手（气缓吐缓收，字全、字尾缓收、音程稍快，声稍虚、浑厚，劲粘）挼~（气暂断后疾吐散收，字短）红（劲促）杏（字全、字尾缓收、音程稍慢，声涩、带有颗粒感，劲软）蕊~。

这首词的下阕转诉春愁。

斗鸭阑干独倚，碧玉搔头斜坠。

朗诵方法：

（静止后孤独、柔弱的感受，气浅、缓吐散收，字短，劲略促）斗（字半全、窄发、音程稍慢，声涩、带有颗粒感，劲软）鸭/（后两个字劲轻）阑（声虚）干/（气暂断后缓吐散收，字全、字尾散收、音程稍慢，声稍虚、浑厚，劲粘、轻）独~（字半全、宽发、音程稍慢，声涩、带有颗粒感，劲弱）倚，（并，气息状态保持，气疾吐缓收，字半全、弹出、音程快，声涩、稍浑厚，劲略促）碧（顺势给出，声涩）玉（气疾吐疾收，字半全、字尾疾收、音程稍慢，声虚、涩）搔~（字短、音程稍慢，劲轻）头/（气息暂断后缓吐缓收，字全、字尾缓收、音程慢，声涩、带有颗粒感）斜~（气疾吐散收，字短、弹出、音程快，声自然、稍浑厚，劲平、稍拖延）坠。

终日望君君不至，举头闻鹊喜。

朗诵方法：

（气息重新组织，气实、缓吐散收，字半全、音程稍慢，声自然、浑厚、劲韧）终～（字稍拖长、宽发、弹出，声涩，劲稍拖延）日／（气暂断后疾吐散收，字短，劲略促）望（气缓吐缓收，字全、字尾缓收、强调韵母中的前鼻音n、音程慢，声稍虚、浑厚、劲韧）君～（气暂断后疾吐散收，字半全、音程快，声涩，劲轻）君／（气缓吐缓收，字全、拉开、字尾缓收、音程慢、声涩、带有颗粒感，劲粘、韧）不～（字半全、音程稍快，声虚，劲轻）至，（缓连，气缓吐缓收，字半全、音程快，声涩，劲轻）举（字全、拉开、字尾缓收、强调韵母中的u，声涩、带有颗粒感，劲粘）头～（气暂断后疾吐疾收，字全、音程稍快、声涩、浑厚、劲粘、轻）闻～（字短、弹出，声虚，劲轻、稍拖延）鹊／（字全、宽发、音程慢，声涩、带有颗粒感，劲绵、轻）喜～。

第四章　李煜诗词的艺术特色和朗诵技巧

　　李煜是南唐政权的末代君主，世称南唐后主、李后主。《新五代史》中记载，公元907—979年是中国历史上的一段大分裂时期，后来史学界称之为"五代十国"时期。李煜（937—978年）是南唐最后一位君主，世称"李后主"。李煜虽然因为不善理政而亡了国，但他却精书法、工绘画、通音律，在诗文方面有一定造诣，尤以词的成就最高，是一位杰出的文艺大家。正如清代诗人赵翼在《题遗山诗》中所言："国家不幸诗家幸，赋到沧桑句便工。"纵观而论，可以根据创作特色将李煜的词分为两个时期的产物，即以公元975年其被俘为界的前后两个时期。公元975年之前，他的词风格绮丽、柔靡，带有极为浓郁的花间派味道。从公元975年他被俘至北宋都城东京汴梁（今河南开封）到三年后身亡，这段时间其词文多为悲壮、凄凉之作。也正因为李煜前一时期的词绮丽、细腻，而且多描写富丽堂皇的宫廷生活和风花雪月的风流韵事，不宜作为朗诵者口语传播的语料素材。所以，本章所选的篇目都是公元975年之后其被囚禁时期的作品，每首词都饱含着凄凉、悲伤和无望的情感，适合朗诵者进行声音创作。

第一节 物象中的"林花春红"赋予"声儿"的浑厚，塑造意识里的"恨水长东"

我们首先来看李煜的《相见欢》。

> 相见欢
>
> 林花谢了春红，太匆匆。无奈朝来寒雨晚来风。
>
> 胭脂泪，相留醉，几时重。自是人生长恨水长东。

这是一首伤春、怅恨的慨叹之词。这是李煜在其被宋军俘虏至汴京的第二年春天写的。在刚刚过去的春天，作者还贵为一国之君，那时候他在自己的国都江宁，每天的生活是何等奢华、自由和舒适。然而时过境迁，这个春天，作者却是以亡国之君的身份过着被囚禁的生活。两相对比，天差地别。在这首词中，作者将自己对过往的留恋和慨叹寄予到春花形态和颜色的变化之中，表达了他切肤般艰难和苦涩的感受。

故而，朗诵者在朗诵这首伤春、怅恨的慨叹之词时，"声儿"的样式应自然、浑厚并圆润；"字儿"的形态应侧重全或半全、音程较快；"气儿"之"徐"应以描写植物的形态到人物心情的转变为"序"，"气儿"之"疾"应以无奈感的产生转向对过去的回忆为"计";"劲儿"之"起"应以此时此地的感受到彼时彼地的认同为"依","劲儿"之"落"应以对久远的未来感到无望为"据",进而建立和塑造出一种在失意和悲愤中感到无望的悲戚之"味儿"。

林花谢了春红,太匆匆。

朗诵方法:

（缓慢地回忆和真实地记录，全句气浅、疾吐疾收，劲轻）林花/（气缓吐散收，字全、音程慢、字尾缓收）谢~（字短，声自然、稍浑厚）了（字全、音程快、字尾疾收）春/（字半全、音程稍慢，声圆润）红,（连，气疾吐散收，字拉开、窄发、字尾缓收，声先虚再涩）太~（两个字顺势给出，声自然、浑厚，劲略促）匆匆。

无奈朝来寒雨晚来风。

朗诵方法:

（发出慨叹,顺气、疾吐散收,劲弱）无（字半全、窄发、字尾缓收、音程适中,声虚）奈~（气疾吐散收,字短、弹出）朝（字全、音程快,声圆润、带有明显颗粒感）来/（字拉开、字尾疾收、音程慢,声先虚再稍浑厚）寒~（字全、音程稍慢,声涩、带有颗粒感）雨/（气疾吐散收,字全、音程慢、字尾缓收,声稍浑厚、带有颗粒感）晚~（两个字顺势给出,劲散）来/（字短,劲弱）风。

胭脂泪，相留醉，几时重。

朗诵方法：

（陷入回忆，全句气实、缓吐缓收，劲平）胭（字全、宽发、音程稍慢，声稍浑厚）脂~（字半全、音程稍快，声稍虚）泪，（连，气暂断后缓吐，劲稍拖延）相留/（字半全、音程稍慢，声圆润）醉~，（字拉开、音程慢，声圆润、带有颗粒感，劲稍扬起）几~（字短，声虚）时（字半全，声稍涩，劲稍上扬，以示疑问）重。

自是人生长恨水长东。

朗诵方法：

（无可奈何地自答，气浅、疾吐缓收，两个字的形态独立，音程短而快，劲弱、轻）自（声先虚再涩，以示不可能）是/人（字半全、音程稍慢）生/（字拉开、字尾缓收、音程稍慢，声稍浑厚）长~（字全、音程极快）恨/（字半全、音程稍慢，声虚）水长（气缓吐散收，字全、音程适中，声涩、带有颗粒感）东~。

第二节 于"西楼"的小范畴中，以"字儿"全、短的科学交错建设"离愁""在心头"

我们首先来看李煜的另一首《相见欢》。

> 相见欢
>
> 无言独上西楼，月如钩。寂寞梧桐深院锁清秋。
> 剪不断，理还乱，是离愁。别是一般滋味在心头。

这是一首真实、深沉的苦涩之词。本首词涉及两个中国传统文化中的星宿概念，中国古代天文学家把天空中的恒星划分为"三垣"和"四象"。

"垣"就是城墙，"三垣"分别为象征皇宫的"紫微垣"，象征行政机构的"太微垣"，象征繁华街市的"天市垣"，三者环绕着北极星呈三角状排列。在"三垣"的外围分布着"四象"，即"东苍龙、西白虎、南朱雀、北玄武"。"青龙"住东方，掌管春季，主萌发和力量；"朱雀"

住南方,掌管夏季,主生长和繁茂;"白虎"住西方,掌管秋季,主成熟和肃杀;"玄武"住北方,掌管冬季,主收藏和占卜。

所以,长久以来"西"这个方位被赋予了萧瑟、凄凉的意味。"无言独上西楼"恰恰符合彼时作者在现实中的境遇。第二句表面是在描述身旁生长在清凉秋夜中的梧桐树,但是通过一个"锁"字便能发觉,作者实际是在喻指自己此时此刻的处境和心境,即被囚禁了一年多,可不就像被锁住了一样吗?

故而,朗诵者在朗诵这首真实、深沉的苦涩之词时,"声儿"的样式应以圆润,间以适时的苦涩感为宜;"字儿"的形态应全、短且音程稍慢;"气儿"之"徐"应以上楼、看见和思考为"序","气儿"之"疾"应以停留、遐思和结论为"计";"劲儿"之"起"应从身体的向上运动到静止为"依","劲儿"之"落"应以思绪由近至远再由远复近为"据",进而建立和塑造出一种虽然身居高处,但心里却柔弱不堪的萧瑟、无力之"味儿"。

无言独上西楼,月如钩。

> 朗诵方法:
> 　　(边走、边想、边自述,全句气浅、缓吐缓收,字拖长、字尾缓收,声偏涩、圆润,劲弱)**无**~(字半全,声涩、带有颗粒感)**言** / (气稍实、疾吐散收,字全、音程稍慢,声稍浑厚,劲稍紧)**独**~(顺势给出)**上** / (字稍拖长、宽发,声先虚再涩,劲稍拖延)**西楼**,(连,气稍疾吐,字全、弹出、音程适中,声圆润)**月** / (字半全、音程稍慢、字尾疾收,声稍浑厚)**如**~(字短,声涩,劲轻)**钩**。

寂寞梧桐深院锁清秋。

朗诵方法：

（叹气之后，借身边景物表达自己的心境，全句气足、稍疾吐再散收，字全、宽发、音程快，声浑厚，劲略促）**寂**（字半全、音程稍慢、字尾疾收，声先虚再涩）**寞/**（两个字的形态独立，声圆润、带有颗粒感）**梧桐/**（气缓吐缓收，字拉开、音程稍慢、字尾疾收，声稍浑厚，劲韧）**深～**（字短、弹出，声虚）**院/**（字全、音程慢、字尾缓收，声圆润、较大、带有较明显的颗粒感）**锁/**（气浅、疾吐散收，字半全、弹出，声自然、稍浑厚）**清～**（字全、音程快，声稍涩，劲稍拖延）**秋**。

剪不断，理还乱，是离愁。

朗诵方法：

（陷入思考后自述，全句气浅、缓吐散收，字半全、音程稍慢，劲软）**剪不**（气疾吐散收，字全、弹出、字尾疾收、音程适中，声虚）**断～，**（语速放慢，字半全、音程稍慢，声涩，以示理不清）**理/**（顺势给出即可）**还**（气浅、缓吐缓收，字拉开、字尾缓收、音程慢，声先涩再虚）**乱～，**（缓连，气疾吐疾收，字全、音程快，声涩，劲紧）**是/**（气缓吐散收，字全、宽发、字尾缓收、音程慢，声圆润）**离～**（字短，声自然、稍浑厚）**愁**。

别是一般滋味在心头。

> 朗诵方法：
>
> （气暂断后气稍足，再缓吐散收，字全、音程适中，声圆润、带有颗粒感，劲绵）**别**（字半全、弹出、宽发、音程稍快，声涩，劲稍重）**是/**（字全、宽发、音程极快，劲促、紧）**一**（字全、窄发、音程稍慢，声虚、圆润）**般~**（顺势给出）*滋/*（字半全，声虚）**味/**（字短，声涩）**在**（字拉开、音程稍慢、字尾缓收，声圆润、稍涩）**心~**（字短、弹出，声稍虚）**头**。

第三节　回忆"家国"的情感起伏，
　　　以"气儿"为依托，诉说"垂泪"的"离歌"

我们首先来看李煜的《破阵子》。

> 破阵子
>
> 四十年来家国，三千里地山河。凤阁龙楼连霄汉，玉树琼枝作烟萝，几曾识干戈？
> 一旦归为臣虏，沈腰潘鬓消磨。最是仓皇辞庙日，教坊犹奏别离歌，垂泪对宫娥。

纵观全篇，在这首词的上阕中，作者绝不是客观地赞美那些景物，而是作了一种鲜明的对比。通过对比截然相反的两种感受，使读者与作者一同心碎。

故而，朗诵者在朗诵这首写实、悲惨的羞愧之词时，"声儿"的样式应以自然、浑厚、圆润，间以枯涩感为宜；"字儿"的形态应以短、半全，或全、声音拉开并音程适中为宜；"气儿"之"徐"应以回忆家国的景色到心中升起疑惑为"序"，"气儿"之"疾"应以内心的难过到精神层面的破碎为"计"；"劲儿"之"起"应以广阔的山河到情感的中和为"依"，"劲儿"之"落"应以认知和感受的凄凉到无力改变的屠弱为"落",进而建立和塑造出一种在留恋与悔恨循环往复中的愤懑之"味儿"。

在这首词的上阕中,作者通过描述往昔的美好来表达想念之情。

四十年来家国,三千里地山河。

> 朗诵方法:
>
> (回想状,全句气实、缓吐散收,气稍疾吐散收,字半全、宽发、音程稍慢,声自然、稍浑厚,劲平)四~十年(字短、音程稍慢,声稍虚)来/(气缓吐散收,字全、音程慢、窄发,声稍涩、劲轻,以示家国已失)家~(字短,声自然、圆润)国,(气稍疾吐,字半全、弹出、劲紧)三(字半全、音程稍慢、字尾缓收,声浑厚)千~(字短,声涩)里(字全、音程快,声稍虚)地/(顺势给出,字半全、弹出、音程快)山(字全、字尾缓收、音程慢,声圆润、带有颗粒感)河~。

南唐从公元937年建立到公元975年李煜被俘经历了三十八年,这是"四十年来家国"的时间出处,当然有虚指的意味。"三千里地"就更是虚指和泛指了,旨在说明作者在时时刻刻地想念着故国各地的事情和人物。那么,当年南唐是什么样的呢?皇妃、女眷们所在的"凤阁"以及作者所在的"龙楼"高大巍峨,与天际相连,宫苑内珍贵稀有的树木和花草("玉树琼枝")繁茂,藤萝缠蔓,何曾经历过战争呢?此处的"几曾"二字需要朗诵者特别注意,原来锦衣玉食和歌舞升平的生活使得作者长时间地沉浸和陶醉在奢侈的温柔乡里,不曾有任何危机意识。这不仅是现在与过往的对比,也为接下来截然相反的感情色彩作铺垫。所以,此处的"几曾"二字是上、下两阕连接的枢纽,起着承上启下的关键性作用,需要朗诵者在朗诵时对声音进行精细处理。

凤阁龙楼连霄汉，玉树琼枝作烟萝，几曾识干戈？

> 朗诵方法：
>
> （疾连，语速稍提起，气足、疾吐缓收，劲灵巧）**凤阁**/（并）**龙楼**/（字半全、音程快，声圆润）**连**（气缓吐缓收，字拉开、音程稍慢，声稍明亮，劲粘）**霄**～（字半全、音程快，声稍虚）**汉**，（缓连，语速渐慢，气疾吐散收，劲略促）**玉树**/（字拉开、音程适中、字尾缓收，声稍浑厚）**琼**～（字短、弹出）**枝**（字全、音程稍慢，声涩）**作**/（气暂断后缓吐散收，字全，声先虚再稍浑厚，劲韧）**烟**～（字短、弹出，声圆润）**萝**，（语速恢复，气缓吐缓收，字全、宽发、音程稍慢）**几**～（字全、音程快，声稍浑厚）**曾**/（字半全、宽发、字尾疾收、音程稍快）**识**/（字全、音程稍慢，声圆润，劲轻）**干**～（顺势给出即可，声稍虚，以示没有经历，劲紧）**戈**？

在这首词的下阕中，作者的情感转换非常明显。"一旦"二字不仅交代了作者身份和处境更改迅速，也凸显了变化前后的反差，即由"几曾识干戈"到"归为臣虏"，从而帮助受众感受到作者所经历的云泥之别，实为精彩！后半句作者借用了两个典故来说明自己身形和容颜上发生的变化。作者先从自己的外形角度介绍了"归为臣虏"之后的境遇，不仅恰当、形象，还给自己这位"几曾识干戈"的末代君主保留了一丝皇家的颜面。"沈"指南朝梁开国功臣，政治家、文学家、史学家沈约。《南史·沈约传》记载："言已老病，百日数旬，革带常应移孔。"后人常用"沈腰"指代日渐消瘦。"潘"指西晋文坛领袖潘岳。潘岳曾在《秋兴赋》序中云："余春秋三十二，始见二毛。"于是，后人便以"潘鬓"指代中青年人过早生出的白发。词中作者用"沈腰"暗喻自己像沈约一样，瘦得连腰带都得向内移孔了；用"潘鬓"暗喻自己像潘岳那样，不到四十岁鬓角就有白发了。

一旦归为臣虏，沈腰潘鬓消磨。

> 朗诵方法：
> 　　（缓连、气浅、疾吐散收、字全、音程稍慢、宽发、字尾疾收、声稍明亮、劲稍拖延）**一**～（字半全、音程稍快、声虚）**旦/**（字短，声稍浑厚）**归**（字全、音程极快、声涩）**为**（气缓吐缓收、字全、音程稍慢、字尾疾收、声浑厚、劲弱）**臣**～（顺势给出即可）**虏，**（顺气、缓吐缓收、劲绵、弱）**沈**（字全、音程稍慢）**腰/**（并，字全、音程稍慢）**潘鬓**（字短，声虚）**消**（字全、音程慢、字尾缓收、声涩、带有颗粒感）**磨**～。

接下来的两句并没有说明作者在被囚禁期间具体的物质待遇，想必此时的作者不想说明也不愿意说明，因为那是受众可以想象的内容。而且即便在被囚之地还可以享受到好吃好喝的待遇，也无法与自己曾经的"凤阁龙楼"相比拟，所以就更不好意思在此说明了。

那么导致作者"沈腰潘鬓"的原因就仅仅是"归为臣虏"吗？答案是否定的。长时间被囚禁在异国他乡，重获自由的遥遥无期，不知能否重返故国，自己生死未卜，这些才是导致作者很快消瘦和衰老的根本原因。正是因为自己的未来是不可预测的，所以作者想着想着，不禁悲从中来。但是这种悲伤更准确地说应该是悔恨，因为作者在匆匆忙忙地离开宫邸的时候，皇家乐队居然还在演奏着"别离歌"。如此就更证明作者过去对国家的治理是多么松垮，致使周围的人只知道不分场合地纵情声色。可是这一切作者领悟得太迟了，国家灭亡了，国君被俘虏了，没有办法了，作者只能流着眼泪面对往日宫中的女眷们。

最是仓皇辞庙日，教坊犹奏别离歌，垂泪对宫娥。

朗诵方法：

（气暂断后疾吐散收，字拉开、音程稍慢、字尾缓收，声稍浑厚，劲韧、稍重）**最**~（顺势给出）**是**（气疾吐散收，字半全、弹出、音程极快）**仓**/（字全、音程稍快，声自然、稍浑厚）**皇**/（字弹出、宽发，声涩）**辞**（字拉开、音程适中，声圆润、稍明亮）**庙**~**日**，（缓连）**教**（字全、音程快，声圆润、带有颗粒感）**坊**/（气暂断后缓吐缓收，字全、音程稍慢、字尾疾收，以示疑问）**犹**~（字半全，声稍浑厚）**奏**/（气暂断后缓吐缓收，声涩、带有颗粒感，劲轻）**别**~（字全、宽发、音程快，声涩）**离**（顺势给出，劲轻）**歌**，（叹气，拭泪之后的羞愧感，此句节奏感明显，字半全、字尾疾收，声圆润，劲弱）**垂**（字拉开、音程适中、字尾缓收，声浑厚）**泪**~（字半全、弹出、字尾疾收，声稍浑厚）**对**/（字全、音程适中、字尾缓收）**宫**/（气暂断后虚吐缓收，字半全、音程稍慢，劲弱、缓慢落下）**娥**。

第四节　在"春意阑珊"的思绪往复中，运用"劲儿"来比对处境的"天上人间"

我们首先来看李煜的《浪淘沙令》。

> 浪淘沙令
>
> 帘外雨潺潺，春意阑珊。罗衾不耐五更寒。梦里不知身是客，一晌贪欢。
>
> 独自莫凭栏，无限江山。别时容易见时难。流水落花春去也，天上人间。

这是一首哀婉、伤痛的排遣之词。亡国、被囚已近三年，面对家国的巨大改变，怎会不时时刻刻思得浓！如何不年年月月悔得深！

作者在这首词的上阕中想着、思着并悔着。又是一年暮春，作者听着潺潺的雨声，望着门帘外凋零的春色（"春意阑珊"），在这样的乍暖还寒的时刻，即便裹着绫罗面料的被子也感受不到暖和，耐受不住黎明之前的春寒（"五更寒"）。睡梦中作者回到故乡，在梦中体会往日生活的欢娱。但这终究是梦，不是现实，醒来之后，作者便发现这只不过是自己的"一晌贪欢"。

如此来看，这首词上阕的三句话用的是一种倒叙的写作手法，因为被子不足以耐寒，所以作者从梦境中醒来，听见窗外的绵绵细雨，看见春色已晚。所以朗诵者应以"轻／小——中——重／大"的形式来完成倒叙逻辑的声音处理。

帘外雨潺潺，春意阑珊。

> 朗诵方法：
>
> （此句气浅、缓吐缓收，字半全、音程快，声圆润、带有颗粒感，劲轻）帘（字全、弹出、音程快、字尾疾收，声虚）外／（气暂断后缓吐缓收，字拉开、音程慢，声稍浑厚、带有颗粒感，劲稍拖延）雨～（字全、音程适中，声先虚再涩）潺／（字短，声虚）潺，（缓连，气稍疾吐疾收，字半全、音程稍慢、字尾疾收，声圆润、稍明亮，劲紧）春～（顺势给出）意／（气缓吐散收，字全、音程适中，声稍涩）阑～（字短，声涩，劲轻）珊。

此处需要朗诵者在内心建立"梦——冷——醒——景"这样的顺序，即"梦里不知身是客，一晌贪欢。罗衾不耐五更寒。帘外雨潺潺，春意阑珊。"朗诵者需要以一种合乎受众认知的逻辑顺序进行朗诵，消除受众的疑虑，让受众在第一时间知晓作者创作的情感来源。

罗衾不耐五更寒。

> 朗诵方法：
>
> （此句气实、疾吐缓收，字半全、字尾疾收、音程稍慢，声稍浑厚，劲平）罗～（字全、弹出、音程快，声涩）衾／（气疾吐缓收，字拉开、字尾缓收、音程适中，劲略促）不～（字全、

弹出、音程快，声稍虚）耐/（字半全、音程稍慢，声稍浑厚）五~更/（字半全，声虚）寒。

梦里不知身是客，一晌贪欢。

朗诵方法：

（暂停，语速渐慢，气重新组织，气足、缓吐散收，字半全、字尾疾收、弹出，声稍浑厚，劲稍重）梦（气缓吐缓收，字拉开、宽发，声圆润、带有颗粒感，劲向上扬起后缓慢落下）里~（字全、弹出，声自然、稍浑厚，劲促）不/（字短，声涩）知/（字全、音程稍快，声圆润，劲紧）身/（顺势给出）是（气疾吐散收，字半全、弹出、音程稍慢）客~，（缓连，字半全、宽发，声稍涩，劲稍重）一/（字全、音程快，声虚，劲略促）晌（气稍疾吐散收，字半全、字尾散收、音程慢，声先涩再虚，劲韧）贪~（字半全，声涩）欢。

在这首词的下阕中，作者从睡梦中醒来，设身处地地慨叹，由此可见昨晚梦中"一晌贪欢"的情绪还在继续发挥着作用。也许作者此时已经起身，循着潺潺雨声来到室外的露台，并在春寒中瑟瑟发抖，自我思虑。不论怎样，作者给出了告诫性的想法，即不要独自倚靠着栏杆，因为"独自凭栏"会令人更加地思念曾经的家国，加重原本的悲伤情绪。

独自莫凭栏，无限江山。

朗诵方法：

（叹气之后感到一线欣喜，此句气足、疾吐缓收，字半全、宽发、音程适中，声稍浑厚，劲绵）独（字全、弹出、宽发、音程极快，声稍涩，劲紧）自/（气缓吐散收，字拉开、字尾缓收、音程慢，声自然、稍浑厚，劲缓慢扬起之后疾落下）莫~（字全、弹出、音程稍快，声稍浑厚）凭/（字半全、声虚）栏，（用声音展现前后的因果关系，气暂断后缓吐散收，字全、字尾缓收、音程慢，声圆润、涩）无~（字全、弹出、音程极快，声虚）限/（字半全、弹出、字尾疾收、音程稍慢，声稍浑厚）江（字短、弹出，声涩，劲稍重）山。

此处还需要朗诵者建立一个通识性认知，即人在高处时视线开阔，但是此时对于作者而言，他不敢远望也不想远望，因为会回想起远方的家国（"无限江山"）而更加伤感。此处，需要突出表现作者的思绪在过去和现实之间的往复。朗诵者应该科学、精准地建立多变的声音形态，以示时空的转换。

别时容易见时难。

朗诵方法：

（此句气实、疾吐缓收，字全、字尾疾收、音程稍慢，声先稍浑厚再虚，劲韧且枯）别（字半全、音程快，声涩，以示不愿意离别）时/（顺气、缓吐缓收，字全、音程慢、字尾缓收）容~（顺势给出即可，字短，劲轻）易/（气实、疾吐散收，字全、稍拖长、音程稍快，声先涩再虚，劲促）见/（顺势给出）时（气缓吐缓收，字拉开、音程慢，声圆润、带有颗粒感，劲软）难~。

此时，再来回顾这首词下阕首句中的"莫"字，我们便可明显地感受到作者强烈的祈使语气。我们可以将其看作作者从切身感受出发，向受众发出的善意的劝诫。

流水落花春去也，天上人间。

朗诵方法：

（无力和无望感，气浅、缓吐缓收，劲散、绵）**流水**/（并）**落花**/（字全、弹出、音程适中，声涩）**春**（字全、音程稍慢，声圆润、稍虚，劲平、弱）**去**~（字半全，声虚）也，（连，对比感，字半全、音程稍慢，声涩，劲略促）**天**（字全、弹出、字尾散收、音程快，声自然、稍浑厚）**上**/（顺气、缓吐散收，字全、字尾缓收、音程稍慢，声圆润、带有颗粒感）**人**~（顺势给出即可，字半全、音程稍快、字尾缓收，劲略促）间。

第五节 在"春花秋月"的虚问中,以无奈的"味儿"寻找"春水东流"的真实哀愁

我们首先来看李煜的《虞美人》。

> 虞美人
>
> 春花秋月何时了?往事知多少。小楼昨夜又东风,故国不堪回首月明中。
>
> 雕栏玉砌应犹在,只是朱颜改。问君能有几多愁?恰似一江春水向东流。

这是一首愁苦、哀痛的空寂之词,也是李煜的绝笔之作。宋代枢密院编修官王铚在《默记》中写道:"后主在赐第,因七夕,命故妓作乐,声闻于外。太宗闻之,大怒。又传'小楼昨夜又东风'及'一江春水向东流'之句,并坐之,遂被祸。"意思是说,北宋的第二任皇帝宋太宗赵光义听闻其词仍有思国怀乡之意,一怒之下命人将其毒死,于是这就成了南唐后主李煜的绝笔之作。

朗诵者可以将首句视作反问句,也可将其与第二句合起来当作设问句。如果是前者,朗诵者需要采用一般的疑问语气;如果是后者,朗诵者

需要整体按照陈述句的语气做弱化处理，因为此时答案已经不重要了。

故而，朗诵者在朗诵这首愁苦、哀痛的空寂之词时，"声儿"的样式应以浑厚，间以枯涩感为宜；"字儿"的形态应以全、半全、拉开、短且音程稍慢为宜；"气儿"之"徐"应以春与秋的情感交替为"序"，"气儿"之"疾"应以此地与故国之间的意识跳跃为"计"；"劲儿"之"起"应以不同时空的物象对比为"依"，"劲儿"之"落"应以相同的感受为"据"，进而建立和塑造出一种明明知道大势已去，但心中仍有不甘的无可奈何的、哀痛之"味儿"。

在这首词的上阕中，春秋交替，羞悔持续。作者以春秋两季的物象代表（"春花秋月"）作为时间流逝的写照，来映射自己对家国"往事"的回想和思念。

春花秋月何时了？往事知多少。

朗诵方法：

（边思虑边自言自语，此句气实、缓吐缓收，字半全、音程稍快，声稍浑厚，劲轻）春（字全、音程快，声涩）花/（气暂断后徐吐，字全、字尾缓收、音程稍慢，声先虚再圆润）秋～（字半全、弹出、音程稍快，声先虚再稍浑厚）月/（气缓吐缓收，字拉开、音程适中，声稍浑厚）何～（顺势给出）时（字全、字尾缓收，声涩、带有颗粒感，劲弱、稍上扬后停住，以示疑问）了？（陈述语气，气浅、缓吐缓收，字半全、音程稍慢，声浑厚）往～（字全、宽发、字尾疾收、音程极快）事/（顺势给出即可）知（气缓吐缓收，字全、音程稍慢，声稍浑厚、圆润）多～（字短、弹出，声涩）少。

作者总想着在下一个春天（"又东风"）到来之时，可以回到家乡或者有所作为。但是现在他却无能为力，只能在月朗星稀的时候（"月明中"）回忆那个因为无法忍受思念的痛苦而不能再去回想（"不堪回首"）的故国。

小楼昨夜又东风，故国不堪回首月明中。

> 朗诵方法：
>
> （意识开始在过去与现实之间转换，前半句记录现实，气浅、疾吐疾收、字短、音程快，声稍虚，劲略促）小（字半全、音程稍慢、声圆润、带有颗粒感）楼/（顺气、缓吐散收，声浑厚、偏涩）昨~（字半全、弹出，声虚）夜/（气暂断后疾吐缓收，字拉开、字尾缓收、音程适中，声稍浑厚，劲绵）又~（字全、音程快，声稍浑厚）东/（字半全、弹出，声涩）风，（并，后半句回忆过去，气实、缓吐散收、字半全、字尾缓收、音程稍慢、声圆润、偏涩，劲弱、韧）故~（字短、弹出，声圆润）国/（气疾吐散收，字全、宽发、音程快，声稍浑厚，劲稍重）不/（字短，声虚）堪（字全、音程稍慢，声圆润）回~首/（字短，声虚）月（字拉开、音程适中，声浑厚、稍明亮，劲紧）明~（顺势给出即可，声涩）中。

在这首词的下阕中，面对世事更改，作者愁苦萦怀。他忍不住回想故国的奢华（"雕栏玉砌"）。可是，如今已经过去三年了，那些年轻的宫女们也都人老色衰了，她们的青春容颜已经不在。

雕栏玉砌应犹在，只是朱颜改。

> 朗诵方法：
>
> （意识停留在过去，心中满是惴惴不安，此句气足、缓吐

缓收，字稍拖长、字尾疾收，声自然浑厚、稍明亮，劲轻、弱）雕~（字短，声涩）栏/（字短、弹出，劲紧）玉（气疾吐缓收，字全、宽发、音程稍慢、字尾缓收，声涩、带有颗粒感）砌~（字全、音程极快，声自然、稍浑厚）应（字拉开、音程稍慢、字尾缓收，声偏虚、涩）犹~（顺势给出即可）在，（疾连，气疾吐缓收，字半全、音程稍慢、宽发、字尾缓收，声先虚再涩，劲韧）只~（字短、弹出，声虚，劲轻）是/（后两个字皆半全，声自然、圆润）朱（声涩）颜（字全、音程慢，声涩、带有颗粒感，劲绵）改~。

此时，作者的意识在现实与过去之间迅速地转换，之后便戛然而止，这展现了作者"不堪回首"的思想过程，以及只能将相关思绪就此搁置的无奈。作者也知道自己因为不堪而愁，由于愁而越发不堪，这两种感受就像春天的江水一样无尽无休地滚滚东流。

问君能有几多愁？恰似一江春水向东流。

朗诵方法：
（作者的意识回到现实中，自问自答，气浅、疾吐缓收，字短，劲略促、粘）问（字半全、音程稍快，声圆润）君/（字半全、音程稍慢）能（字半全、音程稍快）有/（字全、宽发、音程慢，声先虚再涩）几~（顺势给出）多（劲下行）愁？（缓连，气疾吐疾收，字全、音程极快、弹出，声涩，劲稍重）恰（字半全、宽发，声圆润）似/（后两个字顺势给出）一江（字全、字尾缓收、音程稍慢，声圆润、涩）春~（字半全，声涩）水/（顺势给出）向（字半全、音程极快，劲紧）东（气全，音程适中、字尾缓收，声涩、带有颗粒感）流~。

本章解析的五首词都是李煜在公元975年被俘之后写的，而这个年份成为其词风绮丽、风流与悲壮、忧伤的分水岭。作者词风的转变是可以理解的，这也准确地诠释了"言为心声"的含义。五首词的"心声"可以概括为：苦，即被囚之苦；孤，即失助之孤；悔，即贪欢之悔；愁，即无望之愁；羞，即亡国之羞。

那么，朗诵者在朗诵前两首句式相同的《相见欢·林花谢了春红》和《相见欢·无言独上西楼》时，要分别根据每首词的主旨塑造出相应的声音形态；在朗诵《破阵子》《浪淘沙令》《虞美人》时，朗诵者要在不同的句式中找到相同的情感走向。这就需要作为"二度创作者"的朗诵者建立起与词中文字信息相一致的"通感"，并以最准确的"移意"塑造出恰当的声音形态。朗诵者要在对词的正确理解下，通过对气息的支配，立体、精准地处理"朗诵五元"各元素之间的比例，以建立口语外化的差别韵味。

第五章　词前小序的作用以及声音的处理方式

小序是指单篇诗、词或文集之前的篇幅不长的序言。虽然词前序言的文字篇幅不长，有的只是寥寥数语，但是这些简短的文字信息却能帮助朗诵者最大化地感悟作者的表达主旨。

人们在面对同一件事、同一种情感的时候，由于个体的差异，很难在精神层面达成完全的一致。正所谓"仁者见仁、智者见智"。想必这些宋词作者也是出于避免信息错误传播的原因创作了词前的小序，词前小序具有文学创作的必要性和以正视听的重要性。

第一节　意识承载的新闻性

新闻要素是指新闻构成的基本成分。1898年，美联社记者约翰·唐宁发表了一则新闻消息，其导语包括新闻报道所必需的五个要素：何时（When）、何地（Where）、何人（Who）、何事（What）和何故（Why）。这五个要素都以英文字母"W"开头，所以业界将其称为"五个W"。20世纪20年代前，"新闻五要素"的观点一直被新闻界普遍认可和遵循。1932年，在新闻五要素的基础上，美国新闻学者麦格杜戈尔提出第六个要素——如何（How）。此后，新闻六要素成为新闻界普遍遵循的新闻写作基本原则，如今的新闻学界通常将其概括为"5W+1H"，即时间、地点、人物和事件的起因、经过、结果。

经过阅读不难发现，有些词前的小序包含着明显的新闻要素，进而令小序具备了新闻属性，所以朗诵者在朗诵之前就有必要建立相应的新闻意识，并在朗诵时进行资讯化的表达。

我们来看《水调歌头》的小序："丙辰中秋，欢饮达旦，大醉，作此篇，兼怀子由。""丙辰中秋"指熙宁九年（1076年）的中秋节，这是时间；"欢饮达旦，大醉，作此篇"，这是事件的经过；"兼怀子由"，这是事件的起因。虽然小序的文字表面并没有将新闻六要素全部呈现出来，但是只要经过简单探究，我们就可以轻易地得出另外两个新闻元素：人物是词作者苏轼，地点是当时作者所在的密州（治今山东诸城）。

我们再来看《扬州慢》的小序："淳熙丙申至日，予过维扬。夜雪初霁，荠麦弥望。入其城，则四顾萧条，寒水自碧，暮色渐起，戍角悲吟。予怀怆然，感慨今昔，因自度此曲。千岩老人以为有'黍离'之悲也。""淳熙丙申至日"指淳熙三年，即南宋孝宗赵昚所在的公元1176年冬至这一天，这是时间；"予过维扬"表明了作者途经"维扬"（今江苏扬州），这是地点；"夜雪初霁，荠麦弥望。入其城，则四顾萧条，寒水自碧，暮色渐起，戍角悲吟"，这是事件的过程；"予怀怆然，感慨今昔，因自度此曲"，这是事件的起因；"千岩老人以为有'黍离'之悲也"，这是南宋诗人萧德藻（自号千岩老人）对这首词的评价，作者将其也写进了小序中。

我们接着来看《八声甘州》的小序："夜读《李广传》，不能寐。因念晁楚老、杨民瞻约同居山间，戏用李广事，赋以寄之。"其中的"夜读《李广传》，不能寐。因念晁楚老、杨民瞻约同居山间，戏用李广事，赋以寄之"，交代了时间、事件的起因及过程。虽然这首词的人物和地点被省略了，但是读者也会知晓人物应为作者辛弃疾，而写作地点这个元素的缺失并不会影响表达这首词的主体意思。

我们最后来看《定风波》的小序："三月七日，沙湖道中遇雨。雨具先去，同行皆狼狈，余独不觉。已而遂晴，故作此词。"其中"三月七日"是时间；"沙湖道中"是地点；"遇雨。雨具先去，同行皆狼狈，余独不觉，已而遂晴，故作此词"是事件的起因及过程。虽然人物这个元素好像被省略了，但是从其他元素中能够得知人物就是"余独不觉"中的"余"，即作者苏轼本人。

通过上述解析和诠释，我们可以得知几位作者都是在词前小序中简明扼要地介绍了自己创作的意识立足点和情感出发点，以便令读者正确地理解词的表达主旨，同时也能让歌唱者客观、准确地完成谱曲之后的演唱。

例如，《水调歌头》的小序中，"兼怀子由"的内涵是苏轼因与王安石等人政见不合而自请外放，之后辗转在各地为官。他曾经要求调到离苏辙较近的地方为官，以求与弟弟经常见面。但是在熙宁七年（1074年），苏轼却被差至密州，于是这一愿望便无法实现。熙宁九年（1076年）的中秋节，正是阖家团圆之时，而这时的苏轼与胞弟苏辙已经分别七年了。《苏颖滨年表》中记载，元丰二年（1079年）八月，苏轼以作诗"谤讪朝廷"罪被捕入狱，被责授为黄州团练副使。苏辙上书请求以自己的官职为兄赎罪，未获朝廷批准，之后受到牵连被贬监筠州（治今江西高安）盐酒税，五年内不得升调。所以，苏轼在阖家团圆的中秋之夜，饮酒到天亮并大醉，醒来后想念因为自己受到牵连的胞弟是极为正常的，更是符合通识性认知的。那么，小序里的"兼怀"二字就不单单是在中秋佳节的月圆之时顺便想一下弟弟那样肤浅了，而是苏轼因过去兄弟二人所获罪责而对朝廷有所忌惮，在文字上不敢直抒胸臆罢了。由此可见，苏轼的内心深处应该非常想念弟弟，而非"兼"怀。所以，对于朗诵者而言，备稿时的确不可忽视"联系背景"这个环节。因为它具有客观地明确目的，恰当地确定基调和科学地完成表达这三方面的实践意义，并且这也是含有新闻要素的词前小序的传播意义。

第二节　信息传递的陪衬感

　　词前小序虽然是只言片语，却可以明确作者的意识指向和写作走向，可以令受众在阅读宋词主体之前就进入作者的主观意识架构和作品的客观情境范畴之中。词前小序的存在和传播对于受众理解作者在创作时的意识缘起和情感运动是具有佐证和导向意义的。所以，朗诵者在朗诵时不应将其忽略，而应该将其诵读出来。朗诵者需要注意的是，在朗诵词前小序时，应注意收敛"朗诵五元"中的每个元素，并压缩声音信号比例。在朗诵时，"声儿"的样式应自然、浑厚并圆润；"字儿"的形态应以半全且音程稍慢为宜；"气儿"应尽量缓吐缓收；"劲儿"应平实、稳健。当然，"声儿"的样式和"字儿"的形态还要根据具体的文字做出相应的调整。朗诵者不仅要重视词前小序存在的意义和作用，而且还应将词前小序当作词的"第二提琴手"。在朗诵时，朗诵者应注意体现词前小序的陪衬作用，为朗诵整首词做好氛围预设，为作者的情感逻辑铺平道路，努力做到既不喧宾夺主，又能烘托气氛，承载文字的韵味。

　　首先，我们来解析一下《水调歌头》的小序。作者开篇交代了时间。

　　丙辰中秋，

朗诵方法：

　　（平实的记录感，全句气实、缓吐缓收，声圆润，劲平）

> 丙（字半全、音程稍快）辰/（字半全、音程稍慢，劲稍拖延）中～秋，

作者在中秋团圆之夜做了什么事呢？

欢饮达旦，

> 朗诵方法：
> （字短，声稍涩）欢（字全、字尾缓收）饮～（字半全、窄发，声虚、带有颗粒感）达/（字短、弹出，劲稍促）旦，

"欢饮"的结果是什么？

大醉，

> 朗诵方法：
> （疾连，气缓吐散收，声偏虚、稍浑厚）大～（字短，声稍涩）醉，

之后作者又做了什么呢？

作此篇，

> 朗诵方法：
> （字半全、弹出，声稍浑厚，劲稍促）作（字半全、宽发、字尾疾收、音程稍慢，声圆润、带有颗粒感）此～（顺势带出）篇，（缓连，字短，声自然、稍明亮，劲紧）

写了"此篇"的目的是什么呢?

兼怀子由。

> 朗诵方法:
> 　　兼(字全、字尾疾收、音程稍慢、声偏虚、稍浑厚)怀～(字短,声浑厚)子(字半全、音程稍慢、声偏虚、圆润)由。

我们再来解析一下《扬州慢》的小序。朗诵者应用清晰、平实的声音来介绍小序中的时间背景。

淳熙丙申至日,

> 朗诵方法:
> 　　(气实、缓吐疾收,声圆润,字半全,劲平)淳熙/(字短,劲轻)丙(字全、字尾缓收、劲粘)申～(声稍虚,劲略促)至/(劲轻)日,

接下来是对人物和地点的介绍,朗诵者应保持声音形态的行进感。

予过维扬。

> 朗诵方法:
> 　　(缓连,气疾吐散收,字半全、音程快、劲紧)予/(字全、音程稍慢,声稍虚、带有颗粒感)过～(气暂断后缓吐缓收,后两个字皆全、音程稍快、劲绵)维扬。

一个人静静地站在寒风中眺望着远方,烘托出悲凉的气氛。

夜雪初霁，荠麦弥望。

> 朗诵方法：
>
> （气浅、缓吐缓收，字短、音程稍慢）**夜**（声稍虚，字半全、音程稍慢）**雪**/（字短、音程稍慢，声自然、浑厚，劲轻）**初**（字全、音程较快，声稍涩，劲粘）**霁~**，（疾连，气浅、疾吐散收，后两个字皆短，劲轻）**荠麦**/（气缓吐缓收，字全、音程稍慢，声圆润、带有颗粒感，劲韧）**弥~**（字短，声稍虚，劲略促）**望**。

环境物象的描写范围由广阔的远方收缩到扬州城中，相较上句，需要朗诵者调动更多的气息，以便连贯、顺畅地表达出整体物象。

入其城，则四顾萧条，寒水自碧，暮色渐起，戍角悲吟。

> 朗诵方法：
>
> （气足、疾吐疾收，字全、音程快，声稍涩，劲略促）**入**/（声虚，字短，劲轻）**其城**，（疾连，字半全、音程稍快）**则**/（气暂断后缓吐散收，字全、宽发、音程稍慢，声稍浑厚）**四~**（顺势带过即可）**顾**（字短、窄发，声涩，劲略促）**萧**/（字半全、音程稍慢，声虚，劲弱）**条**，（并列感，气缓吐散收，字短，声稍虚）**寒**（气缓吐缓收，声自然浑厚、带有颗粒感，字全、音程稍快、字尾疾收，劲韧）**水~**（后两个字皆短，声涩）**自**/（声虚，劲轻）**碧**，（朗诵者快速地换气，以便给出在同一个时空范畴中描述另一种类型物象的层次感，气浅、疾吐缓收，字短，声涩，劲略促）**暮**（字半全、音程快、字尾缓

> 收，声涩、带有颗粒感，劲绵）**色**/（字全、拉开、音程稍快，声稍虚、浑厚、劲粘）**渐~**（顺势给出）**起**，（缓连，气实，疾吐散收，字短、弹出、音程稍快，声稍虚、浑厚、劲略促）**戍**（字全、字尾缓收、音程稍快，声圆润、带有颗粒感，劲韧）**角~**（气暂断后缓吐散收，字全、拉开、字尾缓收、音程稍快）**悲~**（字短，声涩，劲轻）**吟**。

此时，作者有感而发，对客观物象的记录开始向内心情感层面转移。此句需要朗诵者重新组织气息，以自我感慨的内心视像坦率地讲述创作这首词的情感来源。

予怀怆然，感慨今昔，因自度此曲。

> 朗诵方法：
> 　　（气足、缓吐缓收，字短，声自然、浑厚，劲轻）**予**（字全、拉开、音程稍快，声涩、带有颗粒感，劲粘）**怀~**（气疾吐散收，字半全、音程快，声稍虚，劲略促）**怆**/（字短、音程稍慢，声虚）**然**，（疾连，气疾吐散收，字拖长、音程稍慢，声圆润、浑厚，劲稍拖延）**感~**（字全、字尾疾收、音程快，声涩、带有颗粒感，劲韧）**慨**（声自然、浑厚，劲略促）**今**/（声虚，劲轻）**昔**，（缓连，气平、缓吐缓收）**因**/（字全、宽发、音程稍慢）**自~**（字短，劲轻）**度**/（声虚、涩，劲粘）**此~曲**。

最后一句是作者的老师（"千岩老人"）对整首词的读后感。由此可见，这段小序是在完成这首词之后才加上去的。所以朗诵者应以轻浅的气息、柔和的嗓音和谦逊的语气进行朗诵。

千岩老人以为有"黍离"之悲也。

> 朗诵方法：
>
> （全句气浅、缓吐散收）千（字全、字尾疾收、音程快）岩~（后两个字顺势带出，以规避"年老"之意）老人（字全、拉开、音程快，声涩、浑厚，劲略促）以~（字短、字尾散收，劲轻）为/（气暂断后缓吐缓收）有（后两个字的形态独立）"黍离"（气暂断后疾吐）之（字稍拖长，劲稍拖延）悲~（声虚，劲轻、稍拖延）也。

我们接着来解析一下《八声甘州》的小序。朗诵者需要注意的是，虽然作者在小序中省略了"夜读"动作的主体，但想必读者也可以猜到究竟是谁在"夜读"。朗诵者在朗诵时不应忽略执行这个动作的主体就是作者本人辛弃疾，所以，在朗诵第一个字"夜"时，应该有较为明显的顿挫感和迟滞感，以便让受众感知到"夜读"这一动作的主体和写作这首词的主体同为作者本人。

夜读《李广传》，不能寐。

> 朗诵方法：
>
> （气实、缓吐散收，字稍拖长，声自然、浑厚，劲略促）夜/（字全、字尾疾收、音程稍快，声圆润，劲稍拖延）读~（后三个字的形态独立）《李广传》，（缓连，以便给出"夜读"的行为效果，气疾吐散收，字短，声涩，劲略促）不/（顺势带出即可）能（字全、字尾缓收，声稍虚，劲平）寐~。

此时，一个令作者兴发情感的新信息出现了，那就是想到曾经与两位友人的约定，继而产生对古时良将的感慨（作者与友人相约"同居山间"，这与西汉名将、民族英雄李广赋闲居家的人生经历极为相似）。这就需要朗诵者将上一句的叙述感迅速转换成评论感，以便将作者创作的真正情感来源完整地传递给受众。当然，这里的"戏用"可以看作是作者的谦虚之词，其真实目的是借用典故进行慨叹式的抒情。

因念晁楚老、杨民瞻约同居山间，戏用李广事，赋以寄之。

朗诵方法：

（气息重新组织，气实、缓吐缓收，字短，劲轻）因（气疾吐，字全、字尾散收，声圆润，劲绵）念～（后三个字的形态相对独立）晁楚老、（后两个字的形态独立）杨民（字短，声稍虚，劲稍拖延）瞻（字全、音程快，声涩、带有颗粒感，劲略促）约/（字全、音程稍慢，声自然、稍浑厚）同～（字短、音程快，声稍涩，劲轻）居（字音稍拖长，声稍虚，劲稍拖延）山（字短，声虚，劲轻）间，（缓连，气缓吐散收，字全、宽发、音程稍慢，声稍虚，劲韧）戏～（字短，声自然、稍浑厚，劲略促）用/（顺势给出）李（字全、拉开、字尾疾收，声圆润、带有颗粒感，劲粘）广～（字短，声虚，劲促）事，（疾连，气疾吐散收，字短，劲平）赋（字全、宽发、拉开，声涩、带有颗粒感，劲粘）以～（字短、宽发、音程快，声虚，劲略促）寄/（缓落，字短，劲轻）之。

我们最后来解析一下《定风波》的小序。作者在小序中直接交代了时间、地点和事件，这就需要朗诵者以惯常的叙述感，清晰、明了地朗诵。

三月七日，沙湖道中遇雨。

> 朗诵方法：
> 　　（气实、缓吐缓收，字短、声自然、明亮，劲平）三（字半全、字尾散收，声稍虚，劲稍拖延）月／（字稍拖长、宽发，声自然、圆润，劲粘）七～（字半全、音程稍快，声涩，劲轻）日，（疾连，气疾吐散收，字半全、窄发、音程快）沙湖（气缓吐缓收，字全、拉开、字尾疾收、音程快，声稍虚，劲稍拖延）道～（字短，劲略促）中／（气暂断后疾吐散收，字短）遇（气缓吐缓收，字全、字尾疾收、音程稍慢，声圆润、带有颗粒感，劲粘，以示作者并非厌恶此雨）雨～。

接下来，作者开始讲述户外"遇雨"这一事件发生的过程，并由此兴发自己内心的情感，这就需要朗诵者的声音形态由上一句平实的叙述感立即转为感叹式的评论感。

雨具先去，同行皆狼狈，余独不觉。已而遂晴，故作此词。

> 朗诵方法：
> 　　（气息重新组织，气足、缓吐缓收，字半全、音程稍慢）雨（字半全、音程稍快，声稍浑厚、带有颗粒感，劲略促）具／（字全、拉开、音程较快，声稍虚）先～（字短，劲促）去，（疾连，字全、拉开、音程稍快，声圆润，劲稍拖延）同～（顺势带出）行／（气疾吐散收，字全、音程稍慢，声稍涩，劲粘）皆～（字半全、音程稍慢，声虚，劲绵，以示戏谑感）狼～狈，（缓连，气暂断后缓吐散收，字全、音程快，劲

> 平）余/（气疾吐疾收，字全、音程稍慢，声涩、带有颗粒感）
> 独~（字半全、弹出，声稍涩，劲稍重）不/（字短，声虚）
> 觉。（缓连，字半全、宽发、音程稍快，声涩）已~（顺势带出
> 即可）而（字短，劲促）遂/（字全、音程稍快，劲韧）晴~，
> （缓连）故（声虚，劲促）作/（字全、宽发、拉开、音程稍
> 慢，声圆润，劲粘）此~词。

经过上述对词前小序的解析，我们可以看到，一方面，虽然词前小序的作用是相对次要的，但对于受众科学地认知和正确地感悟整首词来说却是不可或缺的。另一方面，词前小序虽然是必要的、不可或缺的，但是不能喧宾夺主地"抢占"整首词的"风头"。这需要朗诵者更加认真地研读文字信息并精细地进行声音塑造，特别要注意将"朗诵五元"中的每个元素进行小比例地收敛。目的就是当从朗诵词前小序转换到朗诵整首词时，朗诵者能够通过将声音转变成相对疏朗的、大比例的形态来抒发感情。

结语

本书中,我结合自己二十七年来的学习和实践经历,以宋词的基本类型为主要研究对象,分别对3种派别的14位作者的37首作品从实践的角度进行了研究,以期找出宋词这种文学体式在有声语言表达艺术层面的一般性规律。本书还按照《中国播音学》提出的"备稿六步"的基本要求对例证进行了较为完整的说明和专业性的阐述,并结合"朗诵五元"理论给出了宋词朗诵的指导性建议。在书的最后,我还想与大家分享三方面的认知和感受。

一、朗诵意识中规范的绝对性

"规范",是指按照既定标准、规范和要求进行操作,使某一行为、活动达到或超越规定的标准。"绝对"指没有任何条件限制,也不受任何意识标准和行为要求的限制。"朗诵意识中规范的绝对性"是指在朗诵活动中朗诵者一定要遵循专业标准并执行硬性要求。

(一)"声儿"的对

"声儿"是朗诵语言的主体。不论是有天赋的先天型嗓音,还是经过后天训练而获得的技术型嗓音,播音员和朗诵者都应使用声带自然振动发出的声音。如此才能使有声语言具备最基础、最广泛的大众适应性,因为自然的声音是最入耳的,也是最容易被受众接受的。那些撕裂的、尖厉刺耳的声音是很难令大众接受的;明亮、圆润、持久并自然的声音是大众对"声儿"的样式的基本要求。

（二）"字儿"的准

"字儿"是朗诵语言的基础。字头、字腹和字尾是表意达情最基本的元素。在宋词朗诵中，"字儿"的形态是多变的，这是由宋词句式中多变的文字格律和丰富的物象决定的。

例如，在朗诵"问君能有几多愁？恰似一江春水向东流"的第一个字"问"时，建议"字儿短"，因为这个"问"是一种急迫想要知道答案的行为。朗诵者在朗诵时需要带有一定的力道，否则就会变成再平常不过的"说""讲"和"道"了，如此就曲解了文字信息本来的意思，继而建立了错误的声音形态，传达了错误的有声语言信息。

再如，在朗诵"望长城内外"中的"望"字时，"字儿"的形态应"全、拉开并字尾缓收"。因为"望"是一种向高远、辽阔的范围看去的行为，是带着较长的运动路径的、由近及远的视线渐变过程。这就不同于"看万山红遍"中的"看"字，此处"看"的动作是针对视线近旁的物象，朗诵者在朗诵时也就不需要将其处理成"全、拉开"的形态，处理成"字儿短、弹出"即可。

（三）"气儿"的顺

"气儿"是朗诵语言的核心。"气儿"乃"声儿"之帅也！如果没有气息的支撑和运动，声带就不能产生频率性的振动，进而就无法发声。

例如，朗诵冯延巳的《谒金门》中的首句"风乍起，吹皱一池春水"时，建议营造一种安静、无力的讲述感。春天的湖水只是被风吹出了一层层的波纹，而非惊涛骇浪，所以声音应"气儿浅、缓吐缓收"。而朗诵紧接着的"乍"字时，建议"气儿疾吐散收，字儿半全、窄发且音程稍快，声儿虚，劲儿略促。""疾吐"主要是从"乍"字"忽然"的含义出发的。如此考量和处理也避免了在前字"风"的"字尾疾收"之后，朗诵者剩余气息的阻滞，以及由于气息调控失当而造成的被迫性梗塞。于是，在两字之间就构成了顺滑、流畅的有声语言信号，并精准地体现出了"风"之于"一池春水"的运动作用。

（四）"劲儿"的稳

"劲儿"可以体现朗诵者有感知地进行朗诵。需要明确的是，"劲儿"是"声儿""字儿""气儿"三个元素共同作用的结果，"声儿""字儿""气儿"共同构成受众对"劲儿"的感知。这三个元素共同作用后产生的综合变化能够凸显出字、词、句、段乃至整个文字作品的分量和运行力道。

例如，当朗诵苏轼《定风波》中的"何妨吟啸且徐行"时，"劲儿"宜"轻、粘、紧、结实且略促"。虽然对每个字"劲儿"的处理技巧是独立存在的，但是它们与"声儿、字儿、气儿"的运用是不可分割的，需要三者共同参与。"劲儿"与三个元素之间的关系是彼此成就、相互协调的。切忌将某个字词的"劲儿"处理得有别于该句或整首词的整体风格，从而有悖于作者的本源意识，打破词的协调性。

（五）"味儿"的正

"味儿"是朗诵传播的目的。日常生活中，有的人说话不仅声音好听，而且所说的内容也很容易被他人接受。这是为什么呢？因为说话的人不仅言中有声，言中有物，而且言中有情。这样的"有声""有物""有情"形成的综合感受就是社会大众通常所说的"有味道"，也就是有"朗诵五元"理论中的"味儿"。"味儿"与受众的信息接收、意识接受、情感接纳紧密相连。"味儿"正的核心是感动，即心有所感、情有所动。

感动是指受众在接收信息的过程中，由于对传播信号的情感认同而在思想意识范畴内产生了心理共鸣，并引发了人体神经元的对应性运动，随即出现了诸如心跳加速、热泪盈眶等生理层面的可视化反应。朗诵者要根据有声语言大众传播的专业规定和职业要求，合理运用"朗诵五元"理论中的技巧，努力通过声音展现词原本的味道，让受众跟随着声音信号产生对应的感受。

二、朗诵行为中的同比与类比

宋词依据词的艺术特点分为豪放派、婉约派和花间派三大派别，但是这种分类并不是绝对的，派别之间是存在着交叉特点和情感互融的。

（一）同比式对应

"同比"一词是统计学术语，是指本年的某月与过去某年的同一月相比。那么，在宋词朗诵范畴中的"同比"就可以理解为相同类型的词中同一元素在有声语言表达艺术上的比较。例如，我们将《念奴娇·赤壁怀古》的"大江东去，浪淘尽，千古风流人物"与《破阵子·为陈同甫赋壮词以寄之》的"醉里挑灯看剑，梦回吹角连营"的"声儿"的样式进行对比。这两句都出自著名的豪放派宋词作品，这两首词的情感类型都是宽阔、大气的。但是，由于作者着眼的物象类型和落笔的逻辑结构存在差异，所以需要朗诵者进行针对性、差异性的声音塑造。朗诵者只有对同类的情感信息赋予差异化的声音形态，才能够传达出每一位作者独有的感受。

（二）类比式研判

"类比"就是从两个对象的某些相同或相似的性质出发，推断它们在其他性质上也可能有相同或相似性质的一种推理形式。这里所要讲的"类比式研判"是指将三种派别的作品进行跨形态、跨题材的对比，以期找出它们的异同和共通之处，进而更好地用声音为不同类别的作品服务。

不难发现，俊朗、坚硬的豪放派宋词中也有柔和、柔美的物象描述，而温婉、柔媚的婉约派宋词也有不乏硬朗和有张力的意思表达。例如，《定风波》中的"料峭春风吹酒醒，微冷，山头斜照却相迎"和《如梦令》中的"昨夜雨疏风骤，浓睡不消残酒"中都有一个引起作者的意识兴发的物质——"酒"。虽然两位作者都喝酒了，但是同一种物质给他们带来的感受却是不一样的，于是借此生发出的情感和笔下的文字也就随之不同了。所以这相同的"杯中物"催生出了两首差异巨大的词：一首乐观、超脱，一首清新、隽永。因此，朗诵者在朗诵这两首词时，有必要将它们进行对比，以丰富对酒后精神感受的认识，并在心里为酒后"微冷"与"浓睡不消"两种不同的感受建立一个"同和异"的内心视像，并选择相应的技巧进行朗诵。

三、朗诵意识和行为的科学性

"科学性"通常指的是基于事实和证据，符合科学原理、方法和标准。科学性是富有科学依据的，而不是凭空想象的思想意识和行为活动。

（一）在求解性思维中，建立朗诵意识的科学性

朗诵艺术具有音声性、规范性、文学性等特征，这也是从朗诵者的思想意识和行为方式两个方面总结出来的。朗诵者在进行"二度创作"时，词的历史背景和作者的个人境遇客观地构成了可以左右朗诵者声音形态和韵味的最原始依据。

例如："丙辰中秋，欢饮达旦，大醉，作此篇，兼怀子由。"这个小序中的每一个字都很重要，不可忽略。因为，它们包含着大量历史背景信息和个人境遇信息，是朗诵者在朗诵前建立"内心视像"的立足点。

再如，当朗诵者朗诵《念奴娇·赤壁怀古》时，也应该以一种求解性思维去了解这首词的创作背景。创作《念奴娇·赤壁怀古》时，苏轼已经

被贬至黄州两年多了，作者心中有无尽的忧愁，于是四处游山玩水以排解心中的郁闷。某日，作者正巧来到黄州城外的赤壁，此处壮丽的风景使他感触良多，他在追忆三国时期周瑜无限风光的同时也感叹时光易逝，所以才有了这篇千古名作。

上述同类型的历史背景和作者不同的个人境遇要求朗诵者应使用不同的声音形态。所以，朗诵者应时刻保持求解性思维，努力探究词背后的故事，从而建立科学性的朗诵意识。

（二）从量变到质变的过程中，实现朗诵行为的科学性

正所谓"实践出真知"，像朗诵这样侧重实践的艺术创作，朗诵者在实践中的真实感受和亲身体会是极为重要的。因为理论与实际之间往往存在差距，所以需要朗诵者在具体的朗诵实践中进行多次检验并对朗诵技巧不断进行修正。朗诵者从"提出——比较——反复"的过程中厘清作者的表述要义，进而确定口语的表达主旨，这是不可更改的专业要求和实践规范。

北宋著名文学家、史学家欧阳修在《归田录·卖油翁》中写道："乃取一葫芦置于地，以钱覆其口，徐以杓酌油沥之，自钱孔入，而钱不湿。因曰：'我亦无他，惟手熟尔。'"意思是说，卖油翁取出一个葫芦放在地上，又摸出一枚有孔的铜钱放在葫芦嘴儿上，然后慢慢地用勺子舀油往葫芦里倒。只见油像一条细线一样穿过钱孔流入葫芦里，而那枚铜钱却没有沾上一点儿油。倒完油，卖同翁直起身子说："我这点技术，也没有什么了不起的，不过就是熟能生巧罢了。"这个通俗易懂的故事深入浅出地说明了事情的发展往往是由生疏到熟练，再由熟练到精通的。很多事情都是这样，只要长期地坚持摸索、寻找规律、掌握规律并不断完善，任何过硬的本领都可以练出来，即熟能生巧——巧能生精——精能生妙——妙能入道，而这个"道"字指的就是世间所有事物运行的轨道、轨迹以及事物

存在、变化和运动的规律。宋词朗诵艺术的"道"就是要求朗诵者遵循宋词的体式和作者的表达主旨这一不可更改之"道",使声音的传播符合大众的通识性认知,并含有其自身的艺术规律性。

当然,宋词朗诵的一般规律不是一朝一夕就可以掌握的,能够将宋词朗诵得美更不是一蹴而就的。朗诵者必须不断地学习、认知、感悟和实践,从而使朗诵更具有规范性、精准性、科学性以及大众感染力。

郭 雷

2024甲辰初春于北京三省斋

参考书目

许慎.说文解字[M].北京：中华书局，1963.

许慎，段玉裁.说文解字注 [M].上海：上海古籍出版社，1988.

周汝昌，唐圭璋，俞平伯，等.唐宋词鉴赏辞典 唐·五代·北宋[M].上海：上海辞书出版社，2011.

唐圭璋，潘君昭，曹济平.唐宋词选注[M].北京：北京十月文艺出版社，2019.

曾昭岷，曹济平，王兆鹏，等.全唐五代词（上下）[M].北京：中华书局，1999.

徐中玉，金启华.中国古代文学作品选（一）[M].上海：华东师范大学出版社，1999.

黄岳洲.中国古代文学名篇鉴赏辞典：上卷[M].北京：华语教学出版社，2013.

图书在版编目（CIP）数据

宋词朗诵研究 / 郭雷著. -- 杭州：浙江教育出版社，2024.5
ISBN 978-7-5722-7028-4

Ⅰ．①宋… Ⅱ．①郭… Ⅲ．①宋词－诗词研究 Ⅳ.
①I207.23

中国国家版本馆CIP数据核字(2024)第048661号

宋词朗诵研究
SONGCI LANGSONG YANJIU

郭　雷　著

责任编辑	安　烁
美术编辑	曾国兴
责任校对	朱雅婷
责任印务	刘　建
装帧设计	水　明
出版发行	浙江教育出版社
	（杭州市环城北路177号　电话：0571-88902128）
图文制作	杭州真凯文化艺术有限公司
印　　刷	浙江新华印刷技术有限公司
开　　本	710mm×1000mm　1/16
印　　张	16.25
字　　数	325 000
版　　次	2024年5月第1版
印　　次	2024年5月第1次印刷
标准书号	ISBN 978-7-5722-7028-4
定　　价	79.00元

版权所有　侵权必究